文学報 新批评

文丛·第二卷·第3辑

直议莫言与诺奖

《文学报》编

上海書店出版社
SHANGHAI BOOKSTORE PUBLISHING HOUSE

愿文学报

越办越好。

巴金

希望广大文学爱好者
都读文学报
冰心

出版说明

《文学报·新批评》专刊创刊于2011年6月2日。按照常规，在创刊号卷首应该有个《发刊词》，申明办刊宗旨和内容定位，一是便于作者赐稿，二是便于读者阅读识别。但本刊在首期推出时，却没有《发刊词》，似乎有点不合传统戏剧程式，开场锣鼓未敲，人物便甩着水袖登场了。这并非编辑部大意疏忽，其实，有关可以写在《发刊词》的内容，在它诞生前发布的《征稿启事》中已经反复申明了，那就是现已广为人知的“三提倡、三反对”：“倡导真实、真诚和自由、锐利的诚意批评，反对谩骂式的人身攻击；倡导靶标精准、精到的及物批评，反对不及物的泛泛而论；倡导轻松、幽默、透彻的个性批评，反对故作高深、艰涩难懂的学院体。”后来，编辑部又将之概括为六个字：“真诚、善意、锐利”。

在《文学报·新批评》亮相前，已有很多权威媒体，对当下的文艺批评生态存在的痼疾，给予了严厉的批评。但如何改善“沉沦”的批评生态，却很少有人践行之。因此，《新批评》之所以甫一出现，就引起文学界、知识界的普遍关注，大概就因其将“呼吁”付诸行动，不仅高举批评的旗帜，连续不断地发出批评之声，而且隔周每期用八个版的容量集中刊登批评文字，内容涉及文学名家新作的文本分析以及文化现象、戏剧、影视等，颇有点“逆水行舟”味道。常有人问：《新批评》“新”在何处？或许，这也是其“新”之一吧。

古人云："誉满天下，谤亦随之。"说《新批评》"誉满天下"，实在有点"王婆卖瓜"了，但"谤亦随之"却是一个客观存在。应该说，这个"谤"包含着复杂的内容，既有善意的"误读"，也有不适应带来的恶意攻击，当然也有《新批评》成长过程中种种不足引发的"争议"。不管是赞誉，还是善意批评抑或攻击，《新批评》皆以宽容、包容的气度，从各种不同的意见中吸收营养，然后整整衣冠，继续出门上路。因为，我们清楚自己从哪里来，又该向何处去。只要不做"亏心事"，是用不着害怕半夜"鬼敲门"的。

《新批评》出版三年多来，编辑部同仁于去年岁首推出了第一卷丛书，完整呈现每一期的内容。之所以如此选择，是为了可以原貌展示《新批评》前行的脚印，正的斜的，美的丑的，都纤毫毕现，不加掩饰；再就是，便于有兴趣研究当代文艺批评史的人，查阅所有的文章。延续这个思路，今年我们推出了文丛第二卷。

《新批评》丛书将一卷一卷连续推出，祈请广大读者垂注并赐教。

《文学报·新批评》编辑部

于乙未岁首

直议莫言与诺奖

目　录

新批评 第三十六期

2012 年 11 月 29 日

1　北大中文系,让我把你摇醒
——读《学者吴小如》兼谈钱学森世纪之问 / 孙绍振

8　评论家的"矛"与"盾" / 唐小林

18　迎接"北大新诗学派"的诞生
——兼给《谢冕编年文集》挑错 / 古远清

23　我为什么揭露施慧抄袭
——关于施慧《音乐之光》及其他 / 项兆斌

27　寒碜的高晓声故居 / 陆建华

29　中国秦腔忧思录(下) / 西　篁

39　家庭剧:从平庸到恶俗 / 周思明

新批评 第三十七期

2012 年 12 月 13 日

45　从丁玲获"斯奖"到莫言获"诺奖" / 王彬彬

目　录

50　批评界缺乏对莫言文本的专业分析／陈　冲

56　施慧抄袭新证
——兼评《〈音乐之光〉涉嫌严重抄袭》／陶师瞬

60　施慧该如何面对抄袭质疑？／关东客

62　阿袁小说局限论／金赫楠

72　谁"吓了我一跳好的"？
——《红楼梦》校注商榷一例／邓牛顿

75　纯文学将成为电影改编的"救星"吗？／里·昂

79　网络文学影视改编：沙里淘金的困境／高　凯

82　精神表达的所及与未及
——评电影《我11》《人山人海》《浮城迷事》／路　侃

87　《一九四二》：史诗级民族灾难片的考验／杨天东

新批评 第三十八期

2012年12月27日

90　我们因何对莫言获奖失语？／葛红兵

目　录

96　喜欢的和不喜欢的 ／ 韩小蕙

100　文学批评中的“脑筋急转弯” ／ 张　旭

104　去价值化与价值的催眠术
——论方方《武昌城》／ 翟业军

113　请保持你的勇气
——一位编辑对作者说的话 ／ 苏妮娜

119　写作教育困局：从何处破解？／ 郑周明

125　再谈《二十世纪中国文学史》（下册）中的一些问题
——兼答严家炎先生 ／ 王鹏程

133　你只是选择了自己最喜欢的谎言
——从《少年派的奇幻漂流》看中国电影市场取向偏误 ／ 高尔雅

新批评 第三十九期

2013 年 1 月 10 日

139　直议莫言与诺奖 ／ 李建军

156　从张纯如自杀想到“嗜血”先锋 ／ 李美皆

目　录

168　中国原创图画书的“短板”／刘绪源

175　此“村”非彼“村”
——《红楼梦大辞典》增订本商榷一则／邓牛顿

178　影视病到“烂”：为什么？怎么办？／周思明

新批评 第四十期

2013年1月24日

184　从赵本山到“小沈阳”
——喜剧理论的阙如与喜剧批评的迷失／石凤珍　熊元义

191　刘庆邦创作局限论／翟业军

205　2012年虚构类畅销书分析报告／曾于里

215　对莫言作品“坏处说坏，好处说好”／江曾培

217　让教授去当“羊的传人”罢／关东客

219　《秘密花园》：成也“翻拍”，败也“翻拍”／万阕歌

222　从“泰囧”传奇看电影产业乱象／徐毅成

北大中文系，让我把你摇醒

——读《学者吴小如》兼谈钱学森世纪之问

孙绍振

■ 这几年北大中文系当道者不乏从内地到港台反复宣扬“大学精神”，为蔡元培先生的“兼容并包”自豪者。但是，把“兼容并包”讲上一万遍，如果不与痛苦的历史经验教训相结合，在危机中还以先觉先知自慰自得，甚至还流露出优越感，其所云无异于欺人之谈，北大中文系沿着九斤老太的逻辑滑行并非绝对不可能。

近日得友人赠《学者吴小如》，读之感慨良多，非但为吴先生而且为北大，为中文系。

细读此书，五十四年前聆听吴先生的讲课种种印象不时涌上心头。在当时能让他这样一个讲师上中文系的讲台，可以说是某种历史的吊诡。

初进北大中文系，一眼就可以看出，不要说讲师，副教授，就是不太知名的教授也只能到新闻专业去上课，一般讲师只能上上辅导课。当然，刚刚从保加利亚讲学归来的朱德熙副教授似乎是个例外。现代汉语本来是中文系大部分学生觉得最枯燥的，但是，朱德熙却以他的原创的概括、缜密的推理和雄辩的逻辑获得爆棚效应，二百人的课堂，去晚了就没有座位，只好靠在墙边暖气管上站着。何其芳先生那时是北大文学研究所的副所长（所长是郑振铎），与吴组缃先生先后开设《红楼梦》专题。吴先生得力于作家创作经验，对人生有深邃的洞察，对艺术有独到的分析，而何其芳先生颇有人道主义胸怀，不同意他把薛宝钗分析为"女曹操"，认为她不过是一种家族体制礼教意识的牺牲品，两人同样受到欢迎。一次，我在北大医院排队挂号，护士问前面一人姓名，听到四川口音很重："我叫何其芳。"不免多看几眼。

然北大泰斗甚众，高名凯先生精通四种外语，可以借助工具书运用的达十二种，游国恩先生文献功底深厚，不要讲诗经楚辞，就是魏晋志怪也颇能出口成诵。然学富五车者众，善于讲授者寡，加之北大学生眼高，哪怕学术泰斗，讲授不得法，公然打瞌睡者有之，默默自习者有之，递纸条，画漫画者有之。古代汉语本来是魏建功先生开设，但公务繁忙，往往从课堂上被叫出去开会，且到比较关键地方，有茶壶煮饺子，学生替他着急的时候。此课后来，改由王力先生开设，先生取西欧人学拉丁文之长，构造了中国古代汉语课程体系，举国传承至今。创汉语史课程，于音韵词汇皆成体系，堪称一代宗师，我听过他的《汉语史》《汉语诗律学》，语调往往由高到低，余音袅袅，杳不可辨。先生治学严谨，第二堂课往往花几分钟订正前堂之误，上午第五六节课要上到十二点，每每拖课，调皮如我，遂将随身携带的搪瓷饭碗从阶梯教室的台阶上滚下，先生愕然问何事？答曰"饭碗肚子饿了"，先生乃恍然而笑。王瑶先生自然是公认的博闻强记，博古通今，才华横溢，然一口山西腔，不知为何给人以口中含有热豆腐，口头赶不上思想之感。系主任杨晦先生德高望重，讲中国文艺思想史，出入经史、小学、钟鼎艺术，其广度深度非同小可，常有思想灵光，一语惊人，令人终生难忘。其批评郭绍虞新版《中国文学批评史》曰：用现实主义的原则去修改，还不如解放前那本有实实在在的资料。其批评巴金《家》《春》《秋》好在激情，然如“中学生作文”，如果把三部并成一部就好。最惊人的莫过于载北大学报之长文，断言：《西厢记》作者非王实甫而是关汉卿，且关汉卿之为人于当时的政治高压中，不能不如在龌龊环境中之“猪”，引起了戴不凡先生于文艺报为文愤怒反诘。他讲授《中国文艺批评史》讲了半学期，装着讲义的皮包还没有打开，学生也无法记笔记，两个多月过去了，还未讲到孔夫子，在学生的抗议下，不得不草草停课。宋元文学权威浦江清先生英年早逝，乃请中山大学王季思教授讲宋元戏曲，王先生舍长用短，以毛泽东《矛盾论》中之主要矛盾、次要矛盾分析《墙头马上》《陈州放粮》，心高气傲的北大学生，保持着对客人的礼貌，纷纷抢占最后数排以便自由阅读。

那是五八年“大跃进”“拔白旗”的年代，大字报贴满了文史楼，从学术泰斗到吴小如这样的青年教师，无不被肆意丑化。王瑶先生已经失去上讲台的权利，就在这种情况下，小如先生为我们讲宋代诗文。当时怀着姑妄听之的心情走进课堂。吴先生的姿态，我至今还记得，双手笼在袖子里，眼睛不看学生，给人一种硬着头皮往下讲的感觉。然，中气甚足，滔滔不绝，居然是听得下去，接下来几课，还颇感吸引力。我对朋友说，平心而论，这个讲师从学养到口才都相当不错。一些具体分析，显然和以艺术分析见长的林庚先生路数不同，然而明快，果断。至今仍然记得他对陆游晚年的诗的批评是，用写日记的方法写诗，以至出现了“洗脚上床真一快”这样的败笔。

“大跃进”运动很快把课堂教学冲垮，下乡劳动有时长达一个月，课上不下去，后来干脆就停课了。我对吴先生印象也就停留在当年粗浅的层次上。这次从《学者吴小如》上，读到彭庆生同学对他的评价：“先生口才不逊文才，三尺讲台，传道授业，解惑沁入学子心脾，20 世纪 50 年代北大中文系学生中便有‘讲课最成功的吴小如’之说，故课堂常常人满为患。”庆生同学晚我一年毕业，可能系统听过吴先生的课，有权作全面评价，当然，不无偏爱，若论启人心智，和朱德熙先生那种俯视苏联汉学家，放眼世界语言学，深入浅出，在学术上开宗立派的大气魄相比，吴先生应该略逊一筹。不可忽略的是，庆生当年可归入全系攻读最为刻苦者之列，曾经以躲入冬日暂闭之洗澡间抄写刘大杰解放前出版的《中国文学发展史》而闻名。吴先生能得如此学生的如此评语，当有此生足矣之感。

近日吴先生答中华读书报记者问，虽然自谦为“教书匠”，但是，就是在当年，我还是感到了他学养深厚，阅读北大中文系所编先秦、两汉《文学史参考资料》，感到极大的满足。毕业后不久才知道，这两本资料主要是吴先生执笔通稿的。然而意味深长的是，竟然是反右以后留校的一位左派语重心长地警示：这两本资料，尤其是两汉卷，资料过详，执笔者意在“多挣稿费”。这在当时，就给我以小人之心度君子之腹的感觉。当然，仅凭此二册，对于先生的学养，所知毕竟有限。直到20世纪90年代先生耄耋之年，居然以“学术警察”形象出现于文坛，对于学界之虚浮硬伤，笔阵横扫，语言凌厉，锋芒毕露，不由得使我增加了对先生的敬意。后来又读到先生关于京剧的巨著，更惊讶于先生于中文系视为冷门的京戏，有中文系教授堪称独步的修养。此番阅读《学者吴小如》才知先生不但于古典文学和京戏有不凡的造诣，而且在23～26岁的“少作”，对于当时的权威作家的批评就可以毫不夸张地说流露出惊人的才智和豪气。七十多年过去了，先生散落的文章，有幸被收集起来。读来无异于一席精神的大餐。

对于当年尚为青年的汪曾祺，他独具慧眼赏识其“清隽”地预言：“十年二十年后也许成为一代宗师。”他的艺术眼光之苛刻，与他的才气相称。对当时的名家从不一味赞赏，就是对钱锺书，在大笔浓墨，淋漓尽致地称道其“天才和学力”“在文坛上扩充领域无往而不胜”，甚至还预言其“足以震撼今后的文坛”。但是，他也指出钱氏的缺失在于“好炫才”，给读者的印象是

"虚矫"。对于钱氏的幽默,他质疑其全为善意,"谑而虐的文章与态度恐非上乘"。他赞赏巴金的作品"能抓住年青人的心"但又指出"文章写过于奔放,也难免使人感到费词",对于张爱玲,他的评价是:"她的叙事技巧也很好,故小说亦精彩,但我认为她的叙事,更宜于写散文。"就是对于受业的师长沈从文,他在称赞其《湘西》比之《湘行散记》内容更为丰腴,但是,也直率地指出其不足,"格局狭隘一点,气象不够巍峨"。他评卞之琳的《汉园草》:"长的不如短的,短的不如顶短的,新的不如老的,却比更老的更好。"文章自信的风格与先生的学术文章迥然不同,在少年的豪性和深邃的洞见中渗透着为历史证明的预言。为文的真诚和勇敢,艺术上高瞻远瞩,实在令我辈汗颜。当然,作为学者,先生的学术著作凡数十种,仅其中《读书丛札》在香港、北京两地出版,前辈学者周祖谟、吴组缃、林庚先生均给以高度评价。吴组缃先生认为"吴小如学识渊博,小学功夫与思辨能力兼优",甚至有"无出其右者"之赞语,哥伦比亚大学权威教授夏志清曾言:"凡治中文者当人手一册。"

到了20世纪80年代,在改革开放形势下,这位当了三十年讲师的"讲师精",被历史耽误了,有目共睹,又有吴组缃、林庚先生推荐其直接提升为教授,应该顺理成章,一路绿灯。但是,煌煌北大中文系,居然不能通过,差一点被慧眼识珠的中华书局引进。不可思议的是,吴先生没有走成,居然不是中文系的幡然悔悟,而是比中文系当道者在学术上权威得多的历史系的周一良和邓广铭教授的"三顾茅庐"。结果是小如先生成了历史系教授。

对于这样的荒诞,中文系的当道者至今没有感到荒诞,而作为中文系的校友,突然想到鲁迅先生的一句话:"呜呼,我说不出话。"

但是,痛定思痛之后,我仍然逼出了一句话:这是中文系的耻辱。

对这种耻辱的麻木,则是更大的耻辱。

在这种耻辱感麻木的背后,我看到一种令人沉重的潜规则。

回顾从20世纪50年代以来的系史,某种神圣的潜规则源远流长。50

年代初，容不下沈从文，把他弄到历史博物馆去当讲解员，这还可以归咎于当时的历史环境和时代氛围。五七年驱逐了后来成为唐诗鼎级权威的傅璇琮，也可以用他当了右派来辩解。但是，杨天石在五五级当学生的时候，就以学养深厚著称，后来，独立开创了蒋介石研究，自成一家，享誉海内外。当年他并不是右派，然而中文系就是不要他，分配到一个培养拖拉机手的短训班，后来靠刻苦治学，转辗多方，调入社科院近代史所。在他获得盛名之后，中文系有没有表现出任何回收的愿望呢？没有。钱理群是学生公推的最受欢迎的教授，可是在他盛年之际，就“按规定”退休了。然而，成立语文教学研究所，又挂上了他的大名。可是，有名无实，连开个作文研讨会都没有他的份。

从这里，似乎可以归纳出一条定律：这些被驱逐的，本来是可以为北大中文系增光，为北大校徽提高含金量的，而留下的，能为北大争光的当然不在少数，但是，靠北大中文系这块牌子为自身增光，从而降低北大校徽含金量的也不在少数。更为不堪的是，还有一些为北大中文系丢丑的，如卖身投靠作学术投机的。至于一些在学术上长期不下蛋的母鸡，却顺利地评上了教授，对于这些人，中文系倒是相当宽容的，从学术体制上说，这就叫做人才的逆向淘汰，打着神圣的旗号，遂使学术素质的整体退化不可避免。

当然，北大中文系毕竟是北大中文系，在逆向淘汰机制铁桶般围困的时候，选择学术良知的仍然不乏其人。最突出的就是系主任杨晦在1962年为吴小如讲话，盛赞他的贡献，其结果是到了1964年在党内遭到两星期的严厉批判。据知情人告，当时骨气奇高的杨先生一度产生跳楼的念头。1984年严家炎先生为系主任时，一度欲请吴先生回系。然吴先生出于对周一良先生邓广铭先生的知遇之恩婉言谢绝。这样反体制的学术良知，不成潮流，在与打着神圣旗号的逆向淘汰横流相比，显得多么微弱。这就使逆向淘汰持续了半个世纪，四九年以前幸存下来的学术泰斗先后谢世，北大中文系不但丧失了50年代学术上那种显赫的优势，而在许多方面呈现衰微的危机，北大中文系这块招牌的含金量已经到了历史的最低点。

近年报刊上风传钱学森世纪之问：建国以来大学培养出来的自然科学人才所取得的成就为何还不如四九年以前。纷纭的讨论至今未能切中肯綮。其原因盖在于，从概念到概念的演绎，如果以吴小如先生为个案作细胞形态分析，则不难看出逆向淘汰的潜规则之所以不可阻挡，原因就在神圣不可侵犯的旗号下，具有学术良知者，在行政体制中显得非常孤立，因而脆弱，明于此，也许能够把钱学森之问的讨论切实地推进一步。

这几年北大中文系当道者不乏从内地到港台反复宣扬“大学精神”，为蔡元培先生的“兼容并包”自豪者。但是，把“兼容并包”讲上一万遍，如果不与痛苦的历史经验教训相结合，在危机中还以先觉先知自慰自得，甚至还流露出优越感，其所云无异于欺人之谈，北大中文系沿着九斤老太的逻辑滑行并非绝对不可能。

吴小如先生九十高寿，学生们想到了为之祝寿，北大中文系当道者居然毫无感觉，这只能说明那些动不动拿蔡元培来夸夸其谈的人，其大学精神已经酣睡如泥。我作这篇文章，除了有意于把钱学森之问的讨论加以深化之外，还有一种出于系友的奢望：把我的母系狠狠地摇醒。

评论家的“矛”与“盾”

唐小林

■ 如果一个作家在写小说时脑袋里想的都是如陈晓明先生所说的“后革命”、“解构式对冲”这样一些花里胡哨的理论名词的话，我敢说，这个作家写出来的小说肯定是一堆破铜烂铁。

■ 我以为，作为读者，倘若我们在阅读和分析一部文学作品时，就像解数学题一样，果真按照陈晓明先生这样的“最小值”去理解和生搬硬套的话，所有鲜活的文学作品都会被残酷地扼杀在僵死的理论框架中。

在当代中国文坛，某些作家与批评家之间的互相吹捧，早已是不争的事实。在为著名作家贾平凹众多稀松平常的作品不遗余力地大肆吹捧之后，陈晓明先生便迅速得到了回报，被贾平凹先生飚捧为目前中国“最好的评论家”。然而，只要仔细拜读一下陈晓明诸多的文学批评，我们就会发现，贾平凹先生的飚捧是多么不靠谱。我以为，当今的文学批评可说是乱象丛生，而陈晓明文学批评中呈现出来的形形色色的病象，有不少体现了当代文学批评最典型的坏毛病。其具体表现为：

一、不顾事实、飚捧浮夸、毫无节制。在陈晓明的文学批评中，那种心血来潮，感情冲动似的激情评论可说是不胜枚举。如：

①“《受活》的主题太深刻了，甚至超出了作家本身所构思的东西，深刻阐述了社会主义最关键的转型和变化。我认为，《受活》将作为一部纪念碑式的作品在中国的历史上留下来。到现在为止，很多人还没认识到这部作品的重大价值。如果真的存在所谓的文学的世界水平，我觉得阎连科代表了一种非常具有高度的后现代的文学表达方式，丝毫不逊色于《百年孤独》，这种作品给人的震撼和冲击是非常强大的。”“《受活》的文学史意义

是不能低估的，它解决了当代文学发展的一些至关重要的瓶颈问题：1. 这就是传统现实主义如何具有真正意义上的开放势态；2. 对乡土的描写如何可能与更大的幅度的艺术创新以及文本实验结合在一起；3. 后现代的思维是否有可能引进对中国本土历史/现实的深刻表现；4. 汉语言文学是否可能以其最具有历史内涵而又具有文本的文学性从而成为世界文学的最后一块领地。”“不用说，阎连科这部小说对于大多数人来说，既不好读，也不解其意。这个面对着墓地的写作，终究不能在这个商业化的时代获得成功，但它对乡土中国历史的书写是所有中国文学都无法企及的……”

②“贾平凹不管从哪方面来说都是中国乡土叙事在当代最卓越的代表。”“贾平凹这个纯文学‘最后的大师’，也是乡土文学‘最后的大师’，以阉割手法来展开乡土叙事，他一如既往地回到乡土风情中。”“乡土美学想象的终结也就是乡土历史的终结，乡土历史说到底是乡土叙事的历史，是乡土的历史叙事。贾平凹并不是一个有政治情结或对宏大历史特别反感的人，对于他来说，回到乡土生活本身可能是他写作的一种本真状态。如果说有一种乡土叙事，那么就是贾平凹的这种叙事莫属了。”

③“作为一个智慧超常而又敏锐的中国作家，王蒙始终处于特殊的历史情境，他的身上汇集了传统士大夫文人、社会主义文学的开创者、文学的现代主义者所具有的所有品性。”“这些作品机智幽默，无拘无束，显示了王蒙惊人的语言才能。”“王蒙的通感式的叙述在这部作品（指《青狐》）中已经登峰造极，他的通感是一种‘超验式’的通感，既不按照感觉、也不按照事物的性质，也不按照理性的逻辑，而是超验式的超级智慧。”

这里笔者首先要请教陈晓明先生的是，陈晓明先生所说的《受活》丝毫不逊色于《百年孤独》这样的结论是怎样得出来的？难道就是陈晓明先生所说的“汉语小说有能力以汉语的形式展开叙事；能够穿透现实、穿透文化、穿透坚硬的现代美学”这样的“三个穿透”？在世界各国诸多的大作家中，我还从未听说过有哪一部小说解决了像阎连科的小说解决的那么多的

文学发展中至关重要的瓶颈问题。倘若阎连科真的为中国文学解决了这样一连串至关重要的瓶颈问题,那么我敢说,阎连科就应该是中国文学当之无愧的大救星。然而,刚刚浮夸了阎连科的《受活》"对乡土中国历史的书写是所有中国文学都无法企及的",转眼之间陈晓明先生又说"贾平凹不管从哪方面来说都是中国乡土叙事在当代最卓越的代表。""贾平凹这个纯文学'最后的大师',也是乡土文学'最后的大师'"。既然阎连科的《受活》是所有中国文学都无法企及的,那么贾平凹的作品怎么又成了"中国乡土叙事在当代最卓越的代表"?难道贾平凹不是中国的作家而是外国作家?这种出尔反尔,既卖矛,又卖盾,总是自相矛盾的说法在陈晓明先生的文章中可说是屡见不鲜。更让人不解的是,陈晓明在这里所说的"贾平凹这个纯文学'最后的大师'"究竟是什么意思?难道自贾平凹之后中国的纯文学和乡土文学大师真的就绝种了吗?陈晓明先生称贾平凹的《秦腔》:"他只能选择那个自我阉割的引生,他的自我阉割可解读成是对他具有历史冲动的阉割,那个宏大的历史眷恋现在只能变换成一个巨大的精神幻象,如白雪一样也日益香消玉殒。他永远不能及物,不能切入历史之中,只能看着那个历史客体以他不能理喻的方式转身离他而去。这样的文学叙事或美学风格不能弥合深刻的历史创伤,不能给出历史存在的理由和对未来的预言,相反,这是一个破碎的寓言。正是这个破碎的寓言,它使乡土中国叙事在最具有中国本土性特征时,又具有美学上的前进性。这是中国当下文学历经现代主义后现代主义所想要而无法得到的意外收获……"对此我要说,陈晓明先生真是把对《秦腔》的吹捧阐释发挥到了淋漓尽致的地步。贾平凹在《秦腔》中的这种“阉割美学”究竟有多高明，笔者却丝毫也看不出来。在我看来，《秦腔》中的疯子引生，只不过是贾平凹对其先前的小说《油月亮》中的疯子尤佚人阉割自己的再一次的自我复制。长期以来，贾平凹写小说简直就像车辆改装一样，形式换了，但主要的零配件却根本就没有换。因此，我们读贾平凹的小说，总是有一种前度刘郎今又来，似曾相识的感觉。如此换汤不换药，毫无新意的描写，想不到竟被陈晓明先生吹捧成了“中国当下文学历经现代主义后现代主义所想要而无法得到的意外收获”。

如果说王蒙是一个“智慧超常而又敏锐的中国作家”，还算靠谱的话，那么说王蒙“身上汇集了传统士大夫文人、社会主义文学的开创者、文学的现代主义者所具有的所有品性”和“惊人的语言才能”，则太过了。如果陈晓明先生非要认为王蒙小说的语言多么具有惊人的才能，那么我只能怀疑陈晓明先生的文学鉴赏能力。高尔基说：“语言是文学的第一要素。”而王蒙小说的语言则常常是叠床架屋，一句话可以说清楚的，王蒙先生可能非要用三句甚至五句话来说。或许，这样喋喋不休似的描写正是陈晓明先生所欣赏的“惊人的语言才能”。对于王蒙小说中的这种病象，文坛有识之士早已有所论及。韩石山先生在其《中国当代长篇小说的文化阻隔——以王蒙的〈活动变人形〉为例》一文中就一针见血地指出：“他似乎不太懂得感情与语言反差的艺术，只是一味地倾泻，热情了还要再热情，激愤了还要再激愤，再接再厉，步步紧逼，遂造成那种类同獭祭的同义词的连缀。”遗憾的是，陈晓明先生正是把王蒙小说中这种叠床架屋的獭祭，当做了无拘无束的惊人的语言才能，以致欣赏备至，惊为天人。

二、名词轰炸、玩弄概念、故作高深。在中国当代的文学批评家中，陈晓明先生文章中的名词术语之多，即使不是 No. 1，至少也可能是名列前三甲。在陈晓明的文章中，动辄就是什么“后现代”、“后革命”、“后工业”、“后殖民”、“后文学”这样一些丈二和尚，让人摸不着头脑的太空语一样的理论名词。仿佛有了这样一些洋玩意，其文章就高深莫测，具有一般人难以企及的理论深度了。如：

①“柳鹰雀本身是一个‘后革命’的混合体，正如他的名字，他是鹰雀的混合体，伟大与渺小，豪迈与卑琐，高瞻远瞩与目光短浅的混合体。他是一个‘解构式对冲’人物。他不仅继承革命的遗产（遗体——包括俄罗斯人在内的那么多人要抛弃它，但他却记住了这笔宝贵的革命财富），要让它在‘新新时代’发挥伟大的功效；同时，他又颠覆了革命的神圣性，他改写了革命遗产的历史宗旨，他改变了革命继承的经典形式。”

何谓“解构式对冲”？恕我不恭，我想，写小说的阎连科先生也许都不知道这个词究竟是什么意思。如果一个作家在写小说时脑袋里想的都是如陈晓明先生所说的“后革命”、“解构式对冲”这样一些花里胡哨的理论名词的话，我敢说，这个作家写出来的小说肯定是一堆破铜烂铁。

②“《坚硬如水》是对‘文化大革命’进行的一次狂欢化的表达，一种绝望与狂喜的混杂而成的后悲剧风格。现在，这里的革命代码——就像茅枝婆挥舞着那根拐杖一样。这里的革命代码主要体现在茅枝婆的革命身份与列宁遗体的购买这两个事相上。这二者奇怪地形成‘解构对冲’。前者是对革命的重新建构；而后者则是对革命重新建构的失败，以至于是对革命的历史（最高的历史象征）的绝望解构。”

何谓“后悲剧风格”？我想，中国那些即便是专门研究文学的学者，恐怕也没有几个人能够真正搞懂陈晓明先生这种故作高深的太空语。

③“张枣（1962—）的诗作无疑也是相当出色的，他的诗自然平实却可以看到经验折叠的那些缝隙，在生活的拐弯处看到真切的时刻。‘悬满干鱼的木梁下，/我们曾经一同结网’（《何斯人》），如此平静的叙述打开令人惊异的扇面，语言干脆利落却互相撞击的异他性意义闪现，处处流淌着诗性。”

在我看来，张枣的《何人斯》（陈晓明在文中将诗名误写成了《何斯人》)，只要稍有一点文学欣赏水平的人都可以读懂。想不到，如此优美的诗歌，竟被陈晓明先生拆卸得支离破碎，拦腰断章取义地摘出两句，可笑地解释成为“语言干脆利落却互相撞击的异他性意义闪现”。如此胡乱比附，简直就是化神奇为腐朽。试问陈晓明先生，“异他性意义闪现”究竟表现在陈晓明先生所举的张枣这两句诗的什么地方?

④“总而言之，宏大的历史叙事已经很难在当代小说中出现，特别是中短篇小说，小人物、小叙事、小感觉构成了小说的基调，而文学需要进入到人性更隐秘的深处，需要在生活变形和裂开的瞬间抓住存在之真相本质，文学性的意味只有这样时刻涌溢而出。这就是我们这个时代的文学性所赖以存在的那种质地，这是历史事件的剩余物，也是宏大的文学史的剩余物，这就是文学性的最小值，也只有最小值的文学性，构成最真实的审美感觉。‘剩余’是历史的遗产，也是历史的馈赠，更重要的是，它是历史的积淀，最后剩余的东西，是负隅顽抗的东西，它最有韧性，也最真实。它存留在集体的文本中，存留在每一次真实的写作中，它是语言、文字书写与生活存在的敞开关闭浑然一体的时刻，是尼采所说的那种山谷时刻，是海德格尔所说的空地敞开的时刻，是德里达所说的无限延异的时刻。这一切在后历史时代的文学书写中，成为一种更为真实的文学品质。”我以为，作为读者，倘若我们在阅读和分析一部文学作品时，就像解数学题一样，果真按照陈晓明先生这样的“最小值”去理解和生搬硬套的话，所有鲜活的文学作品都会被残酷地扼杀在僵死的理论框架中。陈晓明先生动辄就是拿尼采、海德格尔、德里达的理论来框范中国文学，这无异于是按图索骥，眼中的马全是死马。

⑤“小说(指《额尔古纳河右岸》)关注少数民族文化消失的主题，倒是呼应了国际上由后殖民理论带来的文化反思，也表达了作者批评强势文明的后现代态度。”

在陈晓明先生笔下，作为作家的迟子建简直就像是一名文化观察员和

时评作者。倘若迟子建在写《额尔古纳河右岸》这部长篇小说时，真的是为了去呼应“国际上由后殖民理论带来的文化反思”和为了表达作者“批评强势文明的后现代态度。”我敢说，迟子建的《额尔古纳河右岸》就不应该叫做小说，而应该叫做党政干部学习的政治理论读本和国际时事手册。

⑥“这是一种关于阅读的阅读，也是关于写作的写作。麦家以他的方式，给出了后现代小说的中国本土写作者和阅读的独特经验。”

“刘震云通过把乡土中国强行引入后现代的消费现场，顽强地把乡土中国与后现代情境重构在一起。”

“刘震云的叙述颠三倒四，没有时间的自然行程，父权制的强大的线性时间被任意割裂，置放进杂乱的后现代场域。”

什么叫做“后现代小说的中国本土写作者”？什么叫做“后现代的消费现场”和“后现代情境”？我敢说，类似陈晓明先生文章中汩汩而出的这种稀奇古怪的理论名词，即便是在中国众多的作家和理论家中，恐怕也没有几个人能够真正说出个子丑寅卯的。

三、字词不通、逻辑混乱、文笔粗疏。如：

①“安东尼·吉登斯是对现代性论述最为深入的左派理论家。在詹姆逊看来，吉登斯论述现代性原本是要批判它，结果变成了现代性的鼓吹者。这点可能要归结于吉登斯对现代性内涵论述相当充分，而他提出的理论前景却差强人意。”

②“不管是作家，还是出版商，都不愿做纯文学探索的牺牲品，他们更

乐于做图书市场的宠儿。在这种情形下，传统小说重新完全占据主流地位则不奇怪。但现今流行的传统小说，不管是讲故事，或是人物性格刻画，还是结构组织和语言描写方面，都显得差强人意。”

③“我不想对当代文学批评进行辩护，毫无疑问它存在这样或那样的问题，它有这样或那样差强人意的地方。但我实在不敢苟同人们对过去(80)年代的文学批评所怀有的奇怪的美化情节。”

④“林贤治先生是我尊敬的同行，但他此番话却说得差强人意。看上去振振有词，貌似有理，其实不得要领。试图从外部环境来分析，某个时代是不是可以产生大作家、大作品，这样的观点是靠不住的。”

从以上的文章中我们可以看出，“差强人意”是陈晓明先生喜爱有加的一个成语，但这个成语究竟是什么意思，陈晓明先生却没弄明白。倘若陈晓明先生在不知道的情况下查一查成语词典，就会知道，这里的“差”是指稍微，大致的意思；“强”则表示振奋的意思。原意为还算能振奋人的意思。现在表示还能够使人满意的意思。遗憾的是，作为北京大学的教授、博士生导师的著名学者陈晓明先生却把词意完全弄拧了。其实，类似这种被常用词绊倒的现象，在陈晓明先生的文章中并非只是孤例。这里我们不妨再来看一看以下这样的句子：

①“《小姨多鹤》是近年来中国小说不可多得的一部优秀之作。我想放在几十年来都是首屈一指的作品。她的思想意识之高，超越了简单的民族国家的立场，写出了对战争的控诉，以及人性的复杂性。生命是如此高贵不可摧毁，让我惊叹。”

②“当然，要说当代的乡土文学，贾平凹、莫言、张炜、李锐、路遥、陈忠实等等，都是首屈一指的当代中国乡土的刻画者，如果要追究他们与中国现代乡土文学的联系，可能是徒劳的。”

众所周知，在汉语成语中，首屈一指的意思是：掰着手指头计算时首先弯曲大拇指。表示第一，位居首位的意思。在①中，如果严歌苓的小说《小

姨多鹤》真的像陈晓明先生所说的那样是几十年来首屈一指的作品。那么,它的文学成就就必定在阎连科的小说《受活》之上,而按照陈晓明先生前面的说法,《受活》“丝毫不逊色于《百年孤独》”,那么我们就可以肯定地说,《小姨多鹤》的文学成就远远高于《百年孤独》。而稍有一点文学常识的人都知道,陈晓明先生这是不负责任的说法。从②中我们可以看到,陈晓明先生虽贵为大学者和著名文学批评家,却连首屈一指的基本意思都没有搞懂,将贾平凹等五六个作家并列在一起还能够称得上是首屈一指吗?思维的混乱,自相矛盾的比附,可说是陈晓明先生写作时的常见病和多发病。

这里我们不妨再来看几段陈晓明先生所写的绕口令和太空语一样的文字:

①“批评可以依据观念和理性之力来解释文学,但也可根据文字本身来进入文本,确实,对于我来说,越来越感兴趣于以文字的方式进入文本,只有文字对文字才能激活文本的文字,才能与文学文本的文字连成一体,那是人性化的批评。”

②“一种激活现代性美学记忆的那种美学量子——这就是审美的量子力学,它关注美学品质的最小值构成,由此才能真正抓住审美的决定性活力。”

③“1986 年,洪峰发表《奔丧》,传统小说的悲剧性事件在这里被他加以反讽性地运用。‘父亲’的悲剧性意义的丧失和他的权威性的恐惧力量的解除,是令人绝望的。《奔丧》的‘渎神’意义表明‘大写的人’无可挽回地颓然倒地,它怂恿着叛逆的子们无所顾忌地越过英雄主义和理想主义的

界碑。”

从③中我们看到，文中的“子们”前面显然漏掉了一个“儿”字。陈晓明先生的文章之所以难以理解，除了其喜欢硬搬理论名词之外，为文的粗疏，可以说同样是陈晓明先生的致命伤。在陈晓明先生有的专著中，同一篇文章，居然以不同的标题重复出现在同一本书中；在其文章中，甚至闹出了将成语“大跌眼镜”写成了“大跌眼睛”这样的笑话。

●【直　言】

迎接“北大新诗学派”的诞生

——兼给《谢冕编年文集》挑错

古远清

谢冕诗兄：

12卷《谢冕编年文集》虽然迟到了4个月，但还是十分感谢你。这是我整整等了30年能给我带来智慧和快乐的大书，可惜程文超老弟未能得到这份厚重的精神馈赠就驾鹤西去。1986年，他在考你的博士生前夕，曾光临寒舍切磋研讨“如何才能考上谢冕的博士生”。我跟他“辅导”了整整一个上午，内容离不开你的学术成就及对当代文坛的贡献，他还借走了我当时拥有包括发行量极小的《湖岸诗评》在内的“谢冕全集”——你所有的单行本。

粗翻了一遍大著，总的感觉是“三真”：真实，真诚，真人。以真为镜的你竟把奉上级之命写的反自由化的“检讨”一字不改刊在书中，试图以自己的坦诚去照亮那些所谓“记忆文学”中伪造自己历史的肮脏文字，这种勇气真让人佩服和惊叹！这种检查，本是令人痛苦的一种精神自戕的语言酷刑，在大陆年纪大一点的知识分子都经历过或写过（包括笔者）。对这种产生在中国大陆特殊政治环境中的检查，披露出来无疑有一定认识价值，可使人了解到大陆知识分子当年如何没有独立人格，被迫用这种“语言酷刑”去拷打自己的灵魂，去换取自身的人身自由。

在今天，你仍毫不掩饰自己所走过的漫漫风霜冰雪路，其崇高境界让人联想到王国维的一句诗：“偶开天眼觑红尘。”不瞒你说，我曾不无神秘自豪地向别人炫耀，我不仅收藏有某文化名人有关“文革”期间写大批判文章的交待，而且有你老兄清除精神污染运动时的检查文本，也就是“文集”所注明的登在北大校刊上你答记者问的复印件。现在有了你这本“文集”，我这位“文学史料专家”的“秘藏”也就变得一文不值。当年曾有人建议我把你这个所谓“检查”送到潘家园卖个好价钱，看来这个美梦破灭了。但我不甘心破产，想另觅财路改行做“谢冕佚文搜集专家”。可一想到年逾古稀后，我这位“老古”已升级为“古老”，恐怕是力不从心矣！

在我在上月福州召开的第十七届世界华文文学国际研讨会茶叙时，曾向你许愿收到大著后一定要挑出你的毛病，为兑现诺言，现把用放大镜挑到的十处开列如下——不过，有些属手民所误，有些则是建议而已：

一是六卷 271 页“最早成立的诗刊”应为“最早创立的诗刊”。说台湾蓝星诗社成立于 1954 年 6 月，其实应为同年 3 月。“1956 年 1 月 15 日，现代诗社宣告在台湾成立”，这里的“现代诗社”应为“现代派”。

二是十二卷 529 页说 1997 年访问南洋大学，应为南洋理工大学，因南洋大学已于 1980 年关闭。

三是十二卷 377 页注 1 引用辽宁大学出版的《现代台湾文学史》的资料称：叶珊即杨牧是“创世纪”诗社早期成员。其实，叶珊在《创世纪》刊物上发表作品是作为该诗社票友出现的。这时他和余光中过从甚密，作品也常在《蓝星》发表，诗风更与“蓝星”同仁靠近，但他也从未加入过“蓝星”诗社。在意识形态上，作为诗坛游侠的他心仪的是“创世纪”却又不属于“创世纪”。这点在张惠菁著的《杨牧》书中有明确的说明。

四是十二卷376页注2台湾诗人白秋应为白萩,注6覃红应为复红。574页倒数5行"稿冕"应为"谢冕"。同卷530页倒数第一段"由谢主编",应为"由谢冕主编"。该书大事记许多地方将谢冕简称为谢,但此处谈的是著作权,故应署全称谢冕,以便和下一句"孟繁华任副主编"相对应。七卷87页倒数3行台湾诗人"林耀德"应为"林燿德"。五卷彩色插图第3页文字说明"陆燿德"应为"林燿德"。

五是六卷272页9行末尾在论及纪弦《现代派六大信条》后面不妨加注,可为"两岸文学交流史"增添一段文坛轶话:1997年冬季在台北出版的《创世纪》,在卷首重刊纪弦写于1956年的《现代派六大信条》,末尾有"爱国、反共"的内容。重刊时并未说明系转载。后来《创世纪》在1998年春季号封面二刊出《本刊启事》,郑重说明六大信条"非本社创刊宗旨",转载是为了"引述当时(六十年代)台湾现代诗与现代艺术发展的时代背景"。大陆"艾尚仁"大概未看到此启事,就是看到了他也可能不知道"现代派"是怎么一回事,便一口咬定《创世纪》在1990年代仍是反共刊物,于是在1998年9月出版的《文艺理论与批评》著文《谢冕诸君应有个说法》,质问谢冕等九位大陆社务委员是怎样与这个"反共刊物"取得联系的,为该刊做了什么工作。大陆毕竟是改革开放的时代,不再实行以阶级斗争为纲,故北京大学校方了解到《创世纪》是认同"一个中国"的刊物,该刊对转载他人的"爱国、反共"的内容作了公开澄清和"更正",且谢冕本人并未参加任何实际编务工作的事实真相后,并没有给谢冕任何处分。(此段文字见拙著:《海峡两岸文学关系史》,福建人民出版社2010年版263页;台北海峡学术出版社2012年版下册498页)

六是八卷彩色插图第4页文字说明"1990年代在香港岭南学院",应为"1993年夏在香港岭南学院"。我当时有幸应梁锡华的邀请与你及严家炎一起到该校客座,故记忆清楚。那时还经常和你从摩利臣山道坐大巴下山买菜,你还在车上和我说"我现在学会了省钱"呢。

七是十一卷彩色插图第2页文字说明“由左及右为谢冕，方明，痖弦，陶然，蔡其矫”，此女“方明”后应加“（大陆）”，因为台北也有个方明，此男“方明”名气还不小，如今成了《创世纪》的发行人。本来也可以不加，但照片中已有台港作家尤其是有《创世纪》的原发行人痖弦，故非注不可，不然人们会认为方明变性了。

八是十一卷116页注“据文稿编入”，亦可改为“据2007年2月12日《文汇读书周报》或《当代文学研究资料与信息》2006年第3期编入”。这不是你一稿多投，而是我为推销自己的著作“出卖”你。为了扩大拙著的影响，我还擅自把你给我写的这篇《中国当代文学理论批评史》序言《书写作为一种责任》，另在2005年12月出版的香港《作家》月刊刊登，记得我还面交稿酬港币给你，你当时说怎么有这么多。刊物也曾寄你。你在境外刊登的文章在“文集”中肯定有遗漏，这是搜集你的“佚文”可以大展拳脚的一个领域。

九是书信收入得太少。书信本是最温柔的艺术，它最能窥见作者的人品与文品。看来编者并未广泛征集，像我手中就有几封你给我的手写信。在我跟余某打官司期间，《中华读书报》记者采访了北大众多名教授，均不表态，而你是第一个站出来支持我的人，使我深受感动。正是这个原因，上海诗评家孙光萱曾将你致他关于如何看待余某人现象的一封很有价值的信转给我。现光萱兄已于2012年11月4日作古，我所藏的也许就成为海内外的孤本。不过，这个孤本我不会让它在拍卖市场流浪，等你编第13卷《佚文集》（有这个计划吗？如无，先将你一军！）时再完璧归谢。

十是后面缺乏人名索引和篇名索引。我知道你为文的风格不喜欢那些繁文缛节的所谓学术规范尤其是在论文后面的长长注释，但这是多达12卷的“文集”而不是单篇论文啊。

在无错不成书的年代，“文集”的错漏还是少之又少的。有时我打着灯笼去寻找，竟一无所获。我“恨”你的学生高秀芹和老友刘福春，怎么会把你的“文集”编得这样近乎天衣无缝，使我这个爱找碴的人差点失业。不过，你别高兴得太早，“文集”我远远来不及仔细读完，你就等着我这位被你的学生张志忠称之为牛虻式的人物再给你挑刺吧！

我是头一个写《谢冕的评论道路》的作者，发表在80年代很活跃的《批评家》杂志上。虽然写得很拘谨，受到丁东的反弹，但毕竟是“谢冕研究史”（如果有这个“史”的话）上的初试啼声。此文收入拙著《中国当代文学理论批评史》时，已作了修改。从我多年追踪你的评论足迹看，我朦胧地觉得有一种“北大新诗学派”的隐形存在。无论是当年支持朦胧诗，还是后来成立新诗所出版《新诗评论》杂志，编撰三位学者的文集和《中国新诗总系》，所做的是一种为建立“北大新诗学派”的铺垫工作。

你们低调从不肯承认，可这有臧克家给我的68封信中，其中9封有关“北大派”的内容为证。既然你们圈内人只做不说，那就由我这个圈外人来写一篇《寻找“北大新诗学派”》的文章吧，内容分为：建立新诗学派的困难和可能，“北大新诗学派”的出现及其背景，“北大新诗学派”的主要成员及其治学特色，“北大新诗学派”对当代诗坛的贡献及局限。

为使“北大新诗学派”早日浮出水面，建议北京大学出版社编一套“北大新诗学派研究丛书”，第一本不妨叫《谢冕评说三十年》，编选时可以把韩石山“骂”你的文章一起收进。一位学者或作家的光芒，不能光靠赞美诗去凸现，也要靠不同文见作者的“讨伐之声”去衬托。我编《余光中评说五十年》时，就把李敖、陈鼓应对余光中大粪浇头式的攻讦收在书中，这丝毫无损余氏傲视文坛、屹立不倒，像一座颇富宫室殿堂之美的名城屹立在中国当代文学史上。“北大新诗学派”不是同乡会，因而编这套研究资料选时，不应遗忘当年被北大“放逐”的孙绍振及虽不出身北大但如今成为“北大新诗学派”守门人之一的吴思敬。对这套研究丛书，我热烈地期待着，但愿下次见面时你能给我惊喜。

祝诗安！

我为什么揭露施慧抄袭

——关于施慧《音乐之光》及其他

项兆斌

我与施慧先生相识多年，虽谈不上深交，却也关系正常。今年上半年从媒体得知，他的新著《音乐之光》获第七届云南文学艺术创作基金奖二等奖（“云南文学艺术创作基金奖”是云南最高文学奖项），虽然我未有《音乐之光》一书，却为他获奖高兴。

据施慧自己说，他已将《音乐之光》等著作赠送包括美国国会图书馆在内的国外50个国家级图书馆以及全国艺术类大专院校图书馆。另外，据查证，获施慧赠《音乐之光》等著作的还包括中国国家图书馆、中国现代文学馆、上海图书馆、台湾“中央图书馆”、澳门中央图书馆在内的数十家图书馆；还包括北大、清华、复旦、中山大学在内的国内数十家知名大学图书馆。

今年8月20日，收到施慧邮政寄赠的《音乐之光》、《施慧文集（散文卷）》、《施慧文集（艺术卷）》，见封面设计漂亮大方，包装精美，我为之欣喜。三部书中，我最感兴趣的自是得奖之作《音乐之光》，获书当天我就迫不及待地捧读。该书有两篇序言，主序作者是原沈阳音乐学院院长秦咏成，序二作者是原云南省作协主席晓雪。尽管两序对施慧《音乐之光》均给了很高的评价，但对于他们过于理性和原则的评价，我并未在意。唯晓雪对《音乐之光》文学性的评介燃亮了我的眼睛。他说“施慧善于用诗一般的语言写出音乐家的艺术个性和主要特点”，接着他向读者推荐了《音乐之光》中分别描写柴可夫斯基、贝多芬及莫扎特三段诗意描写。晓雪所引三段文字，果真是美文，我感到其中每个字都是芳香的，每个词都是鲜活的，每句话都是有意蕴的，正所谓文采湿眼、诗意迷人！我佩服晓雪老师的好眼力,更醉心施慧的文采。

可当我复读此三段美文时,却有似曾相识之感!我忽想起多年前阅览过的肖复兴主编的《音乐散文丛书》(内有鲍尔吉·原野、张长、赵丽宏、肖复兴各一本)和赵丽宏的散文集《莫扎特的造访》,我曾从上述书中摘录过不少诗意句子。我旋即找出当年的读书札记,不一会就发现晓雪序中赞赏"诗一般的语言"的三段美文,全是施慧抄袭来的,绝大部分抄袭自赵丽宏的三篇音乐散文《音乐的抒情与遐想》、《流水和高山》和《莫扎特的造访》,个别处抄袭自张长的音乐散文《静美的秋叶》。

我对施慧和他的《音乐之光》一下大失所望,原本暖和的心像被泼了一桶冰水。这下,我对施慧抄袭的怀疑远不止于上述"三段美文"了,而是《音乐之光》整本书了!甚至是施慧送我的三本书了。

获施慧先生赠书,我心存感谢。但想到施慧的抄袭之作,欺骗了好心的领导和专家学者们,想到其抄袭之作将长期欺骗国内外读者,我作为一个批评家,面对抄袭剽窃行为,公不容私,正不容邪,应予以揭露和批评。

从获施慧赠书的当天(8 月 20 日),文人的良心驱使我对《音乐之光》等三部书的抄袭走出了调查的第一步。

施慧往昔给我的印象,愈来愈模糊了。我心中清楚,但凡严重抄袭别人作品者,一定是极其自私的人,是为达到目的而不择手段的人;如果不及时揭露其害人害己的抄袭行为,如果不让相关领导、评论界,尤其是读者知道施慧的抄袭真相,将要酿出更大的恶果!

我先后就此事挂电话向评论家蔡毅、晓雪、张长、张运贵、郑千山及程地超等通报。

我对晓雪老师说:"施慧的《音乐之光》发现严重抄袭,您在序中赞美施慧的三段美文,竟没有一句是施慧写的,全是他抄来的!"我又加重语气说:"施慧不仅抄了上海赵丽宏的,北京肖复兴的,还抄了我们身边的张长老师的。"

晓雪惊讶了:“啊!”

我又说:“你送我的《晓雪选集》其中的《序跋卷》共56万字、序跋203篇,你几十年为培养文学新人,奉献不小,但这一次你却被施慧蒙骗了。”

晓雪说:“我以前没读过赵丽宏、肖复兴和张长的音乐散文,全没有想到施慧会抄袭,只以为他多才多艺,是个奇人,人才难得,才为他作序。你揭露他抄袭,出于公心,完全做得对!”

我说:“张长老师年纪不小了,他被抄袭的事,我不敢告诉他,怕他着急!”晓雪说:“你应当告诉张长,这可不是件小事。”

于是我通告了张长老师,他生气地说:“施慧胆子太大了,抄袭了我的作品,居然敢送他的抄袭之作《音乐之光》来给我!你揭露施慧抄袭,有良知的作家和广大读者会支持你。”

作为云南文艺创作基金奖评委(此奖项评委近10人)之一的蔡毅,对《音乐之光》得奖曾给予过支持,当我告诉他施慧抄袭真相后,他斩钉截铁地说:“我们受骗了,你做得太好,坚决支持!”

评论家郑千山说:“早前我曾先后为施慧的两本书作序,分别在序中警示过他不要走‘摘录、整合’的道路,可惜他没有听进去,真为他惋惜!”

评论家张运贵及程地超对我揭露抄袭,也表示坚决支持。

原云南省歌舞团团长、作家徐演说:“你此壮举,理当正义,万众支持!”

以上评论家和作家如此阳光,说明他们和众多专家或评委一样,当初对施慧《音乐之光》给予好评,没有私心,纯属上当受骗。

第二天上午,我又发现了《音乐之光》更多的抄袭。下午我赶到省文联文艺理论室,提交了施慧抄袭张长、赵丽宏、肖复兴、王开林及鲍尔吉·原野五位名家名作的相关证据,并请他们转呈省文联领导。文艺理论室一位编辑说:“上月(7月18日)才举办了施慧新著的首发式座谈会,红红火火的,想不到没几天就变成泡沫了!”另一位编辑说(大意):评论家郑千山为施慧的两部书写过序言,但那天的座谈会上,发言的专家对施慧《音乐之光》等著作无不好评，在场的郑千山却一言不发，当时我觉得好生奇怪，现在就能猜到内里了。

为进一步调查施慧抄袭，我在取证过程中联系了海内外的被抄袭者，他们无不气愤，或电话或短信或电邮与我联系，对我给予支持和帮助。如上海作协副主席赵丽宏说："谢谢你为此事费心，也是尽一个文学批评家的责任。"原《人民文学》副主编肖复兴说："你做了一件十分有意义的事，谢谢你。"湖南省作协《文学界》主编王开林说："文抄公乃文坛之公害，过街老鼠人人喊打，坚决支持你的正义行动。"鲍吉尔·原野说："你为原创作家维权，辛苦了，谢谢你！"他们还向我提供新发现的抄袭线索，有的还寄来被抄袭的原著。此外，高远和侯珅也谴责了施慧的抄袭行为。

也有亲近友人为我担心，劝阻我说："你写你的诗歌、小说、评论，施慧又没有抄你的作品，管人家抄不抄的！你揭露他抄袭，他不恨死你了！?"

我说："我虽然各种文体都写，但首先是批评家。批评文坛丑恶是批评家的天职，抄袭是文坛大恶，如果撞见文坛大恶而绕道走，还有什么资格做批评家！我做不来只栽花不插刺，要是这次不吭声，我会永远于心不安！"

我想起了寓言家克雷洛夫的话："要是我们看到了丑恶，却不用手把它点出来，那我们离丑恶就不远了。"我对自己说，要是在罪恶跟前装聋作哑，我们离罪恶就越走越近了。

出自文化人的良心，从8月20日起我花了数月时间，经过调查研究，以实在的证据，揭露了施慧《音乐之光》抄袭了他人作品约60 000字。由于施慧的新著《施慧文集·艺术卷》，辑入了《音乐之光》全部30篇文章，因此《施慧文集·艺术卷》同样至少抄袭了他人作品约60 000字。

寒碜的高晓声故居

陆建华

日前蒙常州文友盛情，邀我去他们那里参加高晓声研究会成立大会。关于高晓声，作家储福金曾在一篇散文中这样感慨地写道：“在中国，一个当代小说作家很难有长期影响。新时期初期小说家高晓声，曾经名如鹊声四起，但现在的年轻人听到高晓声的名字就觉得陌生了。”岂止陌生？上海作家陈歆耕最近在一篇题为《高晓声与恐龙园》的随笔中说得更令人难过与无奈：“今天很多人知道常州有个人造的恐龙园，但不清楚常州有个当代优秀作家高晓声。”据此，陈先生大声疾呼：“对于常州人来说，像恐龙园这样的旅游景点和公共文化设施是重要的，它不仅可供大众休闲、娱乐，同时能带来可观的经济效益，但常州人不该遗忘高晓声这样的当代优秀作家。”

高晓声研究会的成立，在国内反响不俗，不仅中国作协、省作协等单位发来贺信，还有不少文坛知名的作家评论家从北京、上海、南京等地，兴致勃勃地赶到常州表示由衷的祝贺。我所以忝列被邀请者名单之列，既因为汪曾祺研究会早在十年前就已经成立，而且我至今还担任着汪曾祺研究会负责人的虚名，还因为近十年来，一直为成立高晓声研究会奔走呼喊的李怀中、陆克寒两位先生曾经多次就成立高晓声研究会的话题，征求过我的意见。如今，经长达十年之久的筹备和努力，终于梦想成真，我理解他们的激动与欢欣。

到了常州才清楚，此次庆祝高晓声研究会成立的活动，基本上是一次民间活动。除高晓声家乡的基层干部到会外，其他包括我在内的外地的、本地的与会者，大都是已经离退休的两鬓斑白的老者。进一步询问得知，如果不是高晓声故乡的一位民营企业老总的慷慨解囊，高晓声研究会能否成立还很难说。文化人什么时候都改不了容易激动、一激动就控制不住情绪的脾气，明明是庆祝高晓声研究会的成立，但发言者说着说着就好像有点跑题了，都忍不住向热心支持文化活动的企业家们致敬。仔细想想，这也确实是大家的心里话啊。

庆祝活动虽只一天，但内容丰富，其中之一是参观位于武进区郑桥镇董墅村的高晓声故居。到了目的地一看，许多人嘴上没说，心中却泛起一股难以言述的惆怅甚至难过之情。这就是高晓声曾经栖身的地方？一大间破败不堪的房子，早就不住人了，寒风穿堂而过，飒飒寒意向每个参观者无情袭来；上有摇摇晃晃的小搁楼，无法攀登。整个故居加起来一百多平方米，根本容纳不下抱着深深怀念之情从各地赶来常州参加活动的与会者，大家只好选择一块空地随意地站着，心情复杂地向这寒碜的破房子眺望……

据悉，高晓声研究会的朋友们准备筹资尽快修复高晓声故居。外地来的多数文化人都认为没有太大的必要。出身清贫的高晓声不可能像鲁迅、郭沫若那些大家那样，曾经有过显赫的故居，就这么巴掌大的一眼就看遍的房子，花上大钱，修得不符合历史真实，老高如果地下有知恐怕也不高兴，即使劳神费财修旧如旧了，也很难吸引游客到此一游。倒不如花些小钱，使其不成危房，然后在门外钉上一个铜牌，就刻“高晓声故居”五个字，这反而是最朴实、最真诚的纪念。有兴趣来参观的人一看就会明白：难怪高晓声能写出《李顺大造屋》、《陈焕生上城》那么多反映底层农民艰辛生活的经典成品，原来他自己就住的这样的破房子，过的与贫苦农民一样的苦日子啊。

中国秦腔忧思录(下)

西 堃

■ 民间社团、自乐班、散落在社会上的浩瀚如星的秦腔票友,三股力量的合流使我们清醒地认识到秦腔是中国西部人民不可缺少的食粮,是西部民众精神力量的源泉,在现阶段,如果没有这些民间秦腔组织和人才,我们的精神文化生活是何其的平庸和苍白乏味。

■ 整个秦腔界群龙无首、一盘散沙,没有人或组织为秦腔艺术作为一项国家文化事业奔走呼告,没有组织提出秦腔振兴和发展的纲领和思路,西部地区各级政府的中心工作是经济建设,文化方面的投入很少。

四大名旦与群星璀璨

2005 年,陕西省电视台与一些机构联合搞了一次秦腔“四大名旦”争霸赛,当时大赛气氛之热烈,可以用一点即燃来形容,凡符合年龄条件的旦角演员几乎都参加了。通过演唱技巧、才艺展示、知识问答及网络手机投票,秦腔“四大名旦”出炉。这四位女演员在这场角逐中的得分没有问题,问题是这四位“四大名旦”无法让绝大多数热爱秦腔的人认定是代表中国秦腔旦角行当最高水平的四大名旦,除个别德艺双馨的演员被观众尚能认可外,其他人的表演能力只能用“比较好”来定论,她们没有塑造几个超越了别人的艺术形象,没有多少代表剧目,还没有形成自己独特的个人艺术风格,在秦腔表演艺术领域要走的路还很长,并且有人说她们的入选是内定的,早在非评委专家的预料之中,因为所有参赛条件是为她们“量身”设置的。让许多秦腔铁杆戏迷不能接受的是:远比这四个人强得多的老一辈秦腔表演艺术家还活跃在舞台上,还在不断地为广大戏迷倾情演出,她们没有得到四大名旦、八大名旦的桂冠，倒是这几个还在学习成长的年轻人成了秦腔旦角的领军人物，因此有人认定这是一场闹剧，这是一场为个别年轻人寻求成名的炒作。

侯红琴不在“四大名旦”之列，但是侯红琴的演艺水平不在“四大名旦”之下，而在这四人之上，在相当数量的秦腔观众的心目中，侯红琴是这一拨旦角演员中最优秀的，是中青年演员中最能展现旦角风采的演员，然而，这位秦腔百灵却榜上无名。

在此之前，好像没有搞过什么四大名旦的评选。这次热闹空前的评选，受益者就是被专家认定的“四大名旦”四个演员，她们扬了名、晋了级，有的还当了官，赢得盆满钵满。不认账的观众自有理由，他们认为这次评选是失败的，真正的评选，就应该是全面的选举，像电影百花奖一样，实行票决制，所有旦角演员齐上阵，所有想投票的观众都投票，不设评委。这是一个原则，另外就是不要搞年龄限制，十几岁，五六十岁，只要在舞台上演出秦腔，她就有资格参选。还有一点，就是突出正旦，演不了青衣，演不出人物性格和内心世界的复杂丰富，嗓音行腔没有独特性，就不能成为名旦。事实正好相反，“四大名旦”各自的代表剧目中有几个正旦角色？有几个青衣人物形象？这“四大名旦”中只有李娟演青衣比较纯正，而那些真正如流水一般清丽婉约的正旦演员距离“名旦”可谓还差十万八千里呢。

谁是秦腔四大名旦？观众不买陕西电视台和几位专家的账，比较一致的看法是舞台上最活跃的中青年演员还没有达到个人演艺生涯的最高峰，在观众心目中，孟遏云、肖若兰，郭明霞、肖玉玲才是真正的四大名旦，这四位秦腔表演艺术家取得的成就，对秦腔事业的贡献，是时下这四位年轻的“四大名旦”不可同日而语、相提并论的。

除了孟遏云、肖若兰、郭明霞、肖玉玲，还有苏蕊娥、王玉琴、余巧云、李瑞芳、马蓝鱼、全巧民、郝彩凤、郃桂芬、杨凤兰、张咏华、焦瑞霞、熊月玲、齐海棠、段林菊、马友仙等老一辈秦腔名伶，这些秦腔百灵给整个西北民众带来的天籁之音，使秦腔成为这块极不平坦的地貌上的雨露甘霖。这些璀璨的艺术星辰，照亮了西北人纯朴善良的心灵。今天，一批接一批的一生为秦腔的年轻艺术家让秦腔舞台薪火相传，所有的秦腔人、所有的秦腔戏迷都希望纯粹的艺术就让观众来评判好了，不要为个别人的名利搞什么大奖赛，如果要评选这个戏曲门类的王者，那就必须是“全民”公决——所有秦腔人共同来评选，这样的结果才有说服力。

戏曲大奖颁给谁

梅花奖是中国戏曲界的最高奖，可以说得梅花奖者得天下，荣誉、职称、待遇、市场收益等所有与演艺有关的东西皆因这个奖项而出现天堂之上和荒郊凄野的迥然不同。

什么样的演员才能得梅花奖？自然是有作品、有优秀表演才能的演员。时下人们对中国剧协评梅花奖没有歧义，认为是公正的，问题是携带优秀作品的优秀秦腔演员能否通过省市剧协这个关口。县剧团向市文化部门申报，市文化部门在若干剧团若干演员中遴选，再向省剧协、省文化厅申报，省剧协、省文化厅决定谁代表“我”省参加全国的评奖。对一个演员来说，每一个关口都是“生死考验”，跃过一个关口，光有作品不行，光有过硬的演艺素养不行，这是一场综合实力的角逐，平衡演员之间的关系、平衡剧团之间的关系、个人影响等都是很重要的因素，某省已经发生过几次戏迷口诛笔伐省剧协、省文化厅的事。过了省级剧协这一关，可以舒一口气，眼前是一马平川，这个广袤的舞台上，拼的是纯实力，那些乌七八糟的东西在北京各大剧院的舞台上没有表演的机会。

据业内人士说，省级秦腔奖项，首先考虑省剧团、省会城市秦剧团，接下来是地级市秦剧团，等这些财大气粗的团体瓜分得心满意足，才会给县剧团一点残羹冷炙、残茶剩饭，大多数时候，县剧团和县剧团的演员只是陪衬、陪客，一无所有。工作在最基层的戏曲人员和仗义执言者说，省秦剧团是太子，省会城市秦剧团是王子，地级市秦剧团是庶子，县剧团是后娘养的野孩子。在一次次的全省戏曲大奖赛或调演、汇演上，县剧团及其演职人员无人问津，可怜得跟乞丐差不多。所有这些活动，是太子、王子和庶子的盛宴，跟“穷人”（县剧团）没有多少关系。

在这种歪风邪气的侵蚀下，一些品行端正的演员放弃了一切追求，把事业看成了职业，把表演视为工作，所有的付出，只是领取薪水时问心无愧，至于创新、钻研，早已没有了动力和压力。职称可以不要，只要有一口饭吃即可。这种病菌已经严重侵蚀了秦腔艺术的肌体，而目前还看不到这一恶习有任何改变的迹象。

艺术领域权柄的力量

权力在艺术领域不正当的运用大体上是两个方面，一个是外权内用，一个是权为己用。外权内用，是地方政要插手剧团和艺术表演事务，具体为某个人的一己之利或成名而干涉剧目主演安排、比赛获奖；权为己用，是剧团当权者尽可能地把好事揽入自己怀中或给自己的人，影响剧团正常工作和发展。

权为己用现在很普遍，上一届文华奖就是明证。一个剧团，所有演员的命运都在团长手中，谁在一个新剧目中担纲主角，谁演配角，团长一人可以定夺；一个演员这一辈子走什么样的道路，最后达到什么样的艺术境界，很大程度上也决定于剧团团长，而不是他（她）自己。

有一个地级市秦剧团团长，演员出身，在表演上没有过人的地方，无法取得成就，便改行写剧本，写剧本也是小打小闹，有成绩，但跟那些国家一级编剧有不小的距离，经人指点，改编他人小说，在各种因素的合力帮衬下，这个作品成功了。为了显示他的能力，他把改编变成原创，再通过个人努力,他拿到了国家一级编剧的职称。他是这个省唯一一名在地级市秦剧团产生的国家一级编剧。他成功了,作为国家一级编剧的团长腰杆子也硬了起来,他这个剧团所有演出的剧目的主角,都赐予与他有相当关系的演员,那些在舞台上打拼上了二十多年的优秀演员因为看不惯他权为己所用的作风而受到打击,或退隐,或提前退休。

秦腔要发展,权力归位是很重要的,情为艺术所系、利为演员所谋、权为事业所用,是秦腔传承和发展的必要条件,倘若无视眼前权不正用的风气,受损害的不只是秦腔爱好者,更重要的是那些毕其一生为秦腔献身的演员和秦腔艺术本身。

秦腔不能雷同于京剧,不是京剧的附庸

对于秦腔艺术,京剧大师梅兰芳、程砚秋,文学大师鲁迅,剧作家曹禺、田汉等皆有高度评价,认为秦腔有自己独特的地方,有一大批风格鲜明的秦腔戏剧大师,如刘易平、刘毓中、孟遏云、樊新民等等。数百年的戏曲发展史,也是秦腔和京剧等剧种互相学习促进的过程,秦腔吸收京剧的精华,京剧移植秦腔的表演技法。客观地说,传统秦腔的表演程式、特技、唱腔、板路,比京剧复杂一些,而近二十年来的戏剧发展实践,京剧远远走在了秦腔的前面,八十年代后期陕西省的一些秦腔专家试图对秦腔唱腔进行改革,但这场变革以失败告终。眼下的秦腔(不论是陕西秦腔还是甘肃秦腔)表演程式陈旧,音乐和演唱太实,缺乏空灵,优秀的专业人才缺失,一大批有实力的演员进不了专业剧团,只能以票友或者戏迷的身份参与秦腔演唱会,活跃在舞台上的中青年演员在各个方面没有赶超上一辈老艺术家,真正为秦腔艺术献身的人才不够,重名利而淡艺术者众,整个秦腔艺术处于低潮中。陕西省戏曲研究院在不遗余力地探索振兴之路,但观众对秦腔音乐的交响乐化和声腔的“科学”发声明显不接受,对陕西名家一味地学习模

仿京剧的“雅”不认同，认为这是舍本逐末，专家的努力应当得到尊重，观众的态度也有其正确和可取的地方。

西北民众普遍的观点是：秦腔就是秦腔，不能京剧化，不能一味地求“雅”。这是一个根本性的问题。

秦腔的复杂是秦腔的特点，也是秦腔的优势。就拿秦腔花脸来说，其他剧种不是这么暴烈，没有这么沧桑、雄厚、宏阔，没有这么富于穿透力，京剧的花脸突出高扬、豪迈，但不见力，不沉重。

有些京剧专业人士很反感戏剧花脸这么唱，认为这是一种粗野的表现，试问，长江在三峡段水流湍急，但有多少咆哮如雷，而黄河仅在壶口就成天下绝响，洪峰急越时，整个山川皆在其腹下成泥石东逝。再则，一个性情刚烈的人在生离死别时，在国家灭亡时，他的感情不会喷发吗？他还能儒雅有余吗？而在中国历史上，那些国之栋梁、民之精魂经历的大悲场景还少吗？在某个特殊时刻，人的感情的暴发就是一座山岳的崩裂，其力量不是随意控制和做作出来的。

秦腔的吼更符合生活真实，只有真实性才能使表演艺术得到观众的喜爱。吼声是秦腔苦音的一个很重要的组成部分，很少用，但突出了剧情。如《铡美案》中秦香莲在《杀庙》一折中的哭天喊地，这里的演唱就需要吼叫。《三滴血》中周仁瑞穷途末路遇见王妈，悲情喷涌，那哭声是吼出来的，恰到好处地表现了人物当时的处境和心境。《周仁回府》中周仁哭墓也是吼出声的，著名秦腔演员谭建勋的声泪俱下有人说演过了，台下观众哭声一片，非常好，非常到位，如果这个时候咿咿呀呀欲哭无泪，那就假得没有任何意义了。想一想，自己的妻子替人赴死献身，他现在又被受恩者打得皮开肉绽，哭墓岂不心痛到了极点！——只有符合生活真实的艺术才是有生命力的。

喜爱秦腔的人认为京剧中须生的演唱像女人在埋汰，太萎靡不振，还不如京剧旦角的高亢优美。这就是秦腔跟京剧的不同之处，春兰秋菊，各有一时之秀。京剧属平原剧种，从江淮平原到华北平原，是纤秀的，在平淡中显风华；秦腔是高原剧种，各种声腔、表演都有其合理性。京剧专家如果不理解秦腔的一些演唱方式和表演程式，那么就到西部走一走，对秦腔所有的不理解不用秦腔专家解释，这里的山川河流、花草树木，以及人们的生活会告诉他，秦腔为什么是这样的。

雨后春笋般的民间社团，和让专家击节拍案的票友

秦腔的观众在回归，一些进入成年的有一定文化的年轻人开始喜爱秦腔艺术，这是一种非常可喜的变化，从这一现象中我们看到了秦腔走出低谷的希望。

电视节目的粗制滥造、流行音乐的低俗无聊，使人们认识到传统艺术的生命力和重要性，加上经济的繁荣，西部地区农村文化活动开始由秦腔演出担纲大任，这个目前始入发轫阶段的文化消费需求给县秦剧团提供了复活的契机，一些差额拨款的市级秦剧团也从农村挣到近百万(一年)的演出收入。甘肃省天水市有五个县区秦剧团，这些团体曾一度关门歇业，近几年因为演出市场的兴旺复活了，秦安、甘谷两个县剧团在甘肃省还唱出了名气。

与专业剧团缓慢复活形成鲜明对比的是：民间秦腔社团组织在蓬勃发展，西安的各个社区，兰州黄河之滨，秦腔自乐班唱响了整个城市的周末和夜晚；陕西咸阳市、宝鸡市、渭南市，甘肃天水市、白银市等地级市的秦腔社团也是风起云涌。这些社团、自乐班都是自筹经费，在自娱自乐的同时给广大秦腔爱好者和戏迷提供了舞台和艺术享受。自乐班是无偿为社会服务，而以盈利为目的的秦腔茶园生意兴隆。兰州市民族文化宫有十余家像模像样的秦腔茶社，每天演出时还有挂衣折子戏，免费为观众演出，甘肃省秦剧团、兰州市秦剧团以及陕西、甘肃的一些专业演员常来演出。据说这

些秦腔茶园茶社的营业收入不菲，好的经营者不比一个县剧团差，且是坐着挣钱。

顺应社会经济发展潮流，陕西省戏曲研究院、西安易俗社大剧院每天上演秦腔，实现了西安“天天看秦腔”的愿望。票价从五十元起步，到八千元，为各个阶层的戏迷和票友提供秦腔艺术的“最高级”享受。

应当感谢陕西省电视台《秦之声》栏目和甘肃省电视台《大戏台》栏目，这两档秦腔专栏为众多秦腔业余演员提供了专业舞台，同时也让圈内人士的眼界大开，让他们看到了秦腔艺术社会基础的雄厚，和秦腔人才队伍的庞大。尽管甘肃省的票友水平在整体上赶不上陕西省，但秦腔艺术人才的不断涌现还是让专家和戏迷感到振奋。王群利、徐苑、高喜娟、荣权会、赵淑利、王晓玲、李德录、宗晓娟等秦腔票友的演唱功力和秦腔艺术素养让贺林、王小康、冀福记、展运华等国家一级导演、编剧、高级讲师无比兴奋，让他们看到了秦腔专业院团之外的广阔天地，让他们看到了不亚于专业演员甚至于超越了专业水平的业余爱好者的深厚功力。

民间社团、自乐班、散落在社会上的浩瀚如星的秦腔票友，三股力量的合流使我们清醒地认识到秦腔是中国西部人民不可缺少的食粮，是西部民众精神力量的源泉，在现阶段，如果没有这些民间秦腔组织和人才，我们的精神文化生活是何其的平庸和苍白乏味。

那些身在高处养尊处优看不起这些民间力量和业余爱好者的专业演员面对这种局面应该警醒、应该知耻而后勇；政府文化部门在公共文化建设中应当想到如何利用和发挥好这些民间组织和艺术人才的力量，让人民群众的文化生活水平节节提高。

秦腔的洪流，流向何方

一位在甘肃工作了三十年的东北人深情地说，秦腔应该像京剧一样走进中小学生的课堂。可能吗？谁会让秦腔走进西北地区中小学生的课堂？

京剧艺术的传承和发展有中央政府的鼎力支持，中央戏剧学院开办研究生班、北京市的中小学生开办京剧艺术课堂，整个北京市一边是在戏剧的最高学府培养高端人才，一边是振兴京剧从娃娃抓起。京沪津等地每年的京剧汇演、交流如火如荼、热火朝天。在国家和地方政府的关怀和支持下，一批又一批京剧人才脱颖而出，并且是一支数百人的庞大的新锐队伍，反观秦腔，冷落得像个乞丐，整个秦腔界群龙无首、一盘散沙，没有人或组织为秦腔艺术作为一项国家文化事业奔走呼告，没有组织提出秦腔振兴和发展的纲领和思路，西部地区各级政府的中心工作是经济建设，文化方面的投入很少。一位市长坦言：文学艺术，就是政府不掏一分钱，它不会消亡，不会灭亡。

如果照目前的势头发展下去，秦腔势必走向衰落。秦腔艺术的领头羊陕西省是秦腔名家辈出的省份，现在是一种无序的状态，陕西省戏曲研究院近千人从事秦腔艺术，西安市还有秦腔剧院，而地级市就落后了一大截，而县剧团已经没有几家了。陕西省艺校的情况受大环境的影响，已远不如从前，更不能跟中央戏剧学院相提并论，西安音乐舞蹈学院现在开始培养秦腔人才，但这是民间的力量，是热爱秦腔的实业家在为秦腔艺术和西北地区培养人才，是一种带有几许无奈和悲壮的情怀的努力。

甘肃省作为秦腔的第二大省份，现状更惨，县级剧团的苟延残喘让人心酸心痛，省市艺校几乎没有了秦腔表演专业。

笔者坦言，当下政府不能养懒汉，不演出就断粮，让省市剧团走出院门，到民众需要的地方去，承担起为人民丰富业余文化生活的任务，同时每年要有新的剧目上演，发展秦腔艺术。对县剧团，要调整组合，不能每个县都有，更不能让其自生自灭，一个省组建几个实力雄厚、与市级秦剧团不分伯仲的院团，给足够的编制和经费，让他们在农村地区常年演出，让他们成为秦腔传承的主力军和生力军，一边吸收新生力量，一边培养中坚力量，使秦腔艺术一如西北地区厚实的土地一样，成为祖国戏曲艺术不可流失的宝库。

秦腔是茶，是美酒，不是牛排，不是咖啡奶酪，它跟流行音乐不一样，需要政府养殖，需要政府像重视国民教育一样划拨财力为其培根养土，让从事秦腔艺术的人才像科学工作者一样工作生活在体面和尊严中，人尽其才，才尽其用。

家庭剧：从平庸到恶俗

周思明

打开电视，一不小心就会与新鲜出炉的家庭剧遭遇，一如龙卷风般刚刚席卷全国的谍战剧、朝廷剧、后宫剧一样触目皆是，令人躲无可躲、别无选择：《温柔的谎言》《婚姻对对碰》《非亲姐妹》《双面胶》《剩女的新婚生活》《中国家庭》《裸婚》《闪婚》《婆婆来了》《钱多多嫁人记》《当婆婆遇上妈》《AA 制生活》《小夫妻时代》《婆婆来了》《金太狼的幸福生活》《婆婆也是妈》等等，多以当今社会“80 后”小夫妻的生活为看点。一部部地看下去，观众发觉不对了：这种看似亲民的类型剧，仿佛一个模子里倒出来的，题材角色大同小异，创作思想也彼此雷同，只不过张三换成李四，王五变成赵六——无非是婆婆跟媳妇死磕，女婿与丈母娘智斗、丈夫和娇妻斗嘴；不是在买房问题上尴尬纠结，就是小夫妻嗷嗷叫着离婚……如此硝烟弥漫舌枪唇剑甚至诉诸拳脚，让电视机前的年轻人望而生畏甚至患上“恐婚症”，也让他们的父母辈、爷爷辈不由得心惊胆战、不知所以:“这真的是在讲述这一代人的家庭生活吗?简直太可怕了!”“照此下去,谁还敢走进婚姻的殿堂?”

一、家庭剧成宫斗剧变种

当下不少家庭剧的显在表现是:婆媳成了见面就掐的天敌,而引发婆媳大战的,其实并非什么大不了的矛盾,没有根本的利害冲突,往往是些鸡毛蒜皮、芝麻绿豆小事,甚至一点点生活习惯上的差异也能点燃冲天的怒火、不熄的硝烟。电视剧《小夫妻时代》里,婆婆对准儿媳百般刁难,在生育、买房、装修等原本通过协商便可解决的问题上,编导却故意制造婆媳龃龉、家眷冲突,然后爆发一场场令人疼痛的家庭战争。电视剧《金太狼的幸福生活》中,外地无房男金亮跟李小璐饰演的小米不顾母亲反对而结婚。婚后金亮每天夹在老婆和丈母娘中间变成了“夹板男”,两边受气。更为不堪的是,《当婆婆遇上妈》极力渲染婆婆与妈妈大斗法的激烈场景,在婚礼的现场,两亲家火爆冲突,居然上演“全武行”。《小夫妻时代》里,妈妈坚持要求婆婆在房产证上写下自己女儿的名字,闹得两亲家疙疙瘩瘩颇为别扭。电视剧《家产》以“争夺遗产”为剧情主线,剧中老父亲突发心肌梗塞猝死,留下一套二环线的房子、几十万存款和一套古董首饰。然而,未等高老爷子下葬,三个儿子之间的房子争夺战便吹响了集结号,三个儿子背后的女人们也纷纷加盟这场看不见硝烟的战争,一家人勾心斗角机关算尽,而宝贵无比的人间亲情在大呼小叫唾沫横飞的“窝里斗”中荡然无存,看得人步步惊心,其情其景,较之可怕的宫斗剧,有过之而无不及。

二、恣意夸张令剧情虚假

客观地说,生活中尤其是刚刚披上婚纱走进家庭的媳妇,与婆婆的关系确实比较微妙，婆媳关系可算是一道难题，但实践证明，并不像众多的家庭剧描绘的那样剑拔弩张。一般而论，媳妇们偶尔也会对她们的婆婆某些处事方式不满，但还不至于像荧屏上所渲染的三天两头大吵小闹。有网友出面澄清，“很少会跟婆婆‘开战’，周围的朋友也没听说有开战的”。“婆婆固然有生气上火、脾气不好的时候，但不至于像电视剧里的婆婆那么‘面目狰狞’”。更有观众在微博上秀出婆婆的善良与慈祥，“哪有那么多争斗？今天婆婆看我不舒服还专门给我煲了鸡汤呢！”家庭剧中，往往出现顾大家的“凤凰男”与爱小家的“孔雀女”水火不容的争斗场面，但实际情形是，不是所有的“凤凰男”都会被“孔雀女”所怨恨，“凤凰男”同样有努力经营婚姻的主观愿望和实际行动，他们当然也受到妻子的疼爱、丈母娘的尊重。这就是说，“凤凰男”与“孔雀女”的矛盾不是不可调和的，关键是愿不愿意付出，会不会协调。如果愿意为婚姻全心付出，善于在父母与岳父母之间协调，“凤凰男”与“孔雀鸟”同样可以生活得幸福、快乐。因此，生活中婆媳也好，婆妈也罢，还是相亲相敬相安无事的多。对于那些在大城市生存打拼的年轻人的家庭建构，其实家庭事务只要理性安排合理处置，一般不会闹得像荧屏上所渲染的那样不可开交、难以调和。尤其是身为父母者，他们多是吃过苦受过累的“50后”中老年人，为了孩子们的幸福，他们宁可自己花钱受苦，也要给下一代、下下一代的儿孙们营造一个安定团结、温馨放心的家庭氛围，生活中即使真有什么不顺和烦恼，一般也会在理智的层面大事化小、小事化了，很少发生火爆冲突，多数还是能够做到相安无事的。

然而，当下流行的家庭剧主创们为了提升收视率，收回投资乃至更多盈利，不顾生活的真实，关起门来天马行空、胡编滥造，故意放大家庭内部成员之间的矛盾，唯恐家庭不乱，只要能够将水搅浑，他们可以没事找事，制造矛盾，无中生有，制造看点，而欲加之戏，何患无“料”哉！本来可以心平气和者，却让当事人故意高腔大嗓；原本可以有商有量的，却让亲人间掀起一场欲罢不能的围城战火。说穿了，此类家庭剧的要害在于不接地气，与人民群众的真实生活格格不入，甚至是毫不相干的两张皮。编剧为故事而故事，导演为热闹而热闹，演员刻意将人物关系浅薄化、情绪化、庸俗化，遂令家庭矛盾激烈化，世俗事务恶俗化，口角矛盾狗血化。为了制造所谓“看点”或“戏剧冲突”，他们甚至不顾文艺家的起码职业道德，将生活中本来莫须有的荒唐、荒诞硬是靠着一颗绝顶聪明的脑袋给“想象”出来。在他们的笔下和镜头里，中国老百姓的生活简直是一地鸡毛、一锅糨糊；中国中下层民众全都丧失了起码的道德伦理底线，为了利益为了金钱统统变得不可理喻、锱铢必较、得理不让人、无理也要狡三分！

三、要害是家庭关系妖魔化

家庭是我们这个社会的晴雨表，家庭是国家躯体上的敏感细胞。家庭的征候如何，其实与整个国家的脉象紧密相关，乃至有着某种必然的联系。事实上，家庭伦理在中国传统文化中，表现形态极为丰富，既有高尚友善的，也有平淡如水的，当然也不乏上述交恶冲突。家庭剧从世俗到庸俗再到恶俗，似乎没有截然的区别，也远非糟糕透顶。从正常的情况看，作为我国的主流文化之一，儒家是以血缘与生命为中心展开对人生的思考的，所以家庭一直以来被看作个人生命与价值之源。在此意义上，似乎有必要审视当前充斥荧屏的家庭剧所张扬的价值观，并重申影视艺术与社会生活的关系。

我们知道，艺术来源于生活，但艺术更应高于生活。艺术不应该“贴着地面走”。现在不少家庭剧的主创已经忘记了这个简单的常识，或者不如说是明知故犯，故意妖魔化家庭关系，故意污化生活，故意贬低生活，将艺术屈居于生活真实的地平线以下。其具体桥段并不神秘，也不高明，只消将家庭矛盾、婆媳冲突人为地放大便可，以至于婆媳争斗、亲家反目、夫妻斗气之类的桥段，频频出现在荧屏。此类家庭剧之所以很不靠谱，盖因为它们有悖于中华民族主流文化传统，也有悖于人的现代化文明进程。电视剧应该更多地描写正面、积极的内容，多一些夫妻、婆媳相处之道，更加贴近现实生活，吸引更多的观众走向和谐、走向友善，从而更好地投入国家的改革开放和经济建设。对此，我们不妨借鉴韩剧。在韩剧中，我们往往能感受到一种对爱情、亲情和良知的责任，引发的也是积极向上的生活态度，韩国家庭剧更喜欢在一个温情的氛围中，讲述人们的喜怒哀乐，虽琐碎却充满亲和力，虽龃龉但并非反目成仇，虽有泪水但却能令人为之感动。不必讳言的是，我们的多数家庭剧（或曰"家斗剧"）显然不具备这种思想力量和伦理光芒。

四、家庭剧亟待转型

要之，一直以来荧屏上的家庭剧，固然不应全盘否定，也有思想性、艺术性较好者，但也应该看到，因为题材的普适性，家庭剧一直长演不衰，观众对此也颇有兴趣。然而，不少家庭伦理剧的套路"三破一苦"（三破：破碎家庭、破碎情感、破碎婚姻；一苦：家庭苦难）始终像一团死气沉沉的雾霭，盘旋在伦理剧的上空。剥离开所有生编硬造的剧情、人为激化的矛盾、概念化的人物塑造，观众往往找不到感官刺激以外的其他东西。很多剧情人为制造冲突、"为矛盾而矛盾"的痕迹颇为明显，甚至从逻辑上都难以说通。有些剧为了制造看点，把生活中没有的硬是给编造出来。

家庭剧的感染力，应该体现在对家庭伦理与道德原则的坚守与尊重上，而不是相反。一部好的家庭剧，固然不乏那些家长里短的故事，正如我们看到的韩剧《大长今的故事》等，它们能让我们真切地感受到一种父慈子孝、夫妻和睦、长幼有序、真诚宽容、忠孝仁义的儒家情怀。即使有冲突，最终也会以亲情、爱情或友情的胜出而告终。这种既体现西方独立自由之精神，也彰显着东方传统家庭伦理观的艺术演绎，难道不值得我们好好地仿效和学习吗?

在优秀的家庭剧中,家庭与家族应该表现为一种超越生死的力量,体现为一种道德关怀和人文情怀。因为对于家庭而言,个人乃是家族血脉的一环,一个人的生命无论是存在还是消亡,因为家的延续,精神的延传,而意味着其生命仍存在世间。因此,正确的家族观有助于提升与引领一个人的精神与道德。一个人如果只顾及自己,很容易产生“六亲不认只认钱”的无耻行为。唯有具备了正确的家庭观、伦理观、道德观,才会顾及家族、家庭中他人的利益及世人的眼光、舆论的评价,从而对道德伦理和旁人评价多一分敬畏、少一点无忌。

自古以来,中国人就是通过感受家族、家庭这种血脉相传的人文关怀和道德担当来约束个人行为,提升生命的崇高感和使命感,从而净化灵魂和完成性格塑造的。正是在这个意义上,孟子说“天下之本在国,国之本在家,家之本在身”;《大学》说“正心、修身、齐家、治国、平天下”。明乎此,家庭剧的创作者们理应幡然醒悟,调转船头,用高尚纯洁的审美观、价值观,不断创造出更多、更好、全新的具有中国气派、中国风格的家庭剧来。

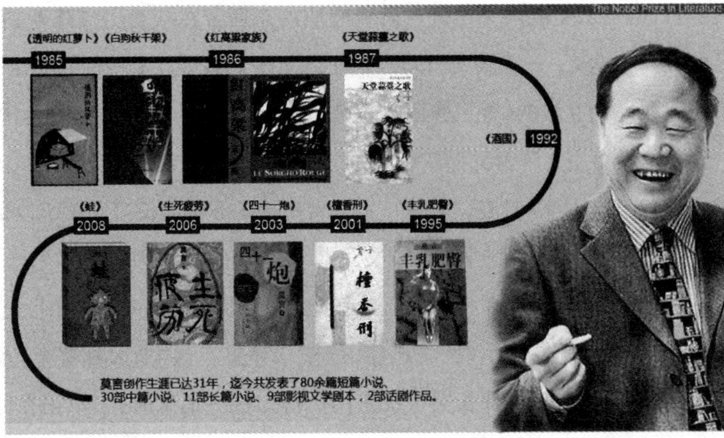

从丁玲获“斯奖”到莫言获“诺奖”

王彬彬

■ 诺贝尔文学奖，是具有一定权威性的世界性奖项。但是，也应看到，在诺贝尔奖的诸门类中，文学奖是最具有随意性、最不具有客观性、因而也是权威性最差的。如果要对诺贝尔奖的合理性进行推敲，文学奖就最经不起推敲。如果是以翻译文本获奖，那可质疑的空间就更大了。

■ 如果你是一个负责任的莫言研究者，就应该帮助莫言更迅速、更深刻、更准确地认识到自己的局限。所以，批评界应该以莫言获诺奖为契机，把莫言的局限好好说一说。

诺贝尔文学奖，是世界性的文学奖。这个奖，在1949年以前，与中国文学发生过一点关系。据说，鲁迅曾有希望获奖。但鲁迅明确表示，不希望自己获奖。因为自己如获奖，会使一些中国人产生民族自大心理，或者说，会使一些本来有着民族自大心理的中国人，更其自大。自己获大奖、得殊荣、拿巨款而导致民族主义高涨，这是鲁迅十分不愿看到的。

二战结束后，资本主义阵营和社会主义阵营进入冷战时期。在社会主义阵营，诺贝尔奖被认为是资产阶级性质的东西。在社会主义阵营，有自己的最高文学奖——创立于1939年的斯大林文学奖。丁玲的《太阳照在桑干河上》、周立波的《暴风骤雨》、贺敬之、丁毅执笔的歌剧《白毛女》，曾同时获得这社会主义阵营的"诺奖"。据王增如、李向东编著的《丁玲年谱长编》，1952年3月13日晚，"苏联广播电台广播了苏联部长会议关于以斯大林奖金授予1951年在科学发明和文学艺术方面有卓越成绩者的决定。丁玲的长篇小说《太阳照在桑干河上》，贺敬之、丁毅执笔的歌剧《白毛女》获二等奖，周立波的长篇小说《暴风骤雨》获三等奖。"这"斯大林奖金"授予何人，实际上是由苏联部长会议决定的。得知这一消息时，丁玲正在苏联参加果戈理逝世一百周年纪念活动。14日，丁玲受命在苏联广播电台"做两分钟广播讲话"。17日，丁玲就获奖事对新华社记者发表谈话，18日，《人民日报》发表了这个谈话。在谈话中，丁玲"感谢苏联人民对中国作家和人民的鼓励和帮助"，并强调："这个光荣是给中国所有作家和中国人民的。"17日，丁玲在莫斯科给丈夫陈明写信："我得到斯大林奖，想必你早已知道了。在莫斯科当然有许多人向我祝贺，每天都听到这样的话，你当然也高兴得很。可是我总觉得沉重。我一定还要写出更好的作品才行！"

据《丁玲年谱长编》，1952年6月7日下午，苏联驻华大使馆代表斯大林奖金委员会，在大使馆举行授奖典礼，苏联驻华大使罗申主持了典礼，丁玲、周立波发表了讲话。6月8日，全国文联为荣获"斯奖"的丁玲、周立波、贺敬之、丁毅四人举行庆祝会。庆祝会由周扬主持，郭沫若等人出席了庆祝会。在会上，丁玲宣布，将全部奖金五万卢布捐给全国妇联儿童福利部；周立波宣布将全部奖金二万五千卢布捐给"中国人民志愿军"。把奖金悉数捐出，当然可看作出自真心。但即便内心并不愿这样做，也不得不这样做。五万卢布，折合成当时的人民币旧币，是三亿三千七百七十万元，相当于后来的新币三万三千七百七十元。这在当时，绝对是巨款了，大概可以在北京买许多座四合院。如果丁玲、周立波等人，真用这笔钱在北京置豪宅,那后果肯定很严重,即便当时没事,在后来的政治运动中,也会成为大大的罪名。

在那个时代,斯大林奖,是中国作家可能获得的最高文学荣誉了。至于诺贝尔文学奖,那是与中国作家完全无关的东西。有斯大林文学奖的时候是如此,后来,斯大林文学奖没有了,也是如此。中苏关系破裂后,即便斯大林文学奖继续存在,也成了“修正主义”的奖,因而也是必须坚决拒绝的。斯大林文学奖没有了,苏联的奖“变修”了,并不意味着诺贝尔奖就可以接受了。改革开放以前的数十年间,说广大的中国人民唾弃诺贝尔文学奖,说广大的中国作家拒绝认可诺贝尔文学奖,是并不太准确的。更准确的说法是,那时的中国人民和中国作家,基本上不知道世界上有这么一个诺贝尔奖。

改革了。开放了。西方世界的许多东西进入了我们的视野,这其中就有诺贝尔文学奖。知道有这么一个世界级的文学奖后,中国人民和中国作家就爱恋上了这个奖,就崇拜起了这个奖,就让心中长出了“诺贝尔奖情结”,就让脑中患上了“诺贝尔奖焦虑症”。这种状况,也持续了三十来年。这六十多年间,前三十年无视、蔑视、敌视这个奖,后三十年是仰视、膜拜、追逐这个奖。几十年间,“诺贝尔文学奖”是文学界的常热话题。中国作家为什么获不了诺贝尔奖?中国作家何时获诺贝尔奖?中国作家谁有望获诺贝尔奖?诸如此类的问题,经常性地出现在媒体上。几十年间,面对诺贝尔文学奖,中国人有过失态,有过可笑之举。但种种失态表现,种种可笑言行,都表示了对诺贝尔文学奖的承认、接受。从不认可诺贝尔文学奖到终于承认、接受、追求这个奖,这是一种进步。这表明我们认可了文学的普世价值,表明我们承认文学的内涵是普遍人性,表明我们不愿自外于世界民族之林。

莫言的获奖,的确具有“划时代”的意义。“诺贝尔奖情结”可以冰释了。“诺贝尔奖焦虑症”可以消失了。是谁?什么时候?……这一类问题有了答案了。我们现在应该做什么呢?

我以为,现在应该对诺贝尔文学奖进行再次重估。几十年前,终于认可了这个奖,意味着对这个奖的重估。而这次重估其实是高估。把这个奖看得高不可攀,把这个奖看得无比神圣,把这个奖的获得看作是世界上最好作家的证明,就是高估的表现。在长期的无视、蔑视、敌视后重估这个奖,要恰如其分是不可能的。所以,重估变成高估,是完全可以理解的。但现在,我们应该以莫言获奖为契机,对诺贝尔文学奖进行又一次重估。诺贝尔文学奖,是具有一定权威性的世界性奖项。这一点,是不必怀疑的。但是,也应看到,在诺贝尔奖的诸门类中,文学奖是最具有随意性、最不具有客观性、因而也是权威性最差的。如果要对诺贝尔奖的合理性进行推敲,文学奖就最经不起推敲。如果是以翻译文本获奖,那可质疑的空间就更大了。翻译,再忠实的翻译,也是一种改写。如果是不很忠实或很不忠实的翻译,那与原著之间的距离,就可能大得惊人。

据说在欧美,人们并不怎么把诺贝尔文学奖当回事。欧美的情形我不了解,但我知道日本人的确并不太在意诺贝尔文学奖。2005 年 3 月至 2006 年 3 月,我在东京生活了一年。这期间,我有意识地观察过日本人对大江健三郎的态度。我发现,日本人普遍以一颗“平常心”对待大江健三郎这个获过诺奖而健在的作家。我多次主动对日本人提起大江健三郎,想听听他们对大江健三郎的看法,但很少有人接我的话茬,更没有人因我提到大江健三郎而目放异彩、面有自豪。这些人中,包括在校的大学生和研究文学的教授。我得出的初步结论是:日本人并不因为大江健三郎获了诺奖就对其刮目相看,就对其顶礼膜拜;日本人并不把诺贝尔文学奖作为衡鉴本国作家的最高尺度。东京神田的一家书店里,有一些日本近代以来作家手稿出售。大江健三郎一部长篇小说的手稿也在陈列着。我刚去时就在那里,离开时还在那里。说实话,我几番动过买的念头。记得标价并不高,我完全买得起。最终没有买,是因为想到连日本人都不买,我一个中国人买它做甚?媒体上有大江健三郎的行踪时，我也很关注。几番看见大江健三郎在电视上出现，与一群老头老太坐在一起，回答主持人的提问，当然，话题是热门的社会问题。印象最深的，则是大江健三郎的政治姿态。大江健三郎旗帜鲜明地反对日本政要参拜靖国神社，坚定地抗击日本的“右翼”势力，执着地捍卫着普世价值，是日本社会里一种特别健康的力量，或者用一句套话，是日本社会的“良心”，这让我对其满怀敬意。我敬佩大江，但与诺奖无关。

在再次估量了诺贝尔文学奖后，也有必要对莫言的文学创作来一番重估。一些热心的歌颂者，在莫言获奖后，表现得比莫言更为欣喜，对莫言的评价，则高到无以复加，似乎莫言是中国有史以来文学第一人。这就在诺贝尔面前又一次失态了。其实，在中国，并不存在对莫言评价过低的问题。对莫言的评价已然很高了，没必要因为获了诺奖而高上加高。这么多年来，赞美莫言的文章很多很多。如果我们可以认为这些赞美都是准确的、到位的，那么，就可以认为莫言好的一面已经被当代人揭示很充分了。每个作家都有其局限。莫言亦不能例外。我的看法是，莫言的才华高于侪辈，而莫言的局限也非常明显。莫言是知道自己的不足的。2011 年，莫言获得了国内的茅盾文学奖。在颁奖典礼上的致辞中，莫言说，“伟大的小说”还没有被中国作家写出来。获诺奖后，莫言也对媒体表示，要继续努力，争取写出“更好”的作品。如果莫言要写出真正“伟大”的小说，如果莫言要写出“更好”的作品，深刻地认识到自己的局限并克服之，无疑是十分必要的。莫言当然可以不理会那些天花乱坠的吹捧而闭门反思。但是，如果你是一个负责任的莫言研究者，就应该帮助莫言更迅速、更深刻、更准确地认识到自己的局限。所以，批评界应该以莫言获诺奖为契机，把莫言的局限好好说一说。

莫言与大江健三郎是好友，地球人都知道。我还特别希望莫言能在文学之外具备让人敬佩的理由。我希望有一天我能说：我敬佩莫言，但与诺奖无关。

● 【“诺贝尔文学奖与当代文学批评价值重估”学术研讨会发言选】

批评界缺乏对莫言文本的专业分析

陈 冲

■ 离开诺奖，我们本来也有很多关于莫言的话可以说。从这个意义上对我们当下的文学批评进行价值重估，我们会更痛切地认识到文学批评的缺席或失语。极而言之，甚至可以说没有哪位中国作家，真正从批评界那里得到足够的尊重和认真的对待。批评界缺少真正的专业精神，尤其缺少专业水准的阅读鉴赏和文本分析。

莫言得了诺奖，评奖者发布了颁奖词，称赞其“将魔幻现实主义与民间故事、历史与当代社会融合在一起”。紧接着就在中国刮起了一股“莫言旋风”，除了那些消费性、娱乐性的“莫言小炒”，诸如建故居、种高粱、买燕尾服、学跳舞等等之外，在“第一时间”的文学批评秀当中，“魔幻现实主义”立刻成了烫嘴的词汇，批评家们纷纷发言撰文，解析莫言的魔幻现实主义有哪些表现和特征，他是如何深受马尔克斯的影响，又与该马有哪些不同等等。其间虽也颇多抄来乃至辗转抄来的话语，但一般都不超过30%，符合“适度引用”的学术规范。正说得热闹，猛然间被兜头一盆冷水，有懂洋文的出来说，那个授奖词被误译了，人家用来表扬莫言的那个词(hallucinatory realism)，应该译为“谵妄现实主义”，和三十年前用来表扬马尔克斯的(magic realism)，根本不是同一个洋文。你说这不是故意跟咱们过不去吗？在中国，此前还从来没有一个人说过莫言是“谵妄现实主义”作家。若是单用逻辑推论，这事儿只有两种可能：要么是他们把诺奖授予了一位从来没被中国人读懂的中国作家，要么就是他们自己没有读懂莫言。如果让我从这两者中选择一个，我还真是哪一个都不敢选，因为无论选哪个，结果都一样：获诺奖的莫言，和我们所谈论的莫言，不是同一个莫言。

刚读到那篇辨析误译的文章时，我的心真是猛地一沉。这让我们的当下文学批评的脸面往哪儿搁呀！要到过了若干天之后，那颗沉下去的心才渐渐浮起来。原来有惊无险。不仅那篇文章似乎并未引起多少注意，甚至仍有批评家不断在那儿谈论莫言的魔幻现实主义，只当根本没那回事儿。就因为这个，所以我想如果要因为莫言获诺奖而对中国的当下文学批评进行价值重估，首先就应该考虑到这种“我自岿然不动”的定力。倘要表述得更精当，或许我在保定时听到过的一首儿歌庶几近之：“谁谁脸皮厚，枪子儿打不透！”

我是个“自学成才”的业余批评家。首先是不懂洋文，初中里学的那点English根本当不得用，所有涉洋事务全靠汉译。其次，没有受过检索训练，也没有做卡片的习惯，所有涉及往事旧闻多半靠记忆。记得我还有一本小学生用的《袖珍英汉辞典》，就找出来查了查，只见hallucination条下，释义只有“幻觉，错觉”，里面压根儿没有“魔”的义项；莫言获诺奖，中国是当成一件大事来处理的，怎么在发布人家的颁奖词时，就那么随随便便地给译成了“魔幻现实主义”？又记得，稍后我是看见过这个颁奖词的英文版的，查了查，果然有，全文是“who with hallucinatory realism merges folk tales, history and the contemporary"。这让我又做了一个逻辑推衍,导出了几种可能性。其一,一些批评家根本就没读过,或没读懂莫言的作品,直接信了那个误译,然后想跟着在"第一时间"就对莫言的魔幻现实主义展开了洋洋洒洒的学术阐释。其二,虽然有怀疑,但从来没有查原文的习惯。其三,虽然看到了原文或英文,但和我一样不懂洋文,看了等于白看。

记得有一个洋人,说中国的文学作品全是垃圾,原因之一是中国的作家大多不懂洋文,因而受到不少中国的文学从业者的痛斥。我当时对这个问题所取的态度是一种典型的双重标准。之前的若干年,我当过几次"高评委",和一个部门的人有过争论。这个部门隶属于当时的人事厅,它的全称我从来没弄明白过,只知道简称"职改办",名义上的职能是对现行的职称评定制度进行改革,实际上的职能是按现行的制度掌管职称评定工作。有一度,他们每年都要对文学创作系列的高级职称免试外语提出异议,以至我多次力图向他们证明不懂洋文不仅不影响成为"二级作家",也不影响成为"一级作家"。后来他们改了口,说如果免试外语,就应该考古文,但此后我已不再当"高评委",没有我的事了,不过据我所知,好像到现在也还是既不考外语,也不考古文。话说回来,我自己的心里,却是认为不管是不懂外语还是不懂古文,虽然不影响当二级、一级作家,却非常影响当一个好作家。尤其是当我们的一些"著名作家"、"著名批评家"在用令人敬畏的口气,说到比如卡尔维诺的语言如何如何好,《我的名字叫红》的语言多么多么精妙时,总想动问一下您指的是原文还是中译?

所以,到了今天,到了因诺奖颁奖词被误译而出现这种喜剧性的一幕时,是不是应该认真考虑一下批评家"免试外语"的问题了?或者换个说法,到了因为莫言获诺奖而对当下文学批评进行价值重估时,考虑到我们有不少(因为没做过统计,官方也没有公布过相关调查的数据,不敢贸然用"多数",权且用"不少")批评家还不读或读不到、甚至不会读洋文,严重依赖译文,而译文又未必可靠,那么,虽然我们很有信心地念叨着世界如何越来越重视中国文学,或中国文学如何越来越重视仿洋,直至中国文学越来越融入世界文学,但是所有这些靠译文进行的涉洋研究,其学术价值有多少是靠得住的,又有多少是可疑的?

1980年代中前期,刚于1982年获得诺奖的加西亚·马尔克斯,和以其为代表的南美魔幻现实主义风靡中国,成为许多中国的文学从业者、爱好者竞相推崇、仿效的对象,但是却很少有人关心magic是什么意思。于是也有批评家不以为然,说这种东西不稀奇,中国早就有,《聊斋》、《西游记》都是这方面的经典。据说中国的文学从业者出访时,跟外国同行说起加西亚·马尔克斯,一下子就把对方说愣了,经反复沟通人家才明白,加西亚的那个"加"字,不能如普通话那样念成"jia",须得如上海话那样念成"ga",人家才能听明白。那时候还有一个同样被竞相推崇、仿效的苏联作家,叫艾特玛托夫。据说中国的文学从业者出访时,跟外国同行说起此人的《一日长于百年》怎么怎么好得不得了时,又把人家说愣了,等回过味来,这才对中国人的宽容大为称赞,夸我们对该艾的强烈反华竟毫不在意,结果又把我们的人说愣了。经反复沟通双方这才明白,中译的《一日长于百年》里,已经把该艾所有的反华言论删得干干净净。当然,现在的中国人,已经不再计较当年"苏修"的反华旧账了,可是也不再有多少人还记得那个艾特玛托夫了。

记得早在1980年代中期,也就是在《透明的红萝卜》发表之后不久,莫言自己就很明白地讲过他的写作与南美魔幻现实主义的关系。受过检索训练的批评家,应该不难查到。可是我们现在却宁愿绕个大弯儿,请出莫言的大哥,由他老人家来告诉批评家们,"他连《百年孤独》都没完整读完一遍",还说过"如果继续迷恋长翅膀老头儿坐着床单升天之类的诡异细节,我就死了"一类的话,以及莫言"是蒲松龄的粉丝,称蒲松龄为'蒲爷爷'"等等。问题是,中国同样也从来没人说过蒲松龄是谵妄现实主义作家。据介绍,"谵妄现实主义"是一个大约在1970年代开始被批评家使用的新词,但那是在西方；中国的文学界虽然几乎把西方所有的现代的或时髦的或摩登的（这三个汉语词汇是同一个洋文 modern）的“主义”都引进了，却不知为什么独独遗漏了这个主义。对于中国人来说，它绝对是个新事物。实际上，把 hallucinatory 译为“谵妄”，中国人是否愿意接受，可能还是个问题，比如那位管大哥就宁愿用“‘幻觉、似幻觉的’意思”来表述诺奖的颁奖词。令人叫绝的是，洋人们把这个主义玩了四五十年，到底没玩出什么大名堂，偏偏在压根儿不知该主义为何物的中国，出了一个叫莫言的作家，一举因为该主义而拿下了诺贝尔文学奖。这种事，在我这个票友看来，只觉得透着一种邪门儿，个中原委，全等着专业人士来释疑解惑了。

勇挑重担的批评家不乏其人，提出的问题包括“莫言为什么会得诺奖”，也包括“诺奖为什么会授予莫言”。虽然这是两个不同的问题，但都需要解决同一个麻烦：诺奖的评委们读到的是什么样的莫言作品。不解决这个麻烦，就解释不了那些评委们为何能从一个生活在不知其为何物的中国的作家的作品中，读出了 hallucinatory realism。记得媒体介绍过，评委们看到的译本（德文？），是欧洲人从美国人的英译本重译的，而美国人的翻译原则，可不是中国人信奉的“宁信而不顺”，倒是完全相反的宁顺而不信，近于按原来的大概意思重写一遍。又记得媒体还介绍过，前几年有一位美国的出版家来中国，捎带着也介绍了他们所出版的莫言作品的译本，说那译本几乎就是翻译家重新写过的，删掉了很多没用的废话，否则美国读者会指责出版社为什么要介绍一位不会写作的中国作家。我相信自己这些记忆不会有太大的偏差，更何况这些是否属实并不重要，关键是你得有足够好的英文或德文修养，和足够好的细心与耐心，去认真读一读英译或德译，再与中文原版仔细对照。据说 hallucinatory realism 并不是只要有幻觉、类幻觉就齐了。除了 hallucinatory，还得 realism，即还须“展示‘象征’和‘符号’两种力量（即政治秩序和受压抑的个人）之间的冲突和张力”。这种中文原版里没有的东西，怎么会出现在英文和德文的译本中？

当然,对于中国的批评家来说,这肯定是一桩赔本赚吆喝的活儿。写篇论文所得的稿费,别说花费的那些时间和心血,弄不好甚至够不上买一个英译本的书价。所以,批评家们不愿意卖这种傻力气,我完全理解。但我又觉得,若要精明,就该精明到底,除了祝贺莫言得了一笔可观的奖金和预期更可观的版税,关于诺奖,就不要再说别的了。或者,您就受点委屈,干脆信了我的话:获诺奖的莫言,和我们所谈论的莫言,不是同一个莫言。

离开诺奖,我们本来也有很多关于莫言的话可以说。从这个意义上对我们当下的文学批评进行价值重估,我们会更痛切地认识到文学批评的缺席或失语。极而言之,甚至可以说没有哪位中国作家,真正从批评界那里得到足够的尊重和认真的对待。批评界缺少真正的专业精神,尤其缺少专业水准的阅读鉴赏和文本分析。作家和作品,往往只是批评家用来说事儿的由头。像莫言这种作家,有人喜欢,有人不喜欢,有人很喜欢,有人很不喜欢,都不稀奇。说好说坏,都能说出不同的道理。最起码,无论如何,在现在的中国作家中,莫言是一位非常风格化的作家。先不说他是什么风格,也别急着拿什么"主义"来定义他的风格,你只说说他的这种"非常风格化"的特点是怎么来的,盐是打哪儿咸的,醋是打哪儿酸的,行不行?

又或者,您压根儿就没听说过什么叫"风格化",只知道忙于在"第一时间"给甲作家的风格定义为 A 主义,给乙作家的风格定义为 B 主义?

再或者,既然瑞典的评委们发了话,咱们接下来的活儿,就是赶紧从莫言的作品里找出这样那样的例子,证明他确实是一位 hallucinatory realism 作家,并以此证明不是洋人误读了莫言,而是所有中国人从来没有读懂过莫言?

施慧抄袭新证
——兼评《〈音乐之光〉涉嫌严重抄袭》

陶师瞬

项兆斌先生万言批评文章《〈音乐之光〉涉嫌严重抄袭》(载2012年11月1日《文学报》"新批评"专刊),揭露了施慧《音乐之光》、《施慧文集(艺术卷)》、《施慧文集(散文卷)》涉嫌严重抄袭事实:仅前两部书初步发现的抄袭字数每部多达六万之巨,触目惊心的抄袭事件,瞬间震惊文坛内外!

抄袭是原创的天敌,严重抄袭破坏文学和文化发展的作用不容低估。施慧《音乐之光》抄袭的严重性,十分罕见。从项兆斌文章揭露的事实看,施慧抄袭采取的是拼盘式的抄袭法,即抄袭多人作品(尤其是名家名作)中或长或短的精彩文字,先拼凑成一篇约万言的单篇文章,然后又将数十篇单篇文章拼凑成一部数十万字的书。此拼盘式抄袭作案方式闻所未闻,一是抄袭量大(字数多);一是抄袭面广(至少抄袭了10人以上的作品);三则不易发觉(极其隐蔽)。正如被抄袭者、著名音乐散文家肖复兴伤心所说:"从没有见过这么抄的!"《文学报》用整整两版发表项兆斌《〈音乐之光〉涉嫌严重抄袭》,对文坛屡禁不止、甚至越演越烈的抄袭之风,将再次起到厉声警示和刹车之作用。如果对文坛抄袭视若无睹,姑息养奸,文坛抄袭将泛滥成灾,其后果将会动摇文学和文化发展和繁荣的根基。《〈音乐之光〉涉嫌严重抄袭》,是一篇讨伐抄袭妖风的檄文,《文学报》发表此文为中国文学和读者做了一件大好事。

据我亲身感受,施慧的抄袭绝不止上述三部书。我2006年即发现了他另外两部书中有不少抄袭。一是《人生苦旅》(中国文联出版社2003年9月版)48~51页《西山寻梦》中的"踏在像花又不是花的那种落蕊上,声音也没有,气味也没有,只能感出一点点细微柔软的感觉",就是抄袭自著名前辈作家郁达夫的《故都的秋》;“几株松,几个观松的人,溶出溶入”,“松影之荫,琉璃一片”,“似古山水……笔意简洁”,就是抄袭自当代著名作家徐迟的《黄山记》。二是《月夜闲话》中的《青龙谷听泉》多处抄袭自当代著名作家谢大光的代表作《鼎湖水听泉》,见下表:

1993 年中国广播电视出版社 林非主编《20 世纪中国名家散文 200 篇》 825~827 页:谢大光《鼎湖山听泉》	2004 年 12 月云南美术出版社 施慧《月夜闲话》159 页《青龙谷听泉》
825 页 4~16 行:踏上进山的石径,泠泠淙淙的泉声扑面而来。泉声极清朗,闻声如见山泉活脱迸跳的姿影,引人顿生雀跃之心。身不由己,循声而去,不觉渐高渐幽,已入山中。 进山方知泉水非止一脉,前后左右,草丛石缝,几乎无处不涌,无处不鸣。山间林密,泉隐其中,有时,泉水在林木疏朗处闪过亮亮的一泓,再向前寻,已不可得。那半含半露,欲近故远的娇态,使我想起在家散步时,常常绕我膝下的爱女。每见我伸手欲揽其近前,她必远远地跑开,仰起笑脸逗我;待我佯作冷淡而不顾,她却又悄悄跑近,偎我腰间。好一个调皮的孩子! 山泉作娇儿之态,泉声则是孩子如铃的笑语。受泉声感染,鼎湖山年轻了许多,山径之幽曲,竹木之青翠,都透着一股童稚的生气。	**159 页末~160 页头 1~4 行、9~19 行**:“踏上进山谷的小径,淙淙的泉声就扑面而来。泉声极清朗,闻声如见山泉活脱跳进的姿影,引人顿生雀跃之心。身不由己,循声而去,不觉渐远渐幽,已入山谷中。” “走进山谷,方知泉水非止一脉,前后左右,草丛石缝,几乎无处不涌,无处不鸣。山间林密,泉隐其中。”“有时,泉水在林木疏朗处闪过亮亮的一缈,再向前寻,已不可得。山泉那半含半露,欲近故远的娇态,使我想起十多年前在翠湖散步,常常绕我膝下的爱女。每当我伸手欲揽其近前,她必远远地跑开,抬起笑脸逗我;待我佯作冷淡,她却又悄悄偎我腰间,山泉多像娇女,好一个调皮的孩子!” “而泉声则是孩子如铃的笑语,由于受泉声的感染,青龙谷年轻了许多,山径之幽曲,树木之青翠,都透着一股童稚的生气。”
827 页:“泉声浸着月光,听来格外清晰。白日里浑然一片的泉鸣,此时却能分出许多层次:那柔曼如提琴者,是草丛中淌过的小溪;那清脆如弹拨者,是石缝间漏下的滴泉;那厚重如倍司轰响者,应为万道细流汇于空谷”,“至于泉水绕过树根,清流拍打着卵石,则轻重缓急,远近高低”,“汇成一曲奇妙的交响乐,在这泉水的交响之中”,“由弱到强,渐渐展开,升腾而成为主旋。我俯声听着,分辨着”。 “这一夜,只觉泉鸣不绝于耳,不知是梦?是醒? 梦也罢。醒也罢。我愿清泉永在。我愿清泉常鸣。”	**162 页第 3 段~192 页**:“泉水浸着月光,听来格外清晰。白日里浑然一片的泉鸣,此时却能分出许多层次:那柔曼如提琴者,是草丛中淌过的小溪;那清脆如弹拨者,是石缝间漏下的滴泉;那厚重如倍司轰响者,应为公路边万道细流汇于空谷。还有泉水绕过树根,清流拍打着卵石,则轻重缓急,远近高低,汇成一曲奇妙的交响乐。”“在山泉的交响中,我俯声听着,分辨着,仿佛能听到岁月的流逝,历史的变迁,生命的诞生、成长、繁衍、死亡,新陈代谢的声部,由弱到强,渐渐展开,升腾而成为生命的主旋律……” “这一夜,只仍觉泉鸣不绝于耳,不知是醒?是梦? 梦也罢。醒也罢。我愿清龙谷的山泉永在,我愿清龙谷的山泉常鸣。”

六年前我就对施慧的《月夜闲话》集子中的《青龙谷听泉》书页上写了眉批，立此存照。如《月夜闲话》160 页写的眉批："纯粹是抄袭谢大光的《鼎湖山听泉》的文字！"《月夜闲话》163 页写的眉批："施慧先生真是大胆呀，居然大段大段地抄袭作家谢大光的代表作《鼎湖山听泉》，照此发展下去，迟早要自毁前程！"

当时，本想对施慧当面提出批评，但我与施慧虽同属云南文学界，但彼此从无往来，贸然找上门去批评别人，显然是不恰当的。如果写批评文章投稿，当时我想施慧没有名气，他的作品且从未获奖，批评他的文章报刊是不会用的，此事也就搁了下来。长时期来的文坛现实是，我国的评论界缺少批评精神，评论文章差不多成了表扬好人好事稿，批评文章尤其是抨击丑恶的文章很少有人写，即使写了也很少有刊物发。当时我就想过，要是文坛重视批评尤其是对抄袭者经常棒喝，施慧这样的抄袭者多数会对抄袭望而生畏而停手。事实是长期来揭露抄袭事件阻力很大，主要是抄袭者身后往往有涉及利益关系的社会背景支撑。在文风不甚清明的当下，施慧在抄袭路上屡试不爽，硕果越来越多，胆子也就越抄越大，其《音乐之光》可说是大抄特抄，铺天盖地地抄了，由早年的小抄小闹成长为今日的大抄家。

项兆斌在文中说："时下的评奖制度与机构存在很大的漏洞，竟会让施慧及其抄袭之作《现代音乐学大师斯特拉文斯基》（论文）和《音乐之光》在'成功'路上，一路绿灯，畅行无阻，轻而易举地获取奖项。"试想，如果不是这次文学报发表项兆斌揭露施慧严重抄袭文章，抄袭成性的施慧，在文学界和音乐界专家学者以至领导不断给予好评和奖项的激励下，要不了几年，其更多更多的抄袭之作必然"奉献"给文坛，那么他的作品研讨会将不停地开，专家学者好评声浪会将越来越高，领导机构发给的奖项的等级将越来越高，那要带害多少专家学者以至领导啊！其后果多么可怕啊！

"机关算尽太聪明，反误了卿卿性命。"

尽管施慧抄袭"硕果"累累，但久走黑路必撞鬼。他万万想不到会碰到审美鉴赏目光敏锐、无私无畏、阅读面较广的项兆斌先生，犹如小偷拿着赃物进了派出所，鬼怪在钟馗面前装正神，他寄赠给项的《音乐之光》等三部书，反倒成为其严重抄袭的铁证，落得现出抄袭原形、身败名裂的下场，应当说是天意吧！

施慧该如何面对抄袭质疑?

关东客

2012 年 11 月 1 日,上海《文学报》“新批评”专栏发表了项兆斌先生一篇长达 2 万余字的文艺批评,系统揭露了云南作家施慧作品《音乐之光》存在的极其恶劣的抄袭行为。根据有限的资料查证,已发现《音乐之光》共抄袭了张长、赵丽宏、肖复兴、鲍尔吉·原野、王开林、高远、侯珅、施坊舆、李峥、林喆、赵元番等 10 余人作品约 60 000 字;全书 30 篇,篇篇都有抄袭,占总篇数的 100%;30 篇每篇平均抄袭约 2 000 字。

客观的论述,详细的考证,真实的对比,像项兆斌如此严谨的文艺批评文章已不多见。项兆斌与施慧,同为作家,同居云南,按理说应该彼此熟悉,大可不必如此同室操戈,自相残杀。而这也是多数文艺评论者所持态度,交个朋友总比多个敌人要好得多。可也正因如此,如今的文艺批评大多是中庸的,平和的,无关痛痒的。

人人都有质疑的权利,也有接受质疑的义务。施慧同样需要面对这样的质疑。捧得有多高,摔得就有多惨。与当初韩寒与方舟子代笔之争相比,项兆斌的抄袭质疑应该说有理有据,叫人难以反驳。叫人想不通的是,这样一部抄袭之作却屡获殊荣。据悉《音乐之光》曾获第七届云南文学艺术创作基金奖二等奖,曾赠送包括美国国会图书馆在内的国外 50 个国家级图书馆以及全国艺术类大专院校图书馆。更荒诞的是施慧竟然送了一本《音乐之光》给被抄袭的作家张长。

从一名男科专家到一名作家,从《施慧治疗男女不育症专集》到《音乐之光》,施慧上演了一出跨界混搭的人生传奇。然而人生的传奇需要的是知识的积累,而并非“梁上君子”式的抄袭之举。《音乐之光》可以把施慧打造成一个艺术的雅人,可剥开抄袭的画皮,施慧其实只是一个沽名钓誉之徒。所有的荣耀与光环,都将随着抄袭的丑闻远去。

从《如此狂抄,枉获鲁奖》到《〈音乐之光〉涉嫌严重抄袭》,《文学报》为文艺批评吹来了一股新风。对于一家有影响的专业媒体而言,《文学报》这种犀利而尖锐的批评是要承受相当大的风险的。然而就整个文艺批评环境而言,我们所需要的恰恰是这种理性而张扬的批评。正如项兆斌文章所言,在盛行"天下文章一大抄"的当下,对施慧抄袭的揭露批评,对国内经久不衰、甚至愈演愈烈的抄袭风当是迎头棒击,对走原创道路的广大作者将是有力的支持。

抄袭抑或借鉴,其实并不是那么难以区分,然而很多时候,我们是选择了沉默和容忍。编辑容忍、专家容忍、旁观者容忍,这种纵容势必让一些心怀叵测的人铤而走险,比如施慧。面对轻而易举得来的光环和荣耀,又怎能不让抄袭的手越伸越长。医学、文学、音乐、小说,无所不能的施慧简直就是一个神一样的天才,然而我们真的有天才吗?

《音乐之光》,文学之殇。面对项兆斌先生的质疑,施慧究竟该如何应对?是还击,还是选择沉默?我们只能拭目以待。

阿袁小说局限论

金赫楠

■ 阿袁的小说，初读让人惊艳，只觉余香满口，且不自觉地择了曼妙的句子默诵于心。再读仍不失趣味。再三再四地读下来，便让人有些不耐烦了。及至再后来，在刊物的目录上看到阿袁这个名字，忍不住就有点腻腻的感觉，全没了初时的吸引和期待。

■ 写作者不应该是一个仅仅把世界当作一台大戏去看热闹、播报热闹、点评热闹的人。他更应该是这热闹的破坏者与打扰性力量，无论是否有效，长久或短暂，他总得想方设法让这世界和人心更沉静、柔软、丰富一些，全力以赴地用静默的力量试图唤醒热闹中的喧哗与骚动着的灵魂。

阿袁的小说，初读让人惊艳，如同林黛玉树下初遇《西厢》，只觉余香满口，且不自觉地择了曼妙的句子默诵于心。再读仍不失趣味。再三再四地读下来，便让人有些不耐烦了。及至再后来，在刊物的目录上看到阿袁这个名字，忍不住就有点腻腻的感觉，全没了初时的吸引和期待。作为一位近年来创作活跃、并产生一定影响的作家，阿袁的小说提供着一种文本样式，也演绎着一种文学现象，我想试着写下我对她的阅读感受，以及关于小说的一点想法。

一

阿袁，已经在当下的文学阅读中赢得大量的读者，且在专业评论家那里十分讨好，在文学现场日益收获着掌声、销量以及奖杯和奖金。四年之中，四部小说登上中国小说排行榜，荣获小说月报百花奖，北京文学小说奖，被文学评论家誉为文坛“黑马”。甚至，我犹豫再三，仍决定实话实说：即便是我自己，其实一度也是很愿意读她小说的。——作为一个读者，她笔下身姿曼妙的风月故事，一度让我看得有滋有味。

又或者，且允我为她的广受欢迎寻个理由：阿袁的小说确有她的好看所在。好看，是的，就是这个词，很熨帖地对应她的创作。首先，她提供着一个高识别度的叙事声音，诗词歌赋活字典般地熟稔于心，在叙事中挥洒自如地穿插大量古典诗词和典故修辞。阿袁是颇有才情的，小说叙事中缠绕着的唐诗宋词昆曲，字里行间弥漫着的雅致意境，她有本事凭借着自己深厚的古典文学功底，将这些极阳春白雪极书斋的雅，与那些极烟火红尘极市井的俗打通。雅俗之间近乎夸张的对立，形成一种张力，赋予作品一种特殊的审美特质和阅读吸引。又或许，阿袁的小说还在满足着一种窥视的阅读期待，她优雅地抖落出象牙塔里的闺阁秘闻、烟火人生和饮食男女。高等院校，高知阶层、博士教授，这些人们传统观念中远离世俗社会、俗常人生的人和事，却一而再、再而三地在小说中被广而告之：他们在神秘的精英、知识外衣的包裹下，同常人、俗人、普通人一样地斤斤计较利弊得失，念念不忘调情暧昧，象牙塔里的烟火气和利欲心，一点不比外面少，说到底，不过和你我大家都一样，甚至有过之无不及。读了那些江山、梨园、蝴蝶的小说，读者惊呼，原来女博士们，彼此不是学术竞争，更多是风月较量；原来教授精英们，除了传道授业解惑，著书立说，更多周旋在俗务之间。

想起李敬泽的一段话："我们对于一个作家的喜爱常常只是因为他的简单，他对应我们的关切，提供了某种取消认识难度，取消经验和情感复杂的简明景象。"我以为，这句话转引过来解读阿袁的小说，恰如其分。风月与词赋齐飞、俗事共雅趣一色的才情文笔，窥视象牙塔的猎奇满足，其实还都只是阿袁小说得以流行的表面道理。我想，最重要的深层原因，是她的写作与这个时代普遍的经验尺度和精神尺度合辙押韵，在价值观和精神取向上与当下社会大行其道的流行语调琴瑟共鸣。小说中的人物性格、相互关系、故事情节，都暗合着当下社会人们的所思所想，让读者有一种熟悉的熨帖。同时，这种熟悉又是以一种貌似陌生的面目呈现：小三不再是传统面目，不再做浓妆艳抹、粗鄙浅薄的狐狸精状，而是温文尔雅、秀外慧中的高知女博；女人间婚恋江山的争夺也不再是泼硫酸扇耳光的老套剧情，而是指桑骂槐、陈仓暗度与围魏救赵。或者说，那些在某一个短暂的具体时间段里，迅速赢得广泛阅读的作品其实大都内含着这个特征，它们的出现不是为了对这个世界已有的成见表达异议，不是为了对流行的喧嚣与热闹表示警惕，恰恰是再次确认那些理所应当、司空见惯，再次对大多数人所以为的世界面目点头称是。

阿袁的小说沉溺于此，太沉溺于此。

二

太沉溺其中的结果，首先导致了不厌其烦地自我重复。我买过一本阿袁的中短篇小说集《郑袖的梨园》，这大概也是阿袁目前唯一的一本小说集，收有她的大部分中短篇小说作品。通读全书之后，我的感觉就是，她的小说是很不适合结集阅读的，一个重要的原因就是，严重的自我重复。这一篇，和下一篇差不多，和再下一篇也差别不大，来来回回不厌其烦地呈现着相似的故事和雷同的人物。阿袁的小说创作，始终醉心于呈现和探讨一种人际现象：女女关系。那些小说貌似风月无边，其实却也是不谈爱情的，在她笔下，男女之情通常都只是一个由头、一根导火索，如她自己所说："我的小说，几乎没有男女关系，或者男女关系只是障眼法，我真正写的，是女人之间的关系。"她的叙事焦点始终围绕女人之间的相互关系，而这相互里头，没有厚道、亲密，没有真心实意，甚至"两个人的寒冷靠在一起就是微温"式抱团取暖的暂时性亲近都没有。

举例说明：

《虞美人》中，阿袁这样描述陈果和吴敏之间的关系："两个已婚女人开始谈一些男女之事，以及别人的飞短流长——女人之间总是靠这个来说明交情的深浅……吴敏最爱说的是师大那些漂亮女人的丑事，陈小摇最想听的也是这些，两个人你凹我凸，一拍即合。但陈小摇在这个时候，还有些犹抱琵琶的，想听谁的故事，不直接说，却用心思让吴敏自己开口……陈小摇把什么都放在心里，恨也罢，嫉妒也罢，痛也罢，都要包包裹裹，放到角落里，哪怕里面再飞沙走石衣袂翻舞，面上呢，也是声色不动波澜不惊的。"

再看《鱼肠剑》中孟繁和吕蓓卡的关系："应该说，和吕蓓卡这样的女人交往其实还是很有意思的。她不仅喜欢搞点女人的小情趣，而且还无比热爱飞短流长……吕蓓卡口才很好，而一说到与风月相关的话题，那更是眉飞色舞妙语连珠。孟繁其实也爱听这样流言，哪个女人不爱流言呢？……可孟繁非做出不爱听的样子……这是孟繁的刻薄处。"

两段引自阿袁不同篇章的文字，但在人物形象和人物关系上何其相似。而我在阅读阿袁时对她自我重复的最大不满，更来自几乎每一篇小说字里行间都弥漫着相同的气息，呈现着相同的整体面目。在阿袁笔下，女女之间，弥漫的尽是猜忌、防备、争夺，气人有笑人无。她人就是地狱，她们互为地狱。甚至我有时候会感觉，阿袁的一系列小说串起来，倒是很像一部现代高校版的《甄環传》。他人就是地狱，我相信，当萨特说出这句话的时候，他是愤怒而绝望的，这愤怒和绝望内含着另一层意思：他人本不该是我们的地狱。而在阿袁这里，她们互为地狱，阿袁站在地狱外，隔着栅栏的空隙观看里头的热闹，有一种看热闹不怕事大的小阴暗，她从中寻到了乐趣，且越发地乐不可支。

阿袁最近出版了一部长篇小说《鱼肠剑》。说是长篇，其实是从同名中篇扩充续写而来——据说，是应读者要求而作。对于主要写作中短篇的小说作家来说，第一次写作长篇，除了是对叙事耐心与耐力的挑战，它是作家对自己的一次整理，从思想进度、心路历程到具体的技术操控、语言把握，更是作家面对自己一直以来写作惯性的一次矫正和修改。一个作家对生活的态度，他的小说价值观、文学世界观，他的写作技术，都可以在长篇的写作中获得对自己的再认识和再思考。第一次写长篇，我猜应该是很有意思，很有意义，也颇具难度。可是阿袁的这部长篇小说，却是一次汇集，它汇集了阿袁之前所有作品中的经典脸谱、人物关系和桥段，同之前的十几篇中短小说形成各种对应关系。

近些年，对文坛此起彼伏的大小抄袭事件，心虚嘴硬的作者和急于为之辩护的批评家们，极具创造性地使用着这样一个词：致敬。抄了哪位前辈高人的作品，被发现、揭穿之后，即便读者和评家拿出细读剖析的对质样本，抄袭者仍可不紧不慢地说："我是在以自己的这篇小说，向大师致敬。"比如，向白先勇致敬，向永远的尹雪艳致敬。循此逻辑，其实我们也许不能苛责阿袁一味地自我重复，人家大可以愤愤不平：我是在向自己致敬，不断地向自己致敬。阿袁沉溺于不断地向自我致敬中，以致作为读者，我不得不再次重复本文开头的那段读感：初读让人惊艳，再读仍不失趣味。再三再四地读下来，便让人有些不耐烦，及至再后来，在刊物的目录上看到阿袁这个名字，忍不住就有点腻腻的感觉，全没了初时的阅读吸引和期待。

太沉溺其中的结果，还包括作者在苍白的精神向度上愈发地津津乐道，喋喋不休，以至饶舌。阿袁的几乎所有小说中，都有一个类似旁白者的叙事声音，这个声音除了推进叙事，似乎还有一个更重要的角色：场外解说，台下点评。如果说阿袁一直在编导一出高校饮食男女的精彩大戏，那么其间她所担当的角色除了编剧和导演，似乎更乐于安坐在观众席上，对舞台上人物的一举一动、一颦一笑详加品鉴。她把人物动心计、使心眼的种种跃跃欲试一眼看到底，然后不紧不慢地给读者一一拆解和讲析。我甚至想，阿袁小说吸引读者的，与其说是台上的俗套故事，不如说是场外的解说点评。从《俞丽的江山》、《老孟的暮春》……直至《鱼肠剑》，阿袁越来越沉溺于这种解说和点评的角色欲罢不能，仿佛她编导一幕幕象牙塔风月大戏的主要目的，不是为了给读者看，倒是为了自己有笑话可看，有八卦可评，有别人的飞短流长可以品评咀嚼反复吞吐。似乎她更乐于展示的不是故事人物的小说功力，倒像铆足了劲大秀自己的世事洞明、人情练达，大秀自己的看破世象众生与看穿人生百态。她在讲述那些蝴蝶行、长门赋，以及婚姻经济的时候，津津乐道、喋喋不休，背后更暗含着一种诉人丑状、言人八卦的痛快淋漓和居高临下。似乎她对这个世界的主要兴趣就在此：发笑，对着他人的丑行或浪漫发笑。

阿袁的小说，始终注视着某种经验中极为微妙的层面。所谓微妙，包含有深奥、复杂，包含有难以言喻、捉摸不定，它是显在关系下的暧昧关联，规则背后的潜在规矩，风平浪静内里的万马奔腾。而这些所谓的微妙，此时，正在人们的当下环境和现实生活里面大行其道，人们认为，能把握这些微妙，就是深刻，至少是深刻。阿袁致力于充分展示人物和自己在这微妙舞台上的长袖善舞，我也在多篇评论文章中读到评家对阿袁之深刻的赞许。阿袁笔下的女性，受过高等教育，身处高校，满腹诗书，精英环绕，有独立的经济收入和社会地位，但是她们骨子里的世俗和庸常，内心深处对传统性别秩序和旧式女性角色的认同与趋附，并不比一个寻常妇人有着如何的超越。她们最擅长和最致力于的，也不过是揣度、算计，随世俯仰，以此来有效地实现同世界的握手言和、拥抱至死。昆德拉说：所谓媚俗，就是用美丽动人的语言表达固有的观念的愚蠢。阿袁貌似无限地接近着人物，知晓她们的小盘算、小伎俩，洞悉她们的小心思、小筹划，对她们的微妙经验了然于心；但其实，她又距离人物遥不可及，始终不曾真正丈量过她们的心灵，那些灵魂的巨大灾难、生命的切肤疼痛，阿袁没有给出一个作家应有的理解与体恤、审视与批判。

阿袁更没有试图追问这其中基于自身立场的合理性与必然性，这其间巨大的荒诞和悲剧所在：作为新女性，作为高知阶层，她们何以如此？

三

很多人谈及阿袁，都会扯上张爱玲，甚至有人说，她是张爱玲的当代化身。果真扯得上张爱玲吗？也许，貌似有几分形似，都有一手妖娆华美的文字，都专注于俗世男女的爱恨纠结，张爱玲乍看仿佛也是阿袁这般世故、机巧。但是，请注意，若真的凝神静气地阅读过张爱玲，我们会发现她叙述这世界时候的语调是低缓、沉郁的，虽是携带着冷眼旁观的刻毒，但也内含着一种如泣如诉的哀怨，这怨，源自张爱玲对真爱的渴望发现而不可得。那个“因为懂得，所以慈悲”的张爱玲，她在抖落了人物华丽外袍的同时，在看透了人世冷暖之后，自己也黯然神伤。而且，不知怎么，每次重读张爱玲的小说，我总能感觉到，她对自己的这些看透、了然，她对自己的苍凉与世故，并非陶醉其中，而是多少怀有一点懊恼和抱歉的。张爱玲的荒冷，很大程度上源于自己爱的受挫，而阿袁，她的荒冷，似乎理所当然，从来如此，建立在对世俗经验轻易而决绝的妥协与拥抱。阿袁，她在讲述那些江山攻守、梨园声色的时候，高声大气，语调甚至是亢奋的，这种语调背后，她似乎很为自己的这点子聪明伶俐而扬扬得意、沾沾自喜。

多少年了，研究者和学问家们万语千言地分析、阐释着张爱玲小说的荒寒、残酷与刻毒。可我明明看到，冷笑背后的悲悯。在一个个破碎的故事、命运和心灵中，张爱玲实现了一种对人生的懂得，对生命的懂得，对世相真实与心灵真实的深刻理解。她理解了凡俗人生基于自身立场的某种合理性。因为懂得，所以慈悲，这懂得和慈悲并非单单指向胡兰成的，更是张爱玲写作小说时候的一种心灵状态。她的小说是有悲剧感的，散落一地的碎片狼藉中，我们隐约能看到撕扯之前的美好。我们总在说世俗的张爱玲，其实世俗之下她的精神底色是孤傲的，而这孤傲本身就内含着对世俗的反抗。她对世相人生、对骨肉男女看得通透，与这种通透同时存在的是深深的绝望，和热爱。看破了，却仍不去追问值不值，纵着自己去燃烧，葛薇龙、白流苏、红玫瑰，还有张爱玲自己，冰雪聪明，而又执迷不悔。她的小说往往是一根尖利的刺，扎进读者眼里、更扎在作者心里。所以读张爱玲的时候，我总会有痛感。而读阿袁的时候，只觉得心里闹得慌。

冷笑之下的悲悯和通透背后的反抗，是张爱玲同阿袁最大的、也是最本质的不同。恕我直言，阿袁距离张爱玲，还远得很。所以，张爱玲是有精神叙事的。张爱玲是怀着腔子里的一股热血在故作世故，而阿袁是真世故。当故事模糊以后，张爱玲留下美丽而苍凉的手势，而阿袁，则只能让人记起戴着博士帽的一张张怨妇脸，以及场外自始至终滔滔不绝的一条毒舌。

四

就在我写作这篇文章的过程当中，一场狂欢开始并持续发酵着。一场关于文学的狂欢：瑞典文学院决定向莫言颁发 2012 年度诺贝尔文学奖。阔别多年，文学似乎经此一夜之间重新成为社会公共话题，重新回到话语中心，关于莫言和诺奖的种种祝福、质疑、解读、攀附甚至段子在互联网和传统媒体大行其道。在这种喧嚣和热闹之中，我却不合时宜地想到一个问题：今天，网行天下、微力无边的今天，大片横行、剧情无限的今天，当人们经由一部手机动动手指就可以图文并茂地大量获取资讯、故事、众生百相的时候，当人们打开电视各种传奇、故事扑面而来的时候，为什么还要阅读小说？小说将以如何的说服力与合理性在这个时代安放自己？

小说如果在这个时代还有它得以存在和发展的必要，那么它一定要在围观热闹、点评八卦、演绎传奇之外提供更有价值的独特东西。那究竟是什么呢？也许不同的写作者和评家会给出不同的答案，我只能说，在我看来，小说之所以成为小说，它一定包含如下几个要素：

小说的精神是复杂性的精神。正基于此，昆德拉说：每部小说都是在告诉读者，事情远比你想象的复杂。在某种特定的情景下，文学可以是匕首、是投枪，是号角、是呐喊，是经国之大业，是不朽之盛事；小说也可能被看做游戏、被当成消遣，被混淆于大片、肥皂剧、综艺节目之中统称为娱乐，被等同于文化产业之内苛求印数、发行量、利润率。但是究其根本，我总以为，小说提供的最本质的东西应该是对人心的理解和体恤，写作者就要在那些外在的、简单的是非评定与价值判断之外，看到更多的模糊和复杂；打破想当然的是非对错和善恶忠奸，努力深入内心、接近灵魂，为人物的言行寻找理由、提供理解。伟大的小说当中，一定应当包含着对人深刻的理解与深沉的爱。

小说是对人的陪伴。人面对外部世界和自我内心时的承受、桎梏、躁动、不安、挣扎和抵抗，在这一过程中小说提供独一无二的见证与陪伴。小说家叙述一个故事，告诉我们一个人如何在他的现实里身不由己，并非只是为了论证和确认，他或她只能如此、理应如此，并非只是展示外部环境在如何地加之于人，而恰恰是求证人对这些的对峙、反抗和抵御，在这个过程中人的主体力量的体现和感悟。这才是小说不仅作用于感官，且更震撼和深入灵魂的力量之所在。

小说是保有温度与痛感的文字。文学作品的力量，很大程度上来自写作者的情感态度,来自它的感染力。一部好的文学作品,它一定是通过影响人的情感体会,进而影响人的理性认知和价值判断。那种片面着力于追求高度与深度、忽略温度的写作,其实是偏离了文学的基本品质。这是一个集体麻木的时代,人们内心疼痛感普遍缺失,流行的是司空见惯与见怪不怪。很多作家,选择了麻木自己感知疼痛的神经,很多写作,都失去了疼痛的愿望与能力。他们津津乐道于斤斤计较和寸寸拿捏,醉心探讨如何看眉眼高低、怎么学进退自如,怎么同现实更好地握手言和、拥抱至死;没有疼痛,没有责之切,没有爱之深。

用上述我的这些标准来要求阿袁的小说创作,也许很偏颇、也许是苛求,似乎更显得不够厚道一些。但我仍然写下了如上的那些文字,算是我对当下小说和文学现场的一个提问。无论如何,写作者都不应该是一个仅仅把世界当作一台大戏去看热闹、播报热闹、点评热闹的人。他更应该是这热闹的破坏者与打扰性力量,无论是否有效,长久或短暂,他总得想方设法让这世界和人心更沉静、柔软、丰富一些,全力以赴地用静默的力量试图唤醒热闹中的喧哗与骚动着的灵魂。

●【争　鸣】

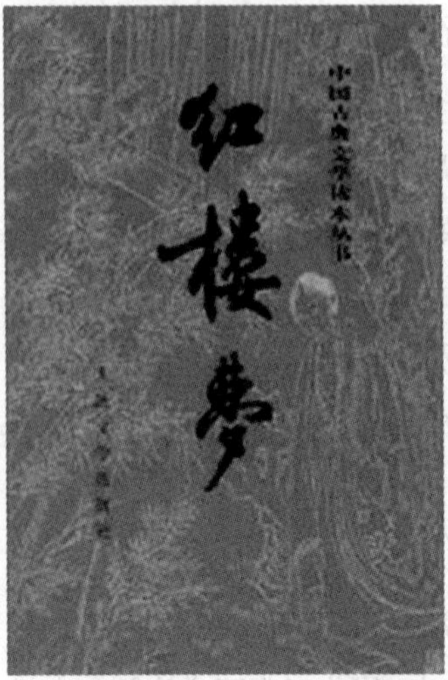

谁“吓了我一跳好的”？

——《红楼梦》校注商榷一例

邓牛顿

《红楼梦》校注，红学专门家做了大量的工作，值得学习与尊敬。但任何专家都可能有知识上的局限。更何况《红楼梦》这个伟大而复杂的存在，研究起来问题会更多。

比如，偶然翻到中国艺术研究院红楼梦研究所《红楼梦》校注本三版，第24回开头：话说林黛玉正自情思萦逗、缠绵固结之时，忽有人从背后击了他一掌，说道：“你作什么一个人在这里？”林黛玉倒唬了一跳，回头看时，不是别人，却是香菱。林黛玉道：“你这个傻丫头，唬我一跳。你这会子打那里来？”……

啊？！专家们一直热烈推崇的庚辰本这个开头原本是——……林黛玉道：“你这个傻丫头，唬我这么一跳好的。你这会子打那里来？”……怎么？

如今“这么”、“好的”四个字就硬生生地被删掉了呢?

说实在的,我对《红楼梦》复杂的语言现象一直颇为关注,也颇有兴味。记得我在2003年读中国艺术研究院红楼梦研究所校注本(人民文学出版社1996年12月北京第2版)时,上述第24回文字保持了庚辰本原貌。这个校注本前有冯其庸先生的《红楼梦校注本再版序》。尔后读冯其庸先生《瓜饭楼重校评批红楼梦》(辽宁人民出版社2005年1月第1版)时,却惊人地发现他出了这么一个详细的校记——庚辰“唬我这么一跳,好的,你这会子打那里来?”戚本、舒本同,蒙府本作“好好的”,列本无“好的”两字,甲辰、程甲本作“唬我一跳,你这会子打那里来?”杨本原文同甲辰、程甲,旁改后成“你这傻丫头,冒冒失失的,唬我这么一跳,你这会子打那里来?”程乙本无“这么”两字,馀全同杨本改文。

应当指出的是,“吓我一跳好的!”这在我的故乡湖南老百姓的口头上是一句普通得不能再普通的话。“吓我一跳好的!”就是吓得我好厉害的意思。“好的”是指程度而言,形容词后置以突显语意。《红楼梦》中“唬了一跳”“唬我一跳”甚多,仅第24回就有4处,惟这一处强调了程度。许多《红楼梦》文本之所以作了种种的改动,原因皆在不懂湘方言的语意与表达方式。

另外,值得注意的是,《红楼梦》第51回,麝月慌慌张张的笑了进来,说道:“吓了我一跳好的。黑影子里,山子石后头,只见一个人蹲着。我才要叫喊,原来是那个大锦鸡,见了人一飞,飞到亮处来,我才看真了。若冒冒失失一嚷,倒闹起人来。”冯其庸先生《瓜饭楼重校评批红楼梦》这一回保留了“吓了我一跳好的!”未作任何改动与说明。又,《红楼梦》第41回,“若绕出去还好,若绕不出去,可够他绕回子好的。”冯其庸先生《瓜饭楼重校评批红楼梦》这一回亦未作任何改动与说明。可见,这类句式在《红楼梦》中已有多处,皆属湘方言的表达方式。

最近我又细读了一遍《红楼梦》,又发现两处与此相关的文字。一处是

第20回末尾，湘云道："你敢挑宝姐姐的短处，就算你是好的。……"另一处是第31回，湘云照脸啐了一口道："下流东西，好生走罢。越问越问出好的来了！"前一处"好的"可释为"就算你狠"、"就算你厉害"。后一处"好的"，依前后文语意，显系贬词，可释为"越问越问出不像话的东西了！"可见《红楼梦》中的方言现象异常复杂。在《红楼梦》原始作者到底是谁尚存疑窦的当今，有理由吁请红学专门家对小说文本的删改与校注，作出极其审慎的选择和更为合理的处置。

还记得冯其庸先生在《红楼梦校注本再版序》中说得非常之好，"我们的校勘工作做到了审慎和准确，不至于随意改动底本的文字，从而较好地保持了原本的历史面貌"。

可新校注本此处为什么要作如此大胆的删改呢？听说上述冯先生的署名本后来也作了类似的改动，这就让我实在百思不得其解了。

须知，相对而言，红研所校注本在学界具有相当的权威性。慎之又慎的要求决不算过分。我查了最近两年出版的其他学者的校注本，如成爱君校辑本对第24回的处理，就可以发现受了红研所校注本的影响。此外，裴效维校注本，第24回以程本作底本，林黛玉道："你这个傻丫头，冒冒失失的唬我一跳。这会子打那里来？"第51回作"唬我一跳好的"，则有一注："好的——这里是好厉害之意。"（裴先生此种注法，英雄所见略同也！一笑！）蔡义江评注本，第51回同庚辰本底本。第24回，林黛玉道："你这个傻丫头，唬我这么一跳，好的！你这会子打那里来？"（蔡先生，您这样断句，似乎偏离了原本的语意啊！求教！）

正是我充分认同庚辰本的历史地位，方认为保留底本上的"好的"，更符合《红楼梦》原始作者的言说方式。故而红学专门家的贸然改动，确实"吓了我一跳好的！"

纯文学将成为电影改编的“救星”吗?

里　昂

近期,影院有两部电影正在火热上映,一部是李安的首部3D奇幻巨制《少年派的奇幻漂流》,另一部是冯小刚精心打造的《一九四二》。这两部影片都有一个共同点:都改编自文学小说。再加上前几个月争议颇大、改编自陈忠实同名小说的电影《白鹿原》,电影与文学改编的关系再一次进入人们的视野,成为一个热门的讨论话题。其实自电影诞生以来,电影与文学这两种截然不同的艺术形式便有着某种千丝万缕的关系。法国的艾·菲兹利埃曾经说过:“文学和电影的关系可以归结为两大问题:电影能够为文学带来什么?文学能够为电影带来什么?”

由于电影是一门年轻的艺术,其诞生也不过区区一百多年的历史,因此,“电影能够为文学带来什么”的问题则相对简单。在西方,电影影响文学的地方主要表现在“电影-小说”这种文学体裁的出现,法国作家阿兰·罗布-格里耶和玛格丽特·杜拉斯都写过不少“电影-小说”。时至今日,

“电影-小说”已经发展成为西方文学史中一个羽翼丰满的文学类型，而且拥有自己的广泛读者。至于“文学能够为电影带来什么”这样的问题，就要复杂得多了。作为“第七艺术”的电影，对于其他的艺术形式有着极强的融合性，能够吸收百家之长为己所用。文学便是其主要的吸收对象。许多优秀的电影作品都是在经典的文学小说中改编而来，最终赢得了观众的认可。在美国奥斯卡 84 年的历史中，就有 22 部最佳影片改编自文学小说，占全部影片比例的 1/4 还要多。这足以说明文学作品对于电影的重要性。但这在中国还只是小范围的开始。

文学对于中国电影的影响

在中国电影史上，将大量文学作品改编成电影有两个相对集中的时期。一个是 20 世纪 20 年代中国电影的草创时期。《红粉骷髅》以及鸳鸯蝴蝶派的《玉梨魂》，使早期的电影人看到了电影和文学“联姻”的美妙前景。此后，将古典名著和侠义小说改编而成的古装武侠电影也同样风行一时。将改编武侠片推向高潮的是 1928 年明星公司拍摄的《火烧红莲寺》。这部电影 3 年拍摄了 18 集系列，造成了万人空巷的轰动效应。

将大量文学作品改编成电影搬上银幕的第二个时期是在 20 世纪的八九十年代。大量的文学思潮如雨后春笋般涌现出来，从伤痕文学到寻根文学、先锋文学，中国文学不断从现实主义与人文主义两方面进行着自身的发展与提升。文学作品改编而成的影片从此便一发不可收拾，如《天云山传奇》、《人生》、《老井》、《骆驼祥子》、《黄土地》、《红高粱》等，这些作品基本涵盖了当时中国电影第三代到第五代共三代电影人的创作。与 1920 年代的那次改编浪潮相比，这次文学改编最显著的特点是从通俗小说转向纯文学小说，而小说所造成的轰动效应也并不在于情节和故事的离奇性，而在于小说本身所具有的民族文化底蕴。这也是为何这一时期的改编电影会产生如此巨大影响的重要原因。特别是第五代导演群体改编的电影更是第一次将中国电影推向了世界电影之林。在这一点上，作为第五代导演中的代表人物，张艺谋功不可没。

张艺谋电影与莫言小说

整个1980年代，在三代导演的共同努力下，中国电影逐步在世界影坛显露端倪，展现出一种无法阻挡的锋芒。而真正打开中国电影的大门，为西方电影人所认识的还要从1987年张艺谋的那部《红高粱》开始说起。

改编莫言《红高粱家族》这部具有独特视角、内容创新的小说并非易事。从文字到影像，需要的是在深刻理解文学小说精髓的前提下对小说进行第二次创作。张艺谋的电影《红高粱》并没有照搬原著小说中的意识流结构，而是将故事改为直线叙述，使得影片的情节线索更加集中，矛盾冲突更加强烈。张艺谋对小说改编最成功之处便在于其对于影片整体构思上的大胆设想。影片中的"颠轿"、"野合"等桥段在张艺谋充满想象力的设置下迸发出极具魅力的华彩乐章。导演特别注意运用了具有中国特色的艺术表现形式，如唢呐、大鼓、戏曲、民歌等，使影片极具民族风采。而对于小说中那轻描淡写的一片红高粱，张艺谋在电影中更是做了艺术上的夸张，将本来普普通通的高粱染得火红火红，在夕阳的映射下，那片迎风招展的高粱地宛如熊熊燃烧的大火。在电影中，张艺谋不仅将高粱染成红色，更是将高粱酒也变得血红血红，整部影片都以红色影调彰显着生命的激情。

莫言的小说为张艺谋的电影提供了一个文学的高度，张艺谋的这部电影使得莫言的这部小说焕发出了第二次生命。我们很难说到底是张艺谋的电影成就了莫言的小说，还是莫言的小说成就了张艺谋的电影。

但毕竟这样成功的例子在电影—文学跨界合作中太少。当代导演无法处理好文学底本的能力是有目共睹的。张艺谋之后的电影口碑直降，与挑选文本有着直接关系。

纯文学与电影合作的前景

在当今快餐文化的发展趋势下，一切行为都显得那么急功近利。作为电影与文学两种艺术形式，在当代社会却遭遇着两种截然不同的命运。电影成为人们消遣娱乐的一种重要方式，变得越来越大众化。而文学却越来越远离人们的视线，变得曲高和寡，成为小众艺术。很多时候，我们只有借助电影这一媒介的传播才能了解某一文学作品，文学本身在一定程度上沦为电影的“脚注”，电影的热点反过来成为促销文学的一种手段。

作家莫言成为中国第一位获得诺贝尔文学奖的作家之后，一时之间，电影界兴奋莫名，纷纷讨论如何全面改编莫言小说搬上银幕，与此前的毫不在意判若两人。不仅是看到莫言作品身上的媒介转换价值，对于所有纯文学而言，更多的宝藏也将有机会得到二次发掘。纯文学如何与视觉媒介合作顺利，不仅依赖作家本人的作品价值，更重要的是导演的态度。所有的案例都在表明，导演对剧本和编剧的不重视是严重影响影片质量的原因，依然如此的话，那么文学再好，也无法让改编后的电影更好。虽然，世界电影史不断表明着文学兴、电影兴，文学亡、电影亡这个朴素道理。

这点，真该学学李安是如何改编文学的。

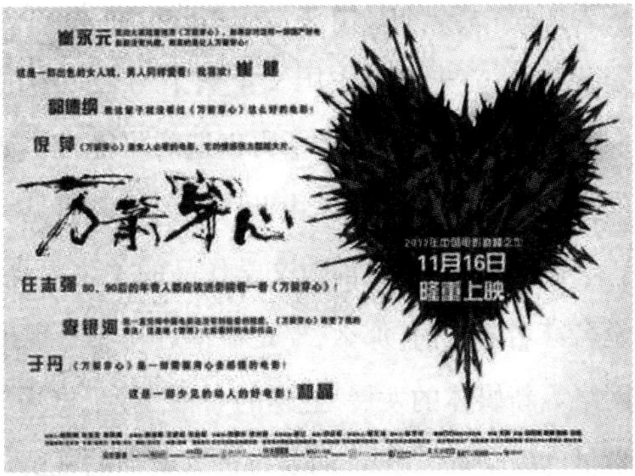

网络文学影视改编：沙里淘金的困境

高　凯

最近有一部好电影，叫《万箭穿心》，这部电影在线上线下得到了圈里圈外人的高度评价，这部作品的成功除了依靠编导、表演等主创的出色和诚意之外，方方出色的原著小说更是一道稳固的保障。而在一次电影映后交流会上，该片监制谢飞便坦言："像我们那代人，无论是《本命年》、《香魂女》还是《活着》、《霸王别姬》啊，全是改编的小说。我现在希望我们的中青年老师和年轻的创作者，你们应该看小说，重视影片的文学价值，不要光想着镜头语言和调度。"借此，我们再谈谈文学与电影的关系，尤其在新媒体语境下，对网络文学的影视改编也需要一种关注。

电影自从其诞生之日起，就与文学有着千丝万缕的亲缘关系。在好莱坞黄金时代，《呼啸山庄》、《茶花女》等各国经典名著更是都被成功改编，陆续被搬上银幕，而这样一个过程不仅扩大了原著的影响力，更重要的是也提升了电影自身的内涵与艺术质量。而就中国电影发展进程着眼考虑此问题，电影与文学的关系亦是如此亲密。就以蜚声世界的中国"第五代"导演们的创作为例，《黄土地》、《霸王别姬》、《红高粱》、《大红灯笼高高挂》等代表作品，无一不是由文学作品改编而来。张艺谋便曾表示："看中国电影繁荣与否，首先要看中国文学繁荣与否。中国有好电影，首先要感谢作家们的好小说为电影提供了再创造的可能性。如果拿掉这些小说，中国电影的大部分都不会存在。"由此，二者关系，可见一斑。

倘若说，电影之前对文学作品的关注主要集中在古典名著或现当代小说名家名著上面，那么，要是梳理近几年呈现出的影视剧作品却发现，随着网络等新媒体的发展，这样的一种"传统格局"早已被重新"洗牌"，网络文学早已以一种"另类"的姿态进入人们的视野。当然，就网络到底是文学的救星还是克星，至今仍有争议。传统印象中，网络文学量大粗糙，娱乐有余而思想不足。但无论如何，这样一种文学新形态无疑已经存在，且产生了巨大影响，早已汇入戏剧影视文学。

自 2000 年，改编自同名小说的电影《第一次亲密接触》开启了中国网络文学(网络小说)的影像改编之路。在随后的十二年里，也涌现出了一批此类影视剧改编作品，诸如《蓝宇》、《成都，今夜请将我遗忘》、《蜗居》、《宫锁心玉》、《步步惊心》、《美人心计》等，网络文学作品改编的影视剧火热地呈现在银幕上。更值得注意的是，同为"第五代"的大师级导演张艺谋和陈凯歌也相继相中网络小说，进行电影改编。2010 年，张艺谋将网络作家艾米的小说《山楂树之恋》改编成电影；2012 年，陈凯歌将网络作家文雨的《请你原谅我》改编而成的《搜索》搬上银幕(《请你原谅我》也是至今为止唯一的一部网络作品入选"鲁迅文学奖"的小说)。然而，网络文学缘何越来越受到影视剧改编的青睐，成为银幕新宠呢？它究竟有何魅力，有怎样的改编缺陷呢？

上文已经提到过影视与文学的关系，也提到了张艺谋对文学和作家的感谢"宣言"。而如今，好剧本的来源渐渐窄了，好多导演，包括张艺谋在内，都在为"剧本荒"而苦恼不堪，就在这样的背景下，库存强大而又贴近现实的网络小说便成为影视剧创作改编的新鲜源头。而就网络小说自身而言，首先，作品本身集聚人气，拥有较为广泛的读者基础，在互联网上，动辄便有上百万、千万，甚至更高的点击率，由此也催生了一批知名的网络写手、作家，好的网络小说已经过受众考验，再结合网络作家的超高人气，这就为影视剧的改编增强了“安全系数”，预先锁定了一批观众，也为影视公司的前期宣传节省了开支。再者，网络小说类型多样，从古装到现代，从穿越到现实，从校园爱情到职场较量等，可谓应有尽有，这就让不同类型的影视剧改编成为可能。另外，网络文学的民间视野和草根话语更是使其有了难得可贵的“接地气”的优势，更有利于大众传播，有利于获得观众支持。当下我们面临一个后现代逻辑的语境，后现代主义的全部特征就是距离感的消失，网络文学生动直接地印证了在当下转型期的这一特征。网络文学的读者再也不是“被动的接受者”，而变成了“合作的创作者”。例如，中国首部青春题材互动电影《PK. COM. CN》，从网络文学竞赛与电影题材的选定、小说到剧本等阶段便都由网民投票决定。而知名网络作家、编剧六六也表示，喜欢泡在论坛发帖写小说，每写一段就会有同步看帖的网友跟帖鼓励或拍砖，就这样在网络论坛上，不断接收网友读者信息，最后完成作品。

成功者并没有那么多，与庞大的网络文学库相比较，可以说是惨淡。虽然有《山楂树之恋》和《搜索》这样的国产文艺片标杆在，但左右网络文学改编质量的，仍然很清晰：数量决定不了质量，浪沙淘金，最终也未必赢得市场和口碑。

网络文学与影视剧从 2000 年起，经历了“初次牵手”、“探索交往”和“全面开花”三个时期。若要提高网络文学影视改编的质量，恐怕更多的仍然需要导演的眼光和编剧的能力。爱看网络文学的未必爱看由其改编的影视，两者之间最大的关联，只有价值二字。谁能发现并提高这份价值，谁就赢得“伯乐”之名。

精神表达的所及与未及
——评电影《我 11》《人山人海》《浮城迷事》

路　侃

《我 11》是近年少有的社会反思性国产电影。无论是艺术表现,还是精神内涵,它都是一部很有追求,值得称道的影片。

这是对一段特殊历史中人的社会生存的反思,也是对一个特殊环境下少年成长和如何做人的反思。影片反映了“文革”时期,在法治丧失的环境下,知识人受腐败权贵压迫的痛苦、绝望和铤而走险。故事的“核”是一个小学生的“告密”行为,但这个告密在那个特殊年代,是善恶不分的告密,结果是导致了一个“善”的毁灭,在一个幼小心灵中造成永远的内心谴责。故事和其中的意味令人深长思之。

遗憾的是,《我 11》的票房并不理想,一些年轻观众,甚至中年观众,似乎对影片表达的精神不能顺利地产生共鸣。然而,最近媒体披露的南方某小学校出现的“小学生情报员”事情，以及公众对此表示的不安，令人再次感到电影《我11》表现的反思内容其实是多么可贵，同时也让我们更理性地认识《我11》这样的电影应该如何更好地实现精神内涵的艺术表达。

《我11》追求一种新现实主义风格，像是慢火炖汤，滋味后出。影片竭力要原生态式地反映当时生活面貌，一开始就以长镜头追寻着“文革”时期山区某军工企业职工一天的生活：清晨，厂区的起床号声，妈妈的催促，王憨的睡眼穿衣，刷牙，户外的公共水池，拿着馒头跟妈妈说再见，坐上爸爸的自行车大梁，一路到学校。然后是王憨的学校生活。关于王憨的白衬衣故事几乎讲了片长的一半，白衬衣是引出受伤“凶犯”的关键道具，影片为此不惜做了长长的铺垫。在此过程中，描写出艰难时世中的家庭亲情，小伙伴之间的天真，底层知识分子心情的压抑，对安定生活的渴望，通过他们的交谈，透露出“凶犯”为什么杀人放火、妹妹觉红受辱的故事。在这些叙述中，电影镜头细腻，追求现代风格的长镜头，并不冗长，也没有过于自我的表现，而是向故事和人物回归，成人交谈全部使用上海方言，故事的关键都在方言、不完整的对谈和暗示中表现，显示出环境的压抑。

应该说，这些电影叙述都很生活化，叙述视角也有变化，一方面是从儿童的视角看成人的世界，另一方面是成人的话语、成人的世界在纷扰孩子的成长。问题在于影片对该不该告密，这个一家人内心的秘密，其实是关于应该如何坚守善良的思考，来得过晚，表现得过于隐藏；对“文革”时期少年成长与整个生存环境的表现分流，使应该怎样做人的精神不能突出，大量的“生活流”和对技巧的追求也淹没了核心的精神。影片中表现小男孩们性意识萌动的夹双杠动作，明显是为“生活流”而表现的细节，显得多余。父亲教王憨学画画是故事氛围的一种调节，但美术的无声却使影片的沉闷基调缺少变化。如果把“学美术”改成“学音乐”，父亲的职业改为一个演奏员，影片配乐可以跟随父亲的授业解惑，自然出现合乎那个时代知识分子心灵的古典乐曲，无论老柴、“拉二”、贝多芬，影片的灵动感会大大增加。

《人山人海》和《浮城迷事》也是在艺术和精神上都有所追求的新影片，两片内容的共同特点都是试图表现个人对恶的反抗，对正义的追求，都是“一个人的战争”。在一个缺少个性解放的文化传统中，在改革开放重视个人权益、个人创造活力的当下，文艺作品表现个性的力量、个人创造的积极性，应该是非常有益的一个视角。遗憾的是两片对积极的个人创造精神都没有表现好。

影片《人山人海》根据真实生活事件改编，农民老铁为兄弟被杀而千里追凶的故事。但影片的追凶过程基本变成对贫困地区农民、农民工生存状况的表现：破烂不堪的生活环境，吸毒贩毒，私生子，坟场，怪异的祭祀，直至进入黑煤窑的非人生活，险些丧生，最后还是靠警察才把凶手抓到。影片本应表现一个农民千里追凶所具有的勇敢和智慧，本应表现个人英雄精神在善恶交锋时的力量，给普通人以宣泄和鼓舞，否则就失去了表现个人力量的作品的意义，这在好莱坞电影中屡见不鲜。但是，《人山人海》对已经触及的个人英雄精神没有充分表达，反而被芜杂的“生活流”和沉默的农民性淹没了，原来真实故事中几个农民兄弟在各地寻找凶手交流信息而可能在电影中产生的追凶智慧一点儿看不见。影片过于追求长镜头表达的写实性和贫困农村生活的沉闷压抑，也对表现个人英雄精神形成喧宾夺主。主人公老铁从一开始，始终面对着漫长的长镜头，有时甚至长达数分钟，这既是对演员演技的考验，也是对观众耐心的考验。结果是观众失望于没有看到追凶的精彩和英雄精神的鼓舞，而对导演给予更多倾心的镜头和光线运用，并无同样倾心的体会。

《浮城迷事》也是表现以自我的方式维护自身权益的故事，强烈表现一个妻子要自己解决问题，对这一女性心理刻画得十分深入。电影的手法很现代，而内容具有很强的批判现实主义色彩。导演娄烨自述曾受到日本社会派电影(如《沙器》)的影响,但就艺术而言,《浮城迷事》已明显超过当年的日本电影。影片描写一个新兴中产者、私营企业主乔永照的生活放纵,不仅有重婚外室,而且同时搞“小三”、“小四”,备感屈辱的妻子陆洁将愤怒集中于“小三”,用石块追打,至其死于恰好遇到的车祸,而乔永照和外室桑琪为保护自身秘密,又将现场目击者杀死灭口。影片在貌似普通、平静的生活中表现了物欲浮躁状态下人物关系的谲诡和惊心动魄,用故事和人物本身批判了享乐无度、道德堕落的现象。电影叙事震撼、曲折有致而深入,从追打至车祸开始,逐步解析一个青年富有夫妇的家庭生活,以外室桑琪和妻子陆洁之间由暗到明、仇恨、利用的关系推动剧情,最后使一家三人都卷入谋杀案,顺便还抨击了一下“富二代”的狂妄,瞥见到贫富悬殊,借案件剖析了富有与堕落的落差。影片对女性心理刻画尤其深入,陆洁在亲眼看见丈夫与“小三”走进旅馆,亲眼跟踪到朋友桑琪竟是丈夫的外室后,居然能强忍愤怒,用挥霍丈夫经济的方式玩弄了桑琪和丈夫一番。影片摄影大量使用了晃动、模糊、黑暗、雨夜的镜头,表现出“浮”的气息,也隐喻着人心的暗处和困惑。

主要的问题是,《浮城迷事》在批判丑恶,在塑造女主人公一个人与堕落作斗争时,看不到正面的力量,看不到她的更多智慧、力量与有益关系,是“正解”在哪里的问题。陆洁的抗争实际是以恶治恶,影片表现的是以恶治恶造成的悲剧和给人们的震撼。影片中唯一与丑恶对立的是音乐,是“欢乐颂”和忧伤的小提琴与管弦乐。当乔永照和桑琪偷欢时,在他们最后黯然搬家时,画面都响起忧伤的小提琴,喻示了陆洁目睹其情其景时的痛心。陆洁追击“小三”的场面前后出现两次,第一次画面响起“欢乐颂”的歌声,与追打形成强烈对比,成为一种画面外的正面形象;第二次配出忧郁的管弦乐,表现出追寻正义的陆洁,内心满是伤心困惑。然而这种音乐体现的正义,对于揭露丑恶的叙事艺术来说,显得很无力。

通过观看三部影片,显示出新一代青年导演对电影艺术、技术的追求已经有了很高的水平，但他们对电影的精神与技术如何实现更完美的统一，还有一定的差距。电影对技术的追求是必需的，但精神始终是灵魂，能够让心灵沉浸在艺术享受中，塑造出一种对人有启发、有价值的性格与精神，就是一部成功的电影。

《一九四二》：史诗级民族灾难片的考验

杨天东

《一九四二》不是一部可以用艺术品质去评价的电影，但是却试探了中国电影的内容底线——银幕上可以把中国现代史、中国抗战史呈现到何种地步？

1

看完《一九四二》，我终于明白，为什么冯小刚这个级别的导演还对影片能否过审战战兢兢。它的过审是一次电影对民族性反思的胜利。

这是一部“在路上”的电影，灾民因饥荒而流徙。冯小刚和编剧刘震云采取了灾民、军队、政府、宗教、记者五条线索并行推进的叙事手法，让这五类人面对饥荒，从而做出反应。从剧作的角度来说，19 个主角，50 个次要角色，这不论在戏剧，还是电影中都是大忌，何况各方面人物又互不交叉，这对影片的戏剧性提出了巨大的考验，风险性极高。事实也确实如此，多线叙事必然会分散角色的情感力量，让习惯于追随几个人物命运的观众无所适从，而且从成片来看，张涵予和蒂姆·罗宾斯饰演的两个神父的线索是可以被砍掉的，太游离于故事主线之外，保留下来会有点牵强。但是多线并进的好处是会形成一种格局，这种格局对历史题材来说是提升水准的一个要求。冯小刚曾说，《一九四二》就像一面镜子，镜子里面他的脸很丑，不好看，但是最起码它能让他“知丑”，总比糊里糊涂地臭美好。拍完《一九四二》，他也不会再有盲目的民族自豪感，在向历史学习的过程中，他学会了“知耻”。在影片中，我们看到了冯小刚对民族劣根性的批判。在面对饥荒的时候，国人的猥琐、自私都呈现出来。这种批判跟斯皮尔伯格在《辛德勒的名单》中对犹太人的批判有着相似之处，在那部影片中，犹太人即使是遭遇死亡，依旧不忘记贪财的本性。

2

我一直认为，如果从电影的艺术形式感来说，冯小刚还只是停留在电视剧创作的水平。《唐山大地震》和《一九四二》皆是如此。同样都是灾难题材，同样都是电视剧的表演，电视剧的调度。相对于《唐山大地震》的过度煽情，《一九四二》还算是收了很多，冯小刚在接受采访的时候谈到一场戏，徐帆饰演的角色在得知男人要把自己的孩子卖掉后，呼天抢地，这种表演被冯小刚拒绝，二人为此还发生争执，最后影片呈现出来的结果还是徐帆个人的表演方式。我支持冯小刚的处理。本该发生的事情自然地发生了，本该爆发的情绪被期待地爆发了，这不是高明的手法，电影需要一种非常规化表达，需要呈现出生活中的错位，让人看到一种不同于日常生活经验之外的东西。王家卫在《一代宗师》中说的，功夫无非两笔，一横一竖。导演场面调度的功力也无外乎两个字——控制，李安之所以是大师，就是深谙控制的道理，很多人看完《少年 Pi》之后，最郁闷的是，为什么那只老虎不回头？如果回头，盯着观众，流露出被我们期待的情绪，岂不流俗了么？

说冯小刚是电视剧导演，除了演员和情绪控制之外，还在于他的镜头一贯都是没有力量感，他吸引观众的是通俗的剧情，而这些，只要是会讲故事、能控制拍摄场面、运气好的人就可以完成。在没有力量感的镜头下，所有的灾难呈现出来的都是视觉上的产物，不会走心。

3

冯小刚是个神话，无论什么题材在他手里，这个神话都没有破灭。他坦言，早晚有一天会破，并欠抽地说，或许就是《一九四二》，因为过六亿才开始盈利，这对一部非商业影片来说意味着考验。而更大的考验是，观众如何看待接受这样一段历史，观念的塑造是影片最难得的价值。

我们因何对莫言获奖失语？

葛红兵

■ 莫言的获奖，最热闹的是传媒界，最积极的是出版界，中国股市甚至还出现了一波莫言概念股浪潮，各方反应积极正面，但是，理论批评界却反而处于某种失语状态，较少积极的正面回应。

■《檀香刑》在叙事态度上的尝试，具有先驱的意味，它开启了中国当代文学用地方性语言对地方性知识进行深描的小说创作线路。他的获奖，显示了一种文化自信的可能：汉语究竟在什么意义上是汉语，汉语小说究竟在什么意义上是汉语小说？汉语小说如何对世界构成贡献？

莫言的获奖，最热闹的是传媒界，最积极的是出版界，中国股市甚至还出现了一波莫言概念股浪潮，各方反应积极正面，但是，理论批评界却反而处于某种失语状态，较少积极的正面回应。理论批评界因何对莫言的获奖失语？最重要的原因可能是，我们尚未找到一种有效的理论策略来有效地阐释莫言。莫言是一个中国古代文学传统和现代文学传统的双重反悖者，无论是价值观、伦理观、叙事观，还是语言观，他都表现出“独一个”的特征，他似乎游走在狂欢理论、酒神理论、民间理论等视域之内，又似乎在其之外。

十三年前的1999年，我和刘川鄂曾经试图提名莫言为诺贝尔奖候选人，后来，我们俩就此还搞过一个“作家排行榜”，当时，我们觉得，莫言是中国作家中最有希望获诺奖的。在那之后，莫言的创作一路走高，呈现出越来越鲜明的“独一个”特色，乃至，最终我们相信，阐释莫言需要一种“用莫言来阐释莫言”的策略。

莫言创作呈现出的价值观在中国古代文人价值观之外，同时也在中国现代知识分子的“启蒙”和“革命”两个价值系统之外。以莫言和鲁迅式启蒙叙事为例，莫言和鲁迅走的都是乡土叙事的路子，但是，莫言却几乎是完全颠覆了鲁迅启蒙主义乡土叙事的所有价值观念。我在《20世纪90年代中国文学整体反思》一文中，着重论述了莫言的这种颠覆：

“莫言的《檀香刑》是一个标志：《檀香刑》是对鲁迅启蒙主义写作逻辑的悖逆，看客、刽子手、被杀者的身份意义及关系逻辑完全颠覆了鲁迅《阿Q正传》的描写。如果说，贾平凹、余秋雨是通过逃离20世纪中国现代文学传统来反现代的，那么莫言，则是通过正面迎击‘现代’（包括启蒙传统及革命传统）而重塑现代。”

莫言在世界文化版图上为人们贡献了一种中国化的叙述图景——一种中国的地方性知识。“《檀香刑》全书弥漫一种难以言状的血腥暴力感，然而这种暴力和血腥又是那样美，以至于当代文学理论界对此束手无策。如何解释这种特殊情况的‘美’，我们需要一种地方性知识的内部逻辑。”这种逻辑的发现，我认为是20世纪末，中国现代小说终于诞生了自己的典范作品的标志。《檀香刑》在叙事态度上的尝试，具有先驱的意味，它开启了中国当代文学用地方性语言对地方性知识进行深描的小说创作线路。

莫言没有像贾平凹那样去找优雅的古代士风和朴素的当代乡风的结

合，他远远地离开了古代知识分子的语言，也离开了现代知识分子（包括公知型知识分子）的语言。他回到了自己的农民出身上，用一种反启蒙叙事的态度，反现代革命伦理的态度，反现代知性白话语言的态度，他用一种非常极端的莫式乡土语言——换言之，笔者的意思是说，莫言发展了一种用乡土演绎乡土的叙事技术，一种展示"地方知识"、"地方思想"、"地方感觉"，一种真正不依赖外部"理论"和"世界观"来解释在地生活和现象的小说叙事技术。

在语言上，我认为莫言创造了一种独特的汉语言体式，展示一种方腔（音）小说的可能性。他没有走方言小说的路子，也没有因袭现代白话文的"普通话"理路，也许可以把莫言的语言定义为一种"方腔（音）"语言。我把莫言和鲁迅比。鲁迅的小说是没有声音的，里面的人不说话，因为没有知识、没有智慧，不配说话，也说不出话，或者，因为太有知识，太有思想，这种人看得太透，颓唐了，不愿意说话，也不知道说什么好，阿贵、闰土是前一种人，"在酒楼上"的"孤独者"等人是后一种人，鲁迅小说里主人公的这种无声，和鲁迅小说的不能读，不能发音，是一致的。反过来，莫言小说在寻求一种声音，他的人物是唱着的，赵甲是一个没有什么知识、修养，更没有自觉意识的人。但是，莫言对赵甲的处理，与鲁迅对阿贵的处理完全不一样。他让赵甲近乎狂欢化地发声，小说里充满了聒噪，莫言把它定义为"猫腔"。莫言恰恰是让赵甲在这种近乎狂欢化的方腔聒噪里凸显其存在的意义，赵甲不是像阿贵那样没有价值，相反他太有价值了。莫言让"赵甲"发声的叙事语言，其价值和意义，应该如何认识呢？我认为：

"小说家必须意识到自己的天职，它们有义务去发现那些隐藏在民间深处，至今尚未被文人语汇污染的词语，这些语词比现时代的任何一种文人思想都要更靠近思想的本源，比当今任何一个文人语汇都接近真理的源头，将它们发掘出来，让它们在原始意义上发光放彩，而不要修饰它们，遮蔽它们，让它们赤裸裸地来到我们这个时代中。对于一个作家来说，这就够了。”

相比较而言，在语言上，莫言走得比贾平凹极端，尽管我认为这种极端，对于汉语小说的尝试来说，可能并不是最好的选择，但是，也许正是这种极端，让莫言的在现代汉语创作上，走出了一条完全不同于前辈们的路径，而且走得非常远。他彻底地摒弃了那种西化的知识分子语言，在中国民间语言的土壤上，建构了一种真正的汉语语言——我把这种语言称为“非普通话”的“方音”语言。

在《20世纪90年代中国文学整体反思》一文中，我这样总结莫言式叙事的意义：20世纪最后10年，中国现代小说终于找到了自己真正的存在要义并且诞生了自己的典范作品，这多少让人欣慰。

如何理解和阐释莫言？笔者在另一篇论文《小说：作为叙事形态的“地方生活”》中这样写道：

> 理解一个民族的文化，既揭示他们的通常性，又不淡化他们的特殊性。这使他们变得可以理解：将他们置于他们自身的日常状态之中，使他们不再晦涩难解。“作为一个人类学家，格尔兹发明了一种‘深描’研究法，用他对巴厘岛斗鸡风俗的研究验证了忠实记录、理解、解释和说明研究对象，深度重构研究对象‘本身’的可能性。”

这是格尔兹给我们的方法论启示，将对象安置于他们自身的日常状态之中，用他们自身的逻辑来解释，只有这样，才能使他们从自身的内在逻辑出发获得理解和解释，或者说，我们才能理解他们的逻辑性，而不仅仅是把他们看做是一堆毫无章法的“任意性”（更多的时候是用我们的逻辑，如启蒙逻辑或者革命逻辑来强加于他们）。

小说要让你所描摹的“生活”本身解释“生活”，小说要让对象自己内在的可解释和可理解的部分绽放出来——小说应该是一种让生活自己解释自己的深描技术。这是小说赖以存在的根本要义。但是,恰恰在这一点上,中国现代小说的本质从未得到澄清——它们一直在“启蒙叙事”、“革命叙事”两大指导思想的左右之下,用启蒙逻辑、用革命逻辑解释生活,都存在着“生活”被外部逻辑污染和遮蔽的问题。

我们需要一种小说写作学,一种依据地方性文化所特有的行动框架、预设和成规来阐释生活本身的小说视域。格尔兹的研究让我们承认,巴厘小岛上的法律/事实观并未受西方现代生活中的法律/事实观的影响,却内在地呈现出和谐性、有效性,这就对是否存在一套放之四海而皆准的法律/事实观、一种意识形态化的解释观提出了质疑,同时也否定了以西方的理念解释巴厘岛的可能。如果这说明无论在什么地方将事件纳入文化背景对法律分析至关重要,那么,对小说的创作同样重要。

“地方性知识”作为一种视域,要求我们重视知识赖以存在和发挥作用的社会条件、背景,把这种知识赖以存在的特定情境(context)置入我们的考察范围,甚至把它作为考察的前提。“地方性知识”一个非常重要的视域,它可以让我们追求这样一种深描地方知识的小说:用地方文化内部话语、惯用话语和思维习惯来写作的小说。用格尔兹的话说,进入异文化的符号体系的意思并不是简单的模仿,人类学家不可能成为真正的本地人,其所寻求的还是理解,能理解当地的惯用语、思维习惯等等,而更深层地则是理解当地的文化模型。但是,小说家却可以成为真正的“本地人”,小说其实是一套符号体系,它不仅提供作为具体事件的符号,还提供事件和事件之间的联系以及它们的大小背景,它呈现文化形态静态图景,也呈现其形态及其联系,它自身就在避免孤立和静止,并且呈现或者隐含地呈现着某种自我理解和解释,因而构成着一个互相联系的、牵一发而动全身的综合体系。

理解莫言,我们需要首先调整我们的小说观念,需要用“地方性知识”视域及其阐释方案。

莫言获奖，会成为很多人的论据，来论证我们作为现代文化大国的崛起、实现，等等，也会成为很多人的反面论据，来证明中国文化的失败，等等。但是，我想说的是，莫言的获奖，无论如何，都是中国当代文学的一项重大成就。尽管，他代表的不是中国古代传统的胜利，也不是启蒙的胜利、革命的胜利，是汉语作为一种地方性知识的胜利，而不是一种普遍知识的胜利。他不是汉语作家获奖第一人，也绝对不会是最后一个获奖的汉语作家，他的获奖，显示了一种文化自信的可能：汉语究竟在什么意义上是汉语，汉语小说究竟在什么意义上是汉语小说？汉语小说如何对世界构成贡献？

也许我们应该暂时抛开价值判断，抛开20世纪的种种政治鸿沟，从诺奖中学会如何来看待我们自己的语言和叙事。而不是被政治牵着鼻子走，一种政治的赞美和指责，都可能是短暂的，而这样的思考，却可能是长久的。

●【“诺贝尔文学奖与当代文学批评价值重估”学术研讨会发言选】

喜欢的和不喜欢的

韩小蕙

一

很多年以前我真的说过：中国有两个半天才作家，一是莫言，一是贾平凹，半个是王蒙。为什么王蒙是半个？因为他的另一半已经被诗书礼仪的中国雅文化浸润去了。不可否认，中国传统文化存在着两个山峰：以士大夫为代表的雅文化，和以农民大众为代表的俗文化。

莫言获诺奖的那几天，在我们单位的办公室、收发室、走廊、饭厅等各处，凡碰到我的报社同事，一律的问题都是“莫言获诺奖是实至名归吗？”“中国作家们怎么评价？”之类。这颇使我感到意外——看来，公众对莫言还真是不怎么熟悉。

当时，我也跟文学界的几个朋友讨论过：“为什么是莫言，而不是别的作家，比如贾平凹、张炜、韩少功？”

虽然这是一个非常复杂、见仁见智的问题，难以说得清楚；

但若把一棵树只画成几个大枝丫，而不是繁茂葳蕤的全体枝枝叶叶，那么就比较好办了。我的结论，现在依然只是简单的一条：

莫言是与世界文坛实现了对话的作家。

到目前为止，所有的作家评论家们都在品评莫言的小说，《透明的红萝卜》、《红高粱》、《檀香刑》、《生死疲劳》、《蛙》……前期啊、后期啊，纯真啊、粗鄙啊，魔幻啊、模仿啊等等。我想提醒的是，似乎大家都忘记了莫言还有一本书，即关于21世纪的文学前景，他与大江健三郎在20世纪90年代的一部对话集。印象中，那本书是很有理论高度的（抱歉本来我想找来重读，但怎么也找不到了），所论与大江健三郎旗鼓相当，说明莫言是具有理论背景的一位作家。

在中国，具有理论功底的作家实在是不多，也许小说家们认为他们不需要理论，只要写好故事、塑造好人物就够了？但须知，这是浅显的认识。理论是学养的集成，小说家当然不是用理论语言说话，但无疑，应该具有学养底色和理论高度，因为随着人类文化水平的不断提高，仅靠生活经验的写作已经越来越成为过去式，现在国际上知名和不太知名的作家，都具有大学、硕士、博士的学历背景，有的本身就是某个领域的知名学者。这，也正是中国大多数作家与世界文学的差距，好在我们正在迅速缩短这个差距。

我还想起另一个例子：2009 年法兰克福书展开幕式上，当主办方以毫不掩饰的教训口气，自以为是地向中国领导人说你们应该这样、不应该那样时，有的中国作家一时转不过弯儿来，莫言却立即反应了过来。他以特有的小说家的天赋，给德国人和全场来宾讲了一个故事：

"一百年前，在我的家乡中国山东高密，流传着关于德国人的两个说法，一说是德国人都没有双膝，二说是德国人的舌头是分权的。前几年，我带了几个德国朋友回家乡，我爷爷坐在我们对面仔细端详他们，后来把我拉到一边说，我看他们的膝盖好好的，舌头也和咱们的一样啊……"

我立刻明白了莫言的话里有话，他是在批评德国人根本就不了解中国的国情，就在那里指手画脚，但为了书展的顺利举行又给主人留了面子——好一个智慧的莫言，他十分清楚应该如何与世界对话，而且话出了中国作家的水平。

我还很赞同莫言的创作态度，他从来不曾为了获诺奖，就照着评委们的口味去描红模子。不像中国的某位电影大导演，多年来的每一部新影片，都是挖空心思地走在揣摩奥奖可能性的道路上，结果呢，屡屡被人看不起的同时还把自己变得非驴非马，完全丧失了自我的艺术激情。

当然，我对莫言的作品也有很多、甚至很深刻的不满。比如我同意许多评论家们的批评：他有些地方写得太粗俗了，对丑的恶的展示让人联想到“趣味”这个词；他模仿西方文学方式来展开叙事，但缺乏世界性和人类大悲悯，与世界级文学大师尚有情怀上和理念上的不小差距，等等。特别是，我很不喜欢他的新剧《我们的荆轲》，不认同他在剧中把市侩的出人头地俗念强加在荆轲身上，不仅使壮士蒙尘，也消解了中华民族几千年的英雄情怀，这在当下已经非常缺乏信仰的中国社会，尤其不可取。我真诚地期望莫言能够以此次获诺奖为契机，好好地反思一下过去的创作，特别是重新审视自我灵魂，在人类大情怀的意义上找到自己的差距，然后，精神饱满地投入新的创作，成长为托尔斯泰那样永垂世界文学史册的大师！

二

还有一点必须说的，是莫言获诺奖之后，中国文坛上有狂欢，有喜悦，有赞美，同时也出现了许多批评的声音，网上还有谩骂。谩骂我不赞成，你有理说理干吗骂人？骂人是非理性的，完全可以不搭理。

我还在一张报纸上看到一篇外媒文章，说是在国外，任何作家获诺奖，作家的所在国国民都会欢呼不已，把他（她）当作民族英雄，可是中国人怎么啦，为什么还有这么多批评？

我不能同意那篇外媒的观点。批评、七嘴八舌，其实是好事情，起码说明了三个问题：

1. 说明了中国人是有自己独立思考的，是成熟的民族。

写作的人都知道，其实作品写得好不好，哪里成功哪里败笔，写到了什么高度，写作者自己心里是最清楚的。同理，就一个民族来说，哪个作家写得好、哪部作品写得好，达到了什么层次，中国的作家们和中国人民也都心里门儿清，哪儿用得着别人来做鉴定，尽管他们是德高望重的十几位瑞典老人。相反，如果他们鉴定得太离谱，还会受到中国人民的嘲笑呢。

幸亏此次他们评上了莫言，算是很正确很睿智。但是如果不让议论风生、不让讨论批评的话，就是愚拙就要走向反面了。

2. 说明了中国人没太把诺奖当回事，更看中的是文学本身的高尚追求。

诺奖百年评奖，总的来说是严肃和权威的，推动了世界文学的发展，功德无量。但无可回避的是，它也有一些失误，错过了真正的大师巨匠而让有的低水平者入选。所有中国人都太知道了，不能以评奖论英雄；中国优秀作家们也太懂得了，不能为了获奖去写作。并且，他们更愿相信自己的文学鉴定眼光，更看中的是文学作品本身的品质和分量。

3. 说明了中华民族对文学的深刻热爱，以及他们对自己民族的作家们寄予着深切的关怀和殷切的期望。

莫言获诺奖之后，在中国大地上掀起了巨大的文学热潮，普通民众、文学爱好者、各高校师生，各地的作家评论家、企业家、领导干部……有那么多人卷入其中；召开了多个研讨会，主题不仅涉及莫言的创作，还有诸如“如何理性看待诺奖”，“诺奖与中国当代文学价值重估”，“如何看待当代多元、复杂的文学生态”，“促进文学生长、繁荣的路径何在”，“现代文学与当代文学的比较”，“关心莫言，更要关怀其他作家”，“什么样的作家是好作家”等七彩斑斓的问题。

这么多人废寝忘食地阅读纯文学，这么多人面红耳赤地争论文学，这么多人在点灯熬油地思考中国文学的良性发展，这么多人在尽心尽力地帮助莫言找差距、寻缺点、挑毛病，衷心期待他以及中国作家们能写得更好、取得更好的成绩，这是多么美好的景象，多么高涨的民族文学热情，多么值得夸赞的好事啊！

那位外媒记者，实在是太不了解中国人了！

文学批评中的“脑筋急转弯”

张 旭

自2012年10月11日晚7点，本年度诺贝尔文学奖授予莫言起，举国上下便掀起一股“莫言旋风”。就连原本离文学老远，甚至从未听闻过“莫言”二字的人们也在街头巷尾议论纷纷。传说中一直要来的那只狼终于来了，终于到来的这只狼不仅催生出国人熄灭已久的文学热情，更在文学界、文化界引发一系列的后续效应。本文要说的，就是这后续效应中一幕“脑筋急转弯”的笑剧。

在获奖前，每当莫言出版一部新作，都会迎来一批貌似义正词严、慷慨激昂的批评家的笔诛墨伐。可是，现在不同了，莫言是诺贝尔奖得主了呀，用某教授的话说，“诺贝尔文学奖地位无法撼动，因它始终如一地忠实于理想主义的信念，确保艺术标准的独立性，极力弘扬文学的批判精神”，那么，你怎么能轻易指摘？要是指摘了的话，会不会反而显出了自己的“小”和粗陋？于是，许多曾经的“倒莫派”迅速地觉今是而昨非，转而跪倒在莫言的脚下，成为坚定的“挺莫派”。可是，覆水难收啊，从前言之凿凿、红口白牙地骂人家，如今都白纸黑字地放在那里，赖都赖不掉的，怎么办？别着急，让我们以某教授为例，来看看这些批评家是如何“幡然醒悟”，并巧妙地抹去或转化掉从前的证据的。

近日，某市图书馆非常应景地举办了有关诺奖和莫言的讲座，主讲人是某教授。讲稿经整理，并经其本人审核之后，刊发于某报。请某教授讲莫言是有道理的，人家发表过批评莫言的宏文——而本次讲座的内容大抵脱胎于此。当我看完报纸上的长篇大论，并因为对此话题极感兴趣，便追根溯源地找来那篇原文一读的时候，原本崇高的形象在我心中一下子坍塌了、猥琐了：该教授竟然将六年前对于莫言的批判稍稍加以修饰、改造，转换成了一首华丽的赞歌。

反过去的话再正过来说

原文在一大段对莫言早期作品的褒扬文字之后，开始了挞伐之言："孙猴子有七十二变，但他在变成小庙时，还是为了如何处置自己的尾巴而绞尽脑汁，最后也只能将尾巴变成旗杆。在莫言的变化过程中，也有几个问题值得注意。"如果我理解得不错的话，此话的意思是，以孙猴子七十二变的法力，还无法处理自己的尾巴，那么，莫言的"变形记"当然是有破绽的，这些破绽"值得注意"。紧接着，罗列了三处破绽：1. 他写历史比写现实好；2. 他写乡村比写城市好；3. 他用儿童视角比用成人视角好。这样的比较似有鸡蛋里挑骨头的嫌疑，因为如果可以如此批评的话，那么文章就有得做了——你不是可以指责普鲁斯特的意识流比现实主义好，巴尔扎克的城市比乡村好，福克纳的白痴视角比常人视角好？就算公说公有理婆说婆有理，你也有你的道理。但是，你的道理你要坚持啊，不能一到莫言获奖，你就立刻"幡然醒悟"，把反过去的话再正过来啊。大家看，到了这篇讲稿中，该教授说："文学写作不像体育比赛，在田径和体操比赛中都有全能冠军。就文学写作来说，最重要的是要有自己的看家本领。莫言的特色很鲜明……"那么，莫言的鲜明特色是什么呢？该教授罗列了莫言的三大"看家本领"。看到这里，读者肯定忍不住会心地笑了。对，你所说的三大"看家本领"，就是"他写历史比写现实好；他写乡村比写城市好；他用儿童视角比用成人视角好"。面对如此"急转弯"的所谓的批评家，我真是怒其不争啊：你要说莫言的好话，好歹也换一换马甲，迷惑一下善良的读者和听众啊，这样明目张胆地人嘴两张皮，是对于批评的亵渎，对于读者和听众的不负责任。

剪辑：留下可以留的，删去一定要删去的

比如，在前文中，该教授通盘否定了《红高粱家族》和《食草家族》，认为它们只是对于《红高粱》和《红蝗》的扩写而已。他还说："更加值得注意的是这两部长篇的结构问题。屏风式的结构使作品各部分相互游离，就像是一堆散乱的珍珠，却没有一条线将它们串接起来。而且，作品中的不少叙事元素，在不同部分有交错重叠之处，一些地方显得啰唆，头绪繁杂，给人叠床架屋的印象，另一些地方又显得太简单，缺少必要的背景交代与时空转换，跳跃的幅度太大，让人满头雾水。"到了讲稿中，该教授做了一个看起来一如从前其实早已改头换面的拼接："《红高粱家族》和《食草家族》由独立发表的中短篇组成，结构上呈现出屏风体的特征，屏风式的结构使作品各部分相互游离。"这句话有两点值得注意：1. 它只说《红高粱家族》和《食草家族》由"独立发表的中短篇组成"，却未论及它们与《红高粱》和《红蝗》的关系，更没有由此推导出它们存在严重问题的结论。这样的处理，其实就是取消了六年前的否定性判断。2. 这句话只到"游离"处结束。"游离"是一个中性词，可以"游离"得相互照应，顾盼生姿，也可能"游离"得失魂落魄，八竿子打不着。六年前，该教授在"游离"后面作出了一长串的否定性判断，如今却大笔一挥，全部删掉，如此一来，这句话就成了一个事实描述，如果再联系到整个讲稿是在钩沉莫言作品的"审美特色"的话，我把它理解成肯定性的赞美也是不为过的。教授，你觉得呢？再如，前文如此论述《天堂蒜苔之歌》："作品虽然设置了三重叙述角度，但作家的激愤和叙述距离的失控，滔滔如江河决堤的语言淹没了叙述本身的独立性，也就是说，三重视角的设置名存实亡，没有达到应有的效果。"到了讲稿，该教授又做了一定会导致文意大变的致命性删改："'三重叙述'是莫言此后的长篇小说惯用的模式，《天堂蒜薹之歌》以三个视点讲述了同一个故事，游吟的瞎子用

歌唱的方式讲述，官方报纸用其陈词滥调模糊了真相，作家则用中立的立场展开叙述。”所谓“失控”、“淹没”之类的否定性字眼统统不见了，六年前的批评激情也就随风而散了。此类的剪辑术在讲稿中比比皆是，恕不一一列举，有兴趣的读者不妨自己找来一读。

通过以上的论述，我们已经可以看清该教授的讲稿是什么成色了，由此，我们也可以怀疑，或者径直否定了他在六年前的那一次义正词严：你是有感而发还是无病呻吟，你是真的看出了莫言的问题还是要借批莫言获取你的学术资本？你论莫言的“变形”，我看你的脸色变得比莫言，甚至比孙猴子还要快。其实，我跟该教授素不相识，之所以谈论他的“急转弯”，只是想惊醒当下的批评界。因为，当下批评界中像某教授这样随时在“变”，从来没有“我”，甚至不知道“我”为何物，只知道为稻粱谋的批评家实在太多了。好的批评是难的，它需要深厚的知识储备，需要敏锐的艺术感觉，更需要有甚说甚的勇气。好的批评更是功德无量的，因为文学作品经典化的过程离不开批评，批评本身甚至就是一种创造，就是经典。

批评家们，加油！

●【聚焦名家新作】

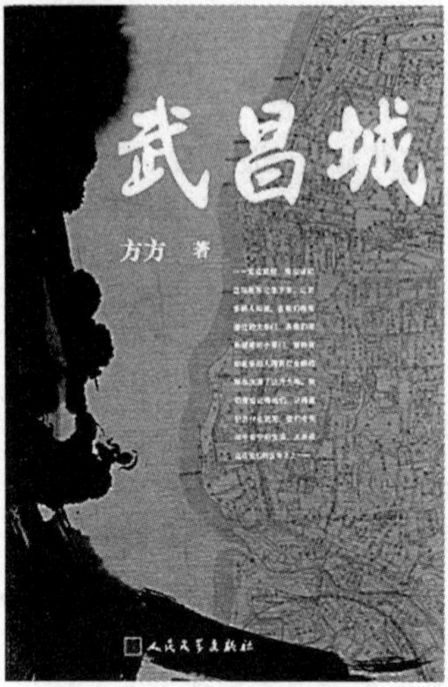

去价值化与价值的催眠术
——论方方《武昌城》

翟业军

■ 方方的《武昌城》,荣获第二届《人民文学》长篇小说双年奖。两个独立的中篇竟然能获长篇大奖,这最起码应该引发两个层面的思考:1. 我们的文学奖究竟在鼓励什么样的创作取向?2. 写作者在拿起笔之前,是不是先要问问自己,什么是文学,什么是小说,什么是长篇小说?

■ 说《武昌城》是一次勉为其难的写作,不仅是指方方把一个中篇的构思生生地抻成了长篇,更是指她对于那场战争,对于北伐,对于整个中国现代史完全是隔膜的、进不去的,明明在事件的外围打转,还要硬写,这样的写作怎么可能不是隔靴搔痒的?

这是一次勉为其难到捉襟见肘。你看,原本就是一个近八万字的中篇嘛,发在《钟山》2006 年第 6 期上,可是,有人“诱惑”了:你写得很好啊,为什么不写成长篇呢?方方不由心动,便在“守城”之外另起炉灶,写出一个篇幅大致相当的“攻城”，有“守”有“攻”。同一件事从不同角度或者由不同人去说，本是寻常的叙事技巧，就像福克纳在《喧哗与骚动》，李锐在《无风之树》中做过的那样，方方的按章操作虽无新意，倒也无可厚非。不过，在方方的攻守之间，除了一出现就死掉的袁宗春以及偶露峥嵘的孟洋人算是为双方扯上一点关联而外，攻城的一方兀自在一种莫名的意气风发中奋进、牺牲，守城的一方则在一种绝对的无望中下意识地、茫然地抵抗，两个故事基本上没有交集，更谈不上什么冲撞和驳诘，我甚至可以认定，它们压根就是两个毫不相干、自说自话的故事，两张任意揉弄到一处去的光滑、清爽的皮，方方就是找来最强力的胶水，也无法把它们粘连成一体。这一点，方方倒没有避讳：“我准备以两个独立的中篇来展示这场战事。”不过，方方不会忘了吧，你可是一直在说你写的是一部长篇啊，难道把两个独立的中篇搁到一起就能凑成一部长篇，只是因为它们写了同一场战事？那么，同理，我们岂不是可以把果戈理的《彼得堡故事》看成一部长篇小说，因为那些长长短短的小说都在描述光怪陆离的彼得堡，而茅盾的《幻灭》、《动摇》和《追求》则是一部响当当的长篇巨制，因为它们完整地再现了“大革命”的高潮和败落？长篇之为长篇的特质如果只在于长，而且越长越好的话，我倒建议方方不妨再换一个乃至多个视角接着写下去，写写溃逃孝感，妄图反扑无奈回天无力的吴大帅，写写置身战火之外却又因亲友深陷围城而为战火揪心、痛心的汉口和汉阳的人们，如此一路写来，一部中国的《战争与和平》说不定就横空出世了。

是的，我说的是方方的《武昌城》，荣获第二届《人民文学》长篇小说双年奖的《武昌城》。两个独立的中篇竟然能获长篇大奖，这样的文坛“奇观”最起码应该引发两个层面的思考：1. 我们的文学奖究竟在鼓励什么样的创作取向？2. 写作者在拿起笔之前，是不是先要问问自己，什么是文学，什么是小说，什么是长篇小说？

说《武昌城》是一次勉为其难的写作，不仅是指方方把一个中篇的构思生生地抻成了长篇，更是指她对于那场战争，对于北伐，对于整个中国现代史完全是隔膜的、进不去的，明明在事件的外围打转，还要硬写，这样的写作怎么可能不是隔靴搔痒的？说方方理解不了武昌围城，决不是我信口开河，让我们先听听方方怎么说：“我恐怕自己对历史的氛围把握不好，对战争的场景描述不真，便没打算写长篇。”没能力写，还是写了，写出来的东西当然经不起任何推敲。比如，方方说，她有个同学指出，把梯子搭在壕沟上面当桥，太不可信了，她去查了一下资料，壕沟有多宽，梯子可能真的不够长，“我就不做声算了”。白纸黑字，不做声就真能算了吗？再如，受伤后的梁克斯一寸一寸地爬向宾阳门，“往常他三跳两跳就到”的“短短几步路”，他爬了一上午。诡异的是，这么短的距离，这么漫长的时间，这么朗朗的白日，他竟会在快到门洞时才“遇见”一个断了腰，正在呻吟的士兵，“说话间”又“发现”几个正在爬行的伤员，要知道，他伤在腿上，头能转动，耳目还是聪明的呀。就这样不知深浅地乱写，方方也怯了，毕竟是写了多年的老手，冷暖还是自知的，那就能回避则回避，能带过则带过吧，哪怕正在关节点或者高潮处，于是，《武昌城》处处都是如此浮皮潦草、不知所云的叙述不像叙述、描写不像描写的战争描写：“前进，肉搏。再前进，再肉搏。直杀得天昏地暗。”

连翻一下资料或者稍微动一下脑筋就不会出错的细节都一错再错，方方怎么可能掌握并吃透整场战争？我们怎么可能指望从她这里了解并进而理解武昌城？对此，方方自有一套貌似精致的说辞：“我可以按我自己适合的方式来写，按我所理解的历史氛围和我所推测的战争场景来写。小说毕竟不是原始事件的还原，而更重要的恐怕还是写作者对历史事件的想象。”这样的诡辩术实在不堪一击，因为小说虽然是虚构的，想象的，不过，小说的想象一定是关于现实的想象，一定是从现实中来又回到现实中去并最终在现实中完成了自己的想象，这样的想象就是现实本身，甚至比现实还要现实，能够击穿现实的机械、僵死，朝向无限的丰润和弹力飞翔。方方的无视现实甚至背离现实的想象则无异于一种沙上建塔、缘木求鱼的谵妄。方方一直沾沾自喜的属己的想象,而她怎么可能洞穿那场太过惨烈、悲怆因而注定长久地缄默在常人视野之外的围城往事的真相?方方的想象方式还可以是对于盘踞在教科书等体制化的或被体制诱导、鼓励的读物之中的观念的图解,甚至不是图解,而是照搬。当然,她也会寻访一些普通读者不会在意的资料,不过,这些原本可能质疑并刷新成见的资料还是无一例外地被成见收编、重组,成了成见的最司空见惯的一部分。这一点,方方另一部关于武昌首义的小说《民的1911》表现得更加分明。在那里,方方的历史观全盘照抄"革命史",她会依葫芦画瓢地罗列义和团、火烧圆明园、自力军、《辛丑条约》、同盟会,直至首义,就连小说的细部,比如两位义士正在研读,所读之书也径直从"革命史"中撷取——《警世钟》、《猛回头》。这样一来,方方就算写出再多关于武昌城和民国史的小说,也只是在不断地复写"革命史","革命史"及其背后的意识形态才是她不能也不愿走出的"书中之书"。

不过,过分的"革命史"化一定会被读者厌弃,读者早就被"革命史"及其主导的革命叙事败坏了胃口。那么,方方该如何开辟一条既在"革命史"框架之内又能多少中和、冲淡一些"革命史"的说教气的蹊径?

方方捕捉到去价值化的时代潮流,并敏感到去价值化能够冲淡"革命史"的戾气,便果断解除了《武昌城》中各色人等过分强烈的价值吁求。这一去价值化工程,首先是从主要人物的设置开始的。"攻城篇"的主要人物是罗以南,一个心已出家随佛的伪志士,他只关心一件事:"梁克斯呢,他还活着吗?""守城篇"的主要人物则是马维甫,一个既恋于表妹又为朋友的未亡人心动的心猿意马的情人,一个既以服从为天职又因服从而身心俱疲并最终开城输城的北洋军官。之所以用这两个软弱、游移、暧昧的视角来追述武昌围城,方方就是要模糊掉革命与反革命、光明与黑暗、圣洁与龌龊之间截然分明的界限,就是要告诉人们,革命的未必理直气壮、器宇轩昂,就像梁克斯悲哀地发现,“只有他一个人是为了主义而参战的”,反革命的却自有一番铮铮铁骨,就像被俘的守城司令刘玉春接受失败,却不会认错,“因为,他是军人,执行命令是他的天职”,他的骄傲,让马维甫羞愧,也像方方借吴妈之口石破天惊般地认定,北洋官兵的阵亡同样是为国捐躯!冲淡乃至泯灭了价值分歧之后,《武昌城》中的人们就脱下了志士、反动派等意识形态冠冕,成为各有各的伤痛的凡人,按照方方的说法,就是“我们生活当中的正常人”,造作的只能是宿命,以及那一撮面目模糊也正因为面目模糊所以实际上空无一物,可以放心归咎的逃兵。就这样,一场壮烈、惨烈的战争就在不知不觉中被改编成了一群“正常人”既在命运的播弄之下相互残杀,又在涸辙之中相濡以沫的带点残酷更带着温情的生活剧,这一出生活剧中,不仁的一定是天地,人间则满满的都是爱意。不信请看,“攻城篇”的故事主干是一个名为“拯救大兵梁克斯”的好莱坞式传奇,“守城篇”的主脑也是救人,拯救暂居洪府的人们,或者是武昌城的生灵,如此一来,人性的灼灼光辉就完全遮蔽、驱逐了原本剑拔弩张的价值分歧,人,只有人本身,才是万物的灵长,才值得方方深情唱诵。在此基础之上,方方宣告了她的文学观:“我只是想把人本身的东西给揭示出来,文学是人学,不是阶级学,也不是某一个派系的学,也不是一个党学。”去价值化之后的剩余物,原来就是人。

文学是人学,一个太不新鲜的命题,而且,方方在旧事重提时没有比前人往前迈出哪怕一小步,比如,她没有想过更没有阐明,人究竟包不包含真实的所指,抑或只是一个空洞的能指?人是一个理念、一个集合还是一具温热的肉身?人会不会不仅是光鲜的更是贪婪、嫉妒、仇恨、疯狂的,而且正是这些人性暗影的烘托才使人挣脱出概念的泥淖,成为无比丰饶的存在?从来没有思索过人本身的方方高扬着人性的大旗,就像高扬着一片虚无。虚无不要紧,反正方方也不真是人性的信徒,她反复申说她根本就一知半解的人性,自有一番深意存焉,让我们先来看看她所谓的人性是什么吧。在方方看来,人性首先是对于生的执着,一种不管多么艰难都要活下去的执着,那些不管是畏葸还是坚毅抑或超然但说到底都是无比炽热的求生意志才是方方真正悬心之所在。

《武昌城》的写作是一种铭记:“让我们从此路过这里,心里会想起他们,想起他们为什么而死。”而铭记正是对于艰难的生的赞颂。人性还是对于各有苦衷的生的体谅,一种摈弃所有价值立场,仅仅从生的角度生发出来的体谅,就像方方明确总结的:“守城和攻城,各有自己的角度,各有自己对事情的看法,也各有自己的痛苦和悲伤。”于是,“正常人”一定是一些处处潜悲辛的好人。人性也是对于生的各种准则的恪守,比如忠诚,就像莫正奇不惜一切代价都要救回宾阳门下的伤兵,因为这是曹营长的遗训,也像马维甫拯救了全城生灵,却被众人唾弃,因为他背叛了长官,出卖了兄弟。逐一检视方方的人性观,好像个个都有道理,可是,当我们把这些论点放在一起看时,就会发现方方说的是人性,用意却在于追诘所有读者,并让他们作答:生已如此多艰,为什么非要斗个你死我活,分出一个高下不可?对于芸芸众生来说,那些是非、黑白又有什么意义?人是指望离我们十万八千里的价值观还是靠与我们如此切身的准则活着?只要人们直面这些追诘,就开始被它们背后的潜台词编码了,只要人们觉得方方问得有道理,就已经无条件地接受了她的潜台词——与现实妥协,承认现实以及现实的法则。承认现实,不正是典范的中产阶级价值观?要知道,中产阶级多么珍视他们的宁静、高雅的现实,多么害怕这一太过美妙以至于脆弱得不堪一击的现实被击碎啊,所以,他们需要编织他们的叙事并通过他们的叙事确立起他们的价值观,需要把他们的价值观伪装成普世价值并在不动声色中灌输给时刻威胁着他们的现实的人们。于是,方方和她的中产阶级想到了去价值化——价值去除了,分歧也就消泯了,没有了分歧也就没有了争执的人们冷也好热也好活着就好地活下去吧,中产阶级的现实随之江山永固。从这个角度说,去价值化的过程就是中产阶级价值观的崛起和灌输的过程。要想去价值化，当然离不开人学，人学一方面让人们体会生之艰难，从而不再执着于一己的价值观，一方面又让人们在我们都是一样的人的意识的催眠之下，下意识地认同中产阶级这一特定阶层的价值观。所以，哪里有什么客观、明确的人，人从来只是一个冠冕堂皇的幌子，一个空空荡荡的能指，一个把绝大多数底层人排除在外却又好像所有的人都与有荣焉，于是就连被排除在外的人都会心悦诚服地通过它来接受中产阶级价值观的中介。大说特说人，原来是中产阶级的催眠术和致幻剂啊。

逄存磊

方方对城与人的感情是复杂的，她少做评判，多以饱含体贴或敬意的描写，刻画出其身处历史情境中的多面体，提示我们，在此地"曾经有过这样的往事"；书写被湮没的围城史，是为了铭记，因为"铭记使我们得知来处"。方方的叙述不是暖性的，并不遮掩历史的残酷与冰冷，但我们并不因之而绝望，因为她对生命抱敬重之态度，无论生存还是死亡。她的文字虽冷静却非零度介入，在其下自有充沛的情感涌动，感知着历史的复杂与个体的选择，并给予理解与同情。

张文民

小说具有一种深深的悲剧色彩与宿命感，无论是站在"革命正义"一方的莫正奇还是站在"反动势力"一方的马维甫都难逃战争中的个体悲剧命运。尤其是马维甫，他的有情有义、正直善良与他所效忠的"反动势力"形成极大反差，他内心的撕裂与挣扎更打动人，他的自杀更加重了他悲剧英雄色彩。方方小说中经常会出现一些忧郁、敏感而又孱弱的人物，如"攻城篇"中的罗以南、"守城篇"中的陈明武（另外一部小说《水在时间之下》中的陈仁厚也属于这类人物形象），通过这些人物的思索与行事，小说更强化了一种悲凉、无奈的命运感。

贺绍俊

从小在武汉长大的方方说她一直不知道武昌曾经有城墙。当她知道这一点后，就对武昌战役发生了强烈的兴趣，她在图书馆查阅了大量资料，进行了一次革命历史的精神之旅。在方方的笔下，武昌城具有某种象征性，武昌城的被拆解、被今人的彻底遗忘，似乎暗示了革命在当下的遭遇。但是，方方通过她在公共话语上的诘问和倡导，试图用文学想象建造起一座精神上巍峨的武昌城。

张德明

方方属于很有地方特点的作家，她写武汉的人和事，写自己对武汉的特殊感情。《武昌城》是一次里程碑似的写作，宣示了那些事件对活生生的有血有肉的人带去了什么样的命运，以及给了他们什么样的悲欢离合。方方让我们感慨一个有良知的作家，怎样将信仰、信念、人格、尊严等人类共有的美德，从战斗的血腥中剥离出来，使其在历史和民族的血脉中不断流布。

请保持你的勇气
——一位编辑对作者说的话

苏妮娜

一个编辑就像是一个隐身人，以隐身的方式在场。我愿意把从这个角度看到的东西写下来，不是为了曾经的在场存证，也不是为了给我所在的出版物赚些吆喝；仅仅是因为人们不常用这个角度，也就不常看到这里的景象。即使是同样的现实，在我的角度它也呈现不同的质地。我仅为这个而写。

一

找到你，因为我们同路，与你一样，我们的坚持并不仅仅停留在文字的风格，更是为了守护一种精神质地。

但是，关于我们的选择，仍想得到你的理解：看起来，我们的态度好像是反对学院派，又反对理论的文字。其实不是的。更多时候，我们想表达的是对失去了学院精神的伪学术和打扮成理论的伪理论文字的拒绝。学术所内含的自由和独立精神，要求的是内心强大、头脑清楚、敢于独行、勇毅坚韧者，这样的人当然是人群中的少数，或许不该期盼所有的学术从业者都是这样人类中的精英分子，但是既然以学术的名义书写，既然决定一生从事相关的志业，那么总要拿出相应的诚意来，这诚意也该体现在文字上吧？

我们想拒绝“伪”的，唤出“真”的。所以这绝不是因为保守。我们拒绝的恰是一种用理论和思想装点过的陈词滥调，一种新的八股。

正是因为伪的太多，真的太少，这个园地让人感觉不到真实的力量了。所以，我们才寻求有勇气的人，追求有力量的思想。我接触过方方面面的人，大家观察和切入现象的角度各有不同，兴趣和倾向也各有偏重，唯独对“真”的追求，是完全一样的。对于“真”的要求才需要我们时刻警惕思想与现实脱钩的状态，因循是如此容易，而无论是理论还是看法，只有“活”的东西才能时时刻刻具备与现实的张力，保持着对现实发言的开放性，我们需要的莫过于这样的事物。

作为成熟的杂志，我们有自己的标准，并且为坚持自己的标准付出了很多。但我们仍不敢声称最为公正，也不能声称没有倾向性，因为那和一个人没有自己的喜好一样，是不可能的，但是我们在竭力地保持着对思想的敏感，思想则是对变化着的艺术现场，对真实跃动的生命感觉，始终提供看法，提供有立场和态度的看法。如果你已经从书斋走出，看向艺术的场地，就会发现你看到的是与我们同样的事物。

二

还想和你探讨，关于怎么运用理论的事，因为我们有差不多的学习的经历，所以我十分了解，一定有一个时期，我们感受到了理论的魅力，感受到了运用理论的那种便捷性和快感，我们被导入一个戴锦华所说的“理论演武场”，拿起这个放下那个，耍起来呼呼生风。由此我们产生了错觉，第一是以为就此掌握了神器，可以无往而不利，第二种是以为理论的运用就代替了思想，我们就此捕获了思想。其实，这多半是个误解。

我们研究和艺术密切相关的事，理论是我们谈论艺术、逼近艺术本质的时候，须借用的一个事物。理论的价值在于它给你更多更新的角度去理解世界，去推动实践，它的作用在于帮你敞开事物的多种层次的真相，它不应该成为遮蔽，也不应该成为阻碍。对于理论本身来说，去除了对于艺术实践的影响，它便失去了活力；不再介入实践，失去了现实的生长点，理论就会死去。我们所主张的文艺理论研究，重点不在于理论的更新、生长，而在于艺术实践上面。我们有理性的主张，那是思想观念，因为我们所做的艺术研究必然要有所凭依、有所诉求，它不仅不能等同于理论本身，而且可以说是使用理论的先决条件。没有明确的艺术观念，再怎么用理论来装点也不会获得深度。说到头来，我想表达的是，理论固然重要，但是千万别被它绊住。艺术化的思维首先是一种感性思维，一种非理性思维，我们不能因为分析艺术现象的时候需要动用理性，就被理性思考的惯性拽着跑，而忘了我们面对的东西不能纯然以理性思辨的方式到达。

我们面对的是艺术，记得这一点，需要一种敬畏之心。总不能因为理论作为利器的便捷而改变，也不能因为深入艺术和言说艺术的难度便放弃。艺术的内核不可以纯然理性的方式到达，文艺的研究不是一种能进入科学框架来加以考察、甄选和评定的东西。艺术的神性需要人的灵性来点亮，需要虔敬之感和深挚之情。你记得我们曾经做过哈罗德·布鲁姆的选题吧，这个老头跟他对面那些从理论出发搞文艺研究的人吹胡子瞪眼睛，还给他们起名叫“憎恨学派”。老头对于艺术有信仰，在他看来，用非艺术的东西进入艺术是一种亵渎。我们不能忘记艺术是这样照亮心灵的东西，正如我们不该遗忘自己的内里。

批评的迷雾说明的不仅仅是文艺批评领域的事，它更主要的是人们面对艺术的蒙昧和迷失。比不知道批评为何物更可怕的是，人们越发不知道艺术为何物，进而不懂得该把内心向何处存放。

三

除了理论，还需要进一步说清楚我们为什么试图抵制“过于理性”的表达。面对事物发表看法，理性当然是必备的东西，事实上也是无法从思考和表达中被剔除的，为什么我们还是想要尽量地保持一个界限，超过这个界限，我们便称之为“过于理性”呢？

是因为强大的理性思维，没给我们对世界的第一手经验留出空间，所以，它不适用于所有的话语方式。理性并不是话语内部唯一的诉求，其实，它只是一种话语方式而已。如果用它来介入对艺术的理解，进而以为通过它能拆解艺术的质地，解答它的神秘，我们就会犯错误：某种意义上，它是简化，另外一种意义上，它是粗暴，在第三种意义上，它是固化。我们需要的是真实的、活动着的思维，这样的思维必然融汇着情感、感受、体验这些第一手的东西，我们不需要一个被所谓理论话语折旧了的世界。反过来说，讨论艺术所用的语言如果不能还原体验、激活思想、尽量真实地切入我们感知的对象，那么语言就成了障碍，成了我们追求知识之后畸形的产物，成了我们过度发展文明因此错失了真实的一种反讽，使人类变得像追着自己的尾巴来回转圈的小狗。在我们所感到的真实和对真实的表达之间，有着相当一段的距离，这个距离是人为造成的。所以我们需要警惕，时时警惕，我们学得的知识越多，我们对某种固化成体系的、被人们称之为知识结构一类的东西就越是依赖，怎样才能把这些化作我们说话的前提、背景、方法，而不是成为我们说话的内容，尤其是不能因为这些前人的伟大思想成果的存在，就放弃了自己独立思考的习惯和勇气，是这一时代投身人文科学者都需面对的问题。谢有顺曾经这样说过：“批评家是想做一个学者还是一个思想者，这是有很大区别的；前者面对的可能只是知识，而后者面对的却是存在。”他的话给我们指出一个前提，就是要时时省思，为什么而书写文艺批评？用我们的批评文字，我们想解决什么，想要到达什么地方去？我想，这个理由你找出来了，你的写作就有了根。这就是我们的立场。就这本期刊来说，面对艺术的问题，就是要穿透现象，找回艺术带给我们最初的、也是最本真的东西，用这个来守护我们对艺术和对人类诚实的信仰，守护“存在”的澄明。

四

我们常常听到对锋芒的呼唤，但锐利和勇气从哪里来？成长是很无趣的一件事，一直在教我们“不惮以最坏的恶意”揣测世界。但借此我们才能看清楚：不仅吸引眼球的外在的东西有人造假，就连勇气和真实这种品性，也有人造假。有太多的人，他们的智慧用来炮制的话语只是为了出位。不管在什么地方，我们时常遇到这样的人，我们所处的现代性社会，其所标榜的价值，可以用很多方式得到，作秀是手段之一。一旦成了生存策略之后，它又会慢慢内化到人的骨髓心里，成了重要的生存方式。在思想的领域和艺术的园地里，这种喧嚣扬厉也不乏受众，也许是对个性化的心灵和冲击性的表达渴求了太久，也许是因为在程式化的逻辑性的分析中憋闷了太久，以至于一时间含着真性情的表达是那么先声夺人，耀人眼目，其实不期然间一切又走到原来的反面去了。有多少人带着痰气骂仗，夹带私愤，却说这是批评的公义所在；又有多少人连愤怒都是假的，都是炮制的，背后有推手，他只享用愤怒带来的光荣，却不需付出古时候那些诤言者的代价。应该说我们的时代宽容了，使这些人在弄出动静的同时，几乎成了大众追捧的明星。我们也曾经被这样的成功姿态迷惑,以为这样就是对的,这个场地就此不冷清了,我们的志业于是就繁荣了。但终有一天,这样的人会被识破,这样的言论会使人厌倦。识破其实也不难,你就看在否定别人的同时,这些言论和这些人到底有没有站在一块可以称之为立场的石头上。

立场问题于是成为另外一个问题,关乎我们有没有找到自己,找到与写作的对象面对面站立的一种精神独立性、一个自觉的主体、一种直来直去的勇气。

写作教育困局：从何处破解？

郑周明

近两年来，写作教育问题逐渐从学界教育界进入公众讨论的视野中，受益于文化强国战略与振兴文化产业规划的大势，文化发展问题从心理层面落到了实践层面，从散点走向集聚，也尝试着从高端走向普惠。其中，写作教育问题作为代表和突破口受到广泛关注，在教育界，诸多语文专家与教师集中讨论义务教育阶段的语文作文问题，有文学杂志编辑自己编著“一个人的教材”，试图为学生的阅读广度与深度打开缺口；在高校学界，以上海大学、复旦大学为领导的阵营创建发展创意写作学科，引入西方新型写作教育模式，为长远的文学写作及文化产业发展提供“源动力”。但任何新生发展的事物都会产生问题，需要对症下药，不断纠偏吸取经验，而写作教育探索过程中所产生的问题，包括缺乏常识普及、机制支持、体系化讨论、系统建设、各环节合作发展等导致的停滞不前、自相矛盾，远未受到足够的重视讨论。

笔者身处高校，也深入研究西方写作教育机制，体察到在国内发展的诸多症结，在此提出些看法，提供些思路。

系统时代：牵一发而动全身

写作教育，在全球文化发展视野下，早已超出了这四个字的表面含义。从基础层面说，它指向学生的阅读兴趣品味好奇心，对书写自我的敏感，对自我价值观、世界观的探索，对“自我”形象的认识和对话。人在社会中需要一个坐标，需要参照系，在成长过程中，阅读写作提供了最大的帮助。从主要层面说，写作教育指向了艺术和市场，对文学写作的兴趣和尝试，对叙事艺术的坚持和发扬，对文学市场的孕育和扩充，是读者和作者双重培养的意义。从宏观层面说，写作教育培养的群体，是有文化使命感的群体，他们在写作中传播本土文化，在文化产业中提炼输出本土价值观，在文化交流中保持自己的文化意志力。欧美国家的写作教育实践以五十年的经验反复佐证着上述意义，从严肃文学的影响力到类型文学市场的兴盛，到影视产品输出的价值观和文化形象。只要我们稍加注意一下自己生活中吸收的西方文化符号，便俨然领会。

在后工业时代的今天，所有国民部门发展的首要特征便是“系统化”，从最简单的造房子比喻，到系统互动，体验为王，一再回馈着那句老话；孤木不成林。对写作教育而言，更是如此，它指向的层面是一个系统内的关联环节，是从底层基础开始进行的环环联动的关系。唯有齿轮互相啮合紧密，整部机器才会正常运转，单个齿轮固然再磨炼精巧，也只是让人看到一个部分的好处，却忽视了它最重要的目标和整体意义。显而易见，当下进行的写作教育，不具备系统化发展的趋势，只是各自为战，没有资源共享，更有些是触及了固有既得利益者的神经，抱着取笑心态。

什么是系统化？没有一个国家地区是最完美的，虽然各自有其创新。美国的创意写作教育，以本科教育为主，课程覆盖虚构与非虚构叙事的所有门类。向上延伸到专业硕士教育（MFA），以更风格化更小型的“工坊制”进行严肃文学写作、类型叙事、影视剧本编写。向下则拓展到高中教育选修课程，用最简单的方式让学生书写自己熟悉的故事，回忆个体成长史、家族史为多。美国创意写作教育体系的“系统化”不仅是内部的阶梯式发展，更是外部的合作，与各大媒体、出版社、文学奖、公共文化服务密切关联，打通了校内校外界线。

英国因其倡导“创意经济”战略，写作教育的系统化与美国相似，内容有显著不同——当然也有著名的培养出诸多作家的东英吉利大学存在——针对文化产业发展的写作涉及时尚设计、影像、交互式互动软件、音乐、表演艺术、出版业、软件服务、旅游、博物馆、美术馆、遗产和体育等领域。伦敦奥运期间举办的“文化节传播计划”,这些都已经巧妙地展示给了世人。

从创意写作系统到创意经济体系,从一个横截面到一个立体展现,谁都可以在复杂多元的现代实现其具有理念的目标。从写作走向艺术,从艺术走向活动,所谓的全媒体,全产业链这样词汇的背后,正暗合了写作教育的首要原则: 寻找你在这个时代的“系统”。

港台写作教育的寻找

从欧美再看回我国的港台地区,同属中文教育文化圈,他们是如何实践写作教育,建立起多元整合的“系统”的。

香港向来有“文化沙漠”的包袱,发展写作教育进行开拓创新自然是吃力不讨好的事,但即便无人看好,也仍然需要建设推动。在上世纪末,香港教育界对美国创意写作系统的研究之后认为,香港本土市场暂时无法支撑起如此庞大的写作系统,但创意写作课程的核心意义是极为重要的,深刻影响香港未来年轻人的本土意识与创造力。没有塔尖,就暂时忘了高度,没有基础,就从基础开始培育,只要踏实坚持,自然有所收获。

而改革教育的勇气和决心从哪来? 从共识来,从常识来。

于是,香港的创意写作课程首先以低阶的方式进入到中学教育当中,以慢性培养的方式渗透。自然,对于中学生年龄的创意写作课程需要教师给予更大的关注和同步,然后这对于学生来说,仍不乏是件有趣的课程,新的教学方法要求教师掌握一系列训练技巧,包括表象创意训练,每个人都有提取大脑记忆表象的能力,能追忆已发生的事情。利用这些储存在大脑里的记忆画面,帮助学生叙事记人、写景状物;联想创意训练,联想,是由看到某种事物后想到与它有关的另一种事物的心理活动；想象创意训练，想象是刻意把一种事物想象成另一种事物。想象不受时空限制，可以推测事物的过去和将来；幻想创意训练，幻想就是刻意想象无中生有的事。这些训练方式目的在于让教师彻底激发学生的写作热情和自由无拘束的写作。同时，课程吸取了创意写作体系中联合写作的方式，鼓励学生合作讨论写文章，交流彼此想法和创造力，这对于传统的中文作文训练而言，不亚于反转变化，而这样的教学试验下来，的确在培养学生的写作能力以及自主创新上卓有成效。这进一步激发了香港创意写作体系的立足点，从低年龄开始进行潜力开发和创新力培养，或许是赢得未来且适合香港教育的方式。最初创意写作课程的研发是在六所国中国小进行，多年推广后，已成为香港教育体系中正式教学改革的成员。

在另一端，香港的高校开始直接开设创意写作课程，但鉴于文科改革的推动力不强，课程体系的出现是略微整合了其他传统相关课程的结果，特别是香港发达的影视专业，包括影视剧本与戏剧创作。例如香港公开大学的创意写作与电影艺术学士课程便是如此，它同样引入艺术家驻校制度，邀请王家卫与刘以鬯教授。

而在台湾地区，写作教育的探索最终归集到一种随意的、灵活的、散状的方式中，由各文化基金会、企业赞助、各级别学校或出版社主办的“写作计划”教育。例如有亚太地区规模最大的印刻出版社的“台湾文学营”，它之所以获得台湾文学界广泛的支持，不仅是来自印刻文学自身的历史和号召力，也因为办杂志，搞文学是几代文学青年致力于做的事业，在长久的过程中，他们从年轻到中年，从入门者到如今的中坚力量，也随时保持对此类活动的支持和参与，以建设性的姿态面对。台湾作家对写作营的氛围颇为喜爱，这与台湾文学的氛围和传递方式也趋于一致。这类写作营活动着重学生的参与和互动，透过一系列糅合影像、戏剧、自然探索等元素的写作活动，及介绍具启发性及贴近青年人生活的文章，希望学员在增进读写技巧和兴趣的同时，渐渐把写作和阅读与生活融合。与一般对文学营的想象差不多，在连续数天内，密集式地通过各作家的工作坊、集体创作活动让年轻人谈论文学。一些在热爱写作年轻人心中的“明星作家”如苏伟贞、张大春、骆以军等也到访跟他们分享自己的写作经验。

台湾的文学营传统可以追溯到20世纪60年代开始的文学活动，从1963年的“文艺写作研究队”开始，文学营的驻营老师多是来自台湾民间的文学大家，早期有司马中原、朱西甯、余光中、郑愁予等作家。如同现在的许多写作夏令营一样，写作营也会分诗歌组、小说组、戏剧组、散文组等组别，只不过它用一些有趣的名字冠名，比如有个“复兴文艺营”，诗歌组为李白组，散文组叫韩愈组，戏剧组是关汉卿组，小说组叫曹雪芹组。

做过学生也做过导师的张大春感悟说：“把你觉得有用的、最感动的、最令人着迷的或是最有趣的，分享给其他人。在我看来文学营是非常重要的民间对话形式。即使是有政治背景的复兴文艺营时期，我依稀记得老师之间聊天时说到的一些很有趣的但不足为人道的掌故。那些谈话对我留下来的记忆以及发挥作用连我自己都说不上来，但一定有些会影响到作品里面。这种对话一而再、再而三地，年年复年年，只要能够扩散，能够壮大，能够有更多的人有反应、回应，我觉得它就是一颗种子。”

诚然，台湾仅有这些理想主义者们是不够的。出于历史发展的原因，台湾率先发展起了写作营以及文创产业，前者坚持严肃文学创作，后者的人才发展大量集中在美术设计领域，但缺乏互助和交流的产业内在，使得本土资源优势无法得到最大化的发掘，对文学市场以及台湾文化的对外传播产生一定程度的局限。

综合而言，香港的写作教育思路颇有启示。笔者也曾在本科时编过文学杂志。现在年轻人的写作热情仍是高涨，但那些“八股文”稿件常令人哭笑不得。写作教育的高质量与从小进行的语文教育质量密不可分，义务教育阶段的写作教育因为考试制度的标准化以及教师考核机制的粗糙，使得学生被迫形成了善于写些空洞无趣的“八股文”作文,从小天生的好奇心与语言敏感被逐渐钝化磨平,换成另一种僵化的语言和形式,以抹杀个性和自我的方式来迎合机械化的训练。甚至以体裁而言,仅仅可写议论文和记叙文两种,议论文不能写出真实心声看法,记叙文不学习好语言和好读本,教授的无非是哪种句子哪种技巧可以获得高分。这种写作教育培养出的学生,可以说毫无写作能力,连最具形式技巧的公文写作能力都不具备。那么这样的写作教育存在又有什么意义?如果要责怪当代文学的整体素质,那完全可以追根溯源去找,找到“元凶”才知道困境在哪里。如果说以前是明知不可为而不为之,那么现在若继续不作为,不啻是空谈文化。

转型中的中国写作教育

要论写作教育最大的困局,不在高校写作模式转型——尽管有诸多抵牾,至少仍是灵活有机的师生关系和学院自主——恰在于基础的义务教育阶段。青少年时代的价值观养成和“自我发现”在语文教育的阅读(教材)写作中有最深影响,这个环节若能发展好阅读写作教育,向上的环节便能聚焦于更多的系统联动建设,整体的文化人才质素也将极大改观。

无论是初等教育期间的写作观念,还是高校创意写作教育的新变化,写作教育不是揠苗助长,不是无的放矢,更不是抹平天然。归根究底,写作教育是一个教育观念革新的问题,涉及文化发展,更是难以言轻。系统化的联动发展,整合多元只是第一步,后面要做得更多,但第一步,我们仍未看见。

再谈《二十世纪中国文学史》（下册）中的一些问题

——兼答严家炎先生

王鹏程

严家炎先生主编的“十五”国家级规划教材《二十世纪中国文学史》（高等教育出版社，2011 年），是近年文学史写作中颇有影响的一部。其上、中两册确如“介绍语”所言，“提出了诸多富有开创性、启发性的论点，有些资料和见解在学术上属于首次发现，带来重要的突破”。但是“下册”（当代部分）中的一些章节却令人不敢恭维，尤其是孟繁华和程光炜先生所著的章节，错讹百出，漏洞频现，绝非怵目惊心所能形容。部分章节在介绍作家、分析作品时，复制、拼贴该作品出版时的内容介绍以及陈思和《当代文学史教程》中的内容，竟然也出现令人咋舌的错误。就内容而言，一些章节别扭啰嗦，堆积史料，滥用术语、缺乏分析，缺少基本的专业常识，出现不该出现的错误。能将基本的常识讲对讲清，已不容易，何谈创新！我和鲁惠显先生合撰《对二十世纪中国文学史的批评》(《粤海风》2012 年第 1 期)一文，批评了其中存在的问题。并冒昧给严先生写信，想使严先生知晓，孟、程二先生所著章节，使得这部体大思精的文学史有了严重的舛误。严先生很快来信作了回复。他客气地说，“有批评，有讨论，有交锋，才能推动学术进步”；在信的末尾，却认为我们“误人子弟”、“嚼饭与人、徒增呕秽”之类的批评之语，与“揭示的实际问题相对照”，“很缺乏分寸感与准确性，失去了一个‘度’”，“结论之严重如果与根据之薄弱摆放在一起，就构成一种强烈的反差，就会显得很可怕，等于在出自己的洋相，我奇怪你们为何对自己的境况毫无感知。”(《关于文学史的回信》,《粤海风》2012 年第 3 期)如果我的理解没问题，这无疑是批评我们夸大其词、上纲上线了。

为了说明问题，我们已经摆出了很有说服力的例子，并不是信口雌黄，深文周纳。我们的态度可能过激，但对“下册”问题的严重性的定性却毫不为过。教材的最基本的要求就是知识传达的准确性，不能将错误的知识传达给学生。如果是在专业学者中流传的学术著作，我们也懒得去理会。严先生的回信避重就轻，对我们提出的问题轻描淡写，而在一些枝叶问题做站不住脚的解释，忽略了我们要说明的问题。对此，我在敬复严先生的信中作了申述，同时表达了对严先生提醒的敬意。不久，严先生将曾给我的私函公开发表，我致严先生的短函也被附于骥尾。严先生如果起初就决定发表此信，完全没有给我回信的必要。同时，发表我第一次致他的短函，似乎该征求一下我的意见。不过也好，这给大家提供了一个讨论的具体语境。由于敬复严先生的信件限于篇幅，一些我认为很能说明问题的例子没有列举。在此，我不厌其烦，再重复并增添一些例子，夯实我和鲁先生的论断。

《对二十世纪中国文学史的批评》一文提到的仅是“下册”中的部分知识性错误。后来为了上课方便，我们绘制了一份勘误表，转发同事及学生。

其中明显错误如下：

《二十世纪中国文学史(下册)》勘误表

序号	错误之处	页码	正确应为
(1)	刘树德	57	刘澍德
(2)	雪君	60	雪春
(3)	《创业史》"第一部以陕西渭南地区下堡乡的'蛤蟆滩'为典型环境"。	65	长安县(今易名为"长安区",隶属西安地区)
(4)	《提出几个问题》	68	《提出几个问题来讨论》
(5)	《上海文学》	69	《上海文论》
(6)	陈国求	72	陈国球
(7)	《爬在旗杆顶上的人》	102	《爬在旗杆上的人》
(8)	"季节"系列小说是作家近年倾力创作的系列长篇小说,有《恋爱的季节》、《失态的季节》等六部。	240	"季节"系列小说,王蒙只完成《恋爱的季节》、《失态的季节》、《踌躇的季节》、《狂欢的季节》四部。
(9)	《故乡面与花朵》	258	《故乡面和花朵》
(10)	《妇女的乐园》	262	《妇女乐园》
(11)	《叠纸鹤的三种方法》	263	《叠纸鹞的三种方法》
(12)	《金发男儿》	271	《金发婴儿》
(13)	克里斯多娃	275	克里斯蒂娃
(14)	《枕黄河》	278	《枕黄记》
(15)	《白鹿原》"以清末到民初五十年间的历史为着眼点"	288	以清末到建国前后五十年间的历史为背景
(16)	风水池	288	风水地
(17)	莫言原名"管漠业"	271	"管谟业"
(18)	《难逃劫数》	262、273	《在劫难逃》

我们且看上表所列的这些错误。(1) 刘澍德，是五十年代著名的小说家，写过《归家》、《桥》等农业合作化小说，著者将其写成“刘树德”；(2)“雪春”是周立波《山乡巨变》中的“陈雪春”，著者将其写成“雪君”，书中没有这样的人物；(3)《创业史》以陕西长安县(一直隶属西安地区)为背景，著者却写成“渭南地区”。长安县(今称为长安区)在行政区划上从未隶属于渭南；(4)“《提出几个问题来讨论》”是柳青回应严先生批评的文章，非常著名，著者写成“《提出几个问题》”；(5) 宋炳辉在《上海文论》上发表的“《‘柳青’现象的启示——重评长篇小说〈创业史〉》”是20世纪80年代“重写文学史”时颇有影响的论文，著者将发表刊物当成“《上海文学》”；(6) 著名学者“陈国球”被写成“陈国求”；(7)“《爬在旗杆上的人》”是“双百”方针提出后，柳溪以全国劳动模范耿长锁为原型而写的揭露问题的著名短篇，著者在题目里加了一个“顶”字，成了“《爬在旗杆顶上的人》”；(8) 王蒙的“季节”系列小说，截至目前只完成“四部”，“下册”中说有“六部”；(9) 刘震云的小说“《故乡面和花朵》”被写成“《故乡面与花朵》”；(10) 苏童的小说“《妇女乐园》”被写成“《妇女的乐园》”；(11) 马原的小说“《叠纸鹞的三种方法》”被写成“《叠纸鹤的三种方法》”，“鹞”和“鹤”，差别不可谓不大；(12) 将莫言的“《金发婴儿》”写成“《金发男儿》”，婴儿也可包括女性，而男儿单指男性，年龄上也比婴儿大许多，指成年男子；(13) 将女权主义理论家“克里斯蒂娃”译成“克里斯多娃”，让人不知所云；(14) 将林白的“《枕黄记》”写成“《枕黄河》”；(15)《白鹿原》以清末到建国前后五十年间的历史为背景，著者却说《白鹿原》“以清末到民初五十年间的历史为着眼点”；(16)《白鹿原》中白嘉轩设计换取鹿子霖的“风水地”，著者写成“风水池”；(17) 莫言原名“管谟业”，写成“管漠业”；(18) 余华的短篇小说“《在劫难逃》”，两处写成“《难逃劫数》”。类似的知识性错误还可以继续列举下去，不过这些足以说明问题。对于我们指出的这些错误，严先生轻描淡写地一笔带过。上表中，我没有列举严先生所说的“错字”，比如将“形势”写成“形式”（59 页），将“她们”写成“他们”（277 页）。这些“错字”我们可以当成技术性问题来处理，如果也要列在表中，这个表就要长不堪忍了。即使错别字，也不是小事情。

严先生是深孚众望的柳青研究专家。介绍柳青时却出现了错误——“小说第一部以陕西渭南地区下堡乡的‘蛤蟆滩’为典型环境”。学过当代文学史的人都知道，柳青体验生活在归西安管辖的长安县（今长安区），位于渭河南岸，地处关中。但著者没有调查了解，就想当然地认为渭河南岸就是“渭南”，把柳青体验生活的地方挪移了几十公里。并把柳青和严先生当年论争的“《提出几个问题来讨论》”错搞成“《提出几个问题》”。学界都知道严先生在 20 世纪 60 年代同柳青的那次著名的论争，严先生对柳青的东西自然也格外清楚，如果严先生主编的文学史在介绍柳青的时候出现问题，实在令人难以理解。严先生说他读过这部分内容，在逻辑上也难以讲通。

我们再看介绍《白鹿原》时出现的问题：

> 《白鹿原》是陈忠实尝试的第一部长篇小说。作品以清末到民初五十年间的历史为着眼点，试图写出一部“令人震撼的民族秘史”。（288 页）

“尝试”和“第一次”语义重复暂且不论。作品“以清末到民初五十年间的历史为着眼点”显然是胡说八道，读过《白鹿原》的人都知道，该书从清末一直写到解放前，辛亥革命、抗日战争、解放战争在小说中均有涉及。《白鹿原》的初版封底的“内容说明”清清楚楚写着“这是一部渭河平原五十年变迁的雄奇史诗”。按照著者的说法，《白鹿原》的内容只有辛亥前后这一段了。接下来的分析，更令人大惊失色：

因此，在一幕幕主线、辅线相交织的活剧中——巧取风水池，密施美人计，孝子投匪，亲翁杀妻，兄弟反目，情人对立，大革命，日寇入侵，三年内战，白鹿原闹得翻云覆雨，王旗变幻，家仇国恨交错纠葛、冤冤相报代代不止……这一切社会人生的“无常”，灌输给读者一种非常强烈的历史虚幻、命运难以掌握的感受。(288 页)

《白鹿原》笔者还算熟悉，但不知道“巧取风水池”为何事，只知道书中有“巧取风水地”。“灌输”给读者感受、“历史虚幻”这样的表述也甚为不妥，小说如何来“灌输”，“历史虚幻”又是何意？难以明白。为了找“风水池”，我打开 1993 年版《白鹿原》，封底上的“内容说明”交代清楚了这段话的来历：

一个家族两代子孙，为争夺白鹿原的统治代代争斗不已，上演了一幕幕惊心动魄的活剧：巧取风水地，恶施美人计，孝子为匪，亲翁杀媳，兄弟相煎，情人反目……大革命、日寇入侵、三年内战，白鹿原翻云覆雨，王旗变幻，家仇国恨交错纠缠，冤冤相报代代不已……

这段话和上文所引几乎完全相同，只是个别用词作了调整，如将“恶施”改成“密施”（“恶施”肯定是坏事，而“密施”也有可能是好事）、“孝子为匪”改成“孝子投匪”、“兄弟相煎”改成“兄弟反目”，令人费解的是，“巧取风水地”怎么搞成“巧取风水池”的！

除了明显的知识性错误之外，“下册”的语言表述也存在严重问题，语言贫乏、语句不通、句子歧义的现象非常普遍。如谈到周立波的短篇小说的时候说：

周立波的短篇小说，在他的时代建立起了自己的风格，这就是：散

文化、地域特征和不那么阳刚的语言风格。(59 页)

分析《红旗谱》的时候说:

第一代农民朱老巩为了保卫锁井镇48 亩公田,与地主冯老兰发生冲突,失败后吐血身亡;儿子朱老忠被迫远走他乡,多年后回乡寻仇,通过江涛、运涛等朱、严两家的下一代遇到了共产党,在党的教育和引导下,成长为无产阶级战士。(79 页)

至今,我仍然不懂"不那么阳刚的语言风格"为何物。关于《红旗谱》的分析表述实在别扭,看来看去,删去"通过"两个字,这句话才通顺了。

对理论的生吞活剥甚至滥造术语也是"下册"的一大特点。我们不妨看几个例子:

为了建立一个现代性国家,毛泽东要求文学艺术帮助其实现中华民族的全员动员。(2 页)

在毛泽东思想的指导下,中华民族实现了建立一个独立、民主的现代化国家的梦想……(3 页)

(峻青的《黎明的河边》)小说的命名、环境、人物,都有鲜明的象征性。在后叙事视角里,黎明时分大雨滂沱的暗夜和敌兵的追剿构筑了险恶的自然和历史环境,但人民对革命的坚定支持,使革命伦理成为最高正义。(73 页)

《红岩》作为一部"红色圣经",它除了表达共产党人的信仰和意志外,在新的历史语境中,作品还提供了关于身体、灵肉、施虐、受虐、家国、生死等可以解读的众多内容。(86 页)

毛泽东建立了“一个独立、民主的现代化国家的梦想”的国家吗？峻青的《黎明的河边》采用了“后叙事视角”吗？我孤陋寡闻，没见过“后叙事视角”。“施虐”和“受虐”是性心理学里的概念，当然也可引申到非性领域，但都有一个共同的特点，那就是在心理上都是变态的，在“虐”中都能得到“享受”。江姐、许云峰等革命志士在虐待中得到了“享受”吗？

总之，“下册”的问题不胜枚举，以上所列不过冰山一角。作为名家编著的、走进千万间教室的“十五”国家级规划教材，上述问题岂是一个“误人子弟”可以道尽矣！

你只是选择了自己最喜欢的谎言
——从《少年派的奇幻漂流》看中国电影市场取向偏误

高尔雅

曾获奥斯卡奖的著名华人导演李安执导的新片《少年派的奇幻漂流》(下文简称《少年派》)于11月22日高调登陆国内院线,仅四天票房便突破亿元大关,并赢得了一边倒的好评。截至29日,国内认可度较高的两个电影网站——豆瓣网、时光网——总计超过10万人次的统计数据显示,网友对该片的评分分别为9.1、9.0(满分10分)。在时光网的分项评分中得分最高的三项分别为:画面9.6、导演9、故事8.6。此数据明确反映了观众对影片满意之处——即梦幻精致的3D视效、李安一以贯之的较好口碑和隐喻深刻的奇幻故事。这与豆瓣网的影评指向趋于一致,多数网友为该片作出了诸如"画面精致"、"视效一流"的短评,而热度最高的几篇长评无一例外地集中在了对两个海上求生故事孰真孰假的解析上,并对其中关于人性和兽性的隐喻做出了极高的评价。

好的故事,还是好的视效?

一个无可置疑的问题摆在我们面前:不论国内还是北美、欧洲,占据当下电影市场主导的是剧情片，其在出品量及接受度上所表现出来的压倒性优势，是纪录片难以望其项背的。我们普遍认为，观众钟爱剧情片，最根本的是钟爱影片所讲述的故事。那么，《少年派》作为一部饱受赞誉的商业剧情片，是否真正出色地完成了讲述故事的任务呢？

影片通过作家的询问与 Pi 的回忆，引出以 Pi 为叙述者的故事主体——少年 Pi 随家人从印度移民加拿大，航行途中遭遇海难，仅剩他和一只老虎幸存下来，开始了凶险而奇幻的海上漂流。然而，影片并没有对前文铺垫进行必要的简化处理。电影总时长 127 分钟，开场就用去半个小时来讲述主人公的身世——姓名的出处、为他取名的人的轶闻、父母的职业及简要人生履历，等等——如上内容既与全家移民以及海难后的漂流无必然联系，也未能拉近作家与 Pi 之间的情感距离。诸如“Pi(π)的名字意味着科学理性对于宗教神性的胜利”的赋义更是缺乏说服力——对跟一只猛兽同船漂流在太平洋上的主人公而言，叫 π 或 α 有何区别？这种所谓“深意”绝非一般观众在观看电影过程中能够领悟或有必要领悟的。毕竟，商业片侧重于对观众观赏心理的疏导，而非导演个人理念、风格的展现。另一方面，影片同时展示两条叙事线索：一是 Pi 与老虎的历险，一是作家对 Pi 的采访。影片在两段叙事之间的切换相当随意，并无逻辑性可言，导致了两条线索、两层故事之间的断裂，使观众普遍感觉“Pi 的漂流很奇特、作家的介入很突兀”。此外，影片设置的情节转折屈指可数，不足以撑起两个多小时的时长，致使《少年派》的故事本身并不够奇幻，而将故事所承担的调动观众情绪的重任一股脑地推卸给了画面。在“故事”这一点上，愧对观众 8.6 的评分。

我们转而看视效。

电影视效既是评价电影优劣的一项重要标准，也是广大观众除故事情节外最买账的电影元素。《少年派》在前期宣传中一直大打特打视效牌，以 2D、3D 和 IMAX 3D 三种形式在中国大陆院线上映，而一周之内票房井喷，

IMAX的高昂票价功不可没。《少年派》被誉为“超越《阿凡达》的又一3D力作”,由于IMAX3D档期仅排至11月28日,追求视效的观众大呼“不过瘾”。但是,它的视效果真名副其实么?

不可否认,《少年派》精彩地为我们展示的活灵活现的动物姿态、电闪雷鸣的海上暴风雨、深邃静谧的黑夜海洋、美轮美奂的神秘岛屿……在高端技术支持下,极大地满足了观众的视觉享受。

同样不可否认,作为一部以“视效”为最大卖点的商业片,《少年派》的镜头画面存在多处明显的硬伤。例如,在海难发生前,Pi从船舱跑上甲板欣赏暴风雨,整个过程的追拍所呈现出的效果与其说是好莱坞大制作,不如说更像三流的国产电视剧,出现了学生习作中人物、光线、摄影机移动三者严重脱节的情况。再如Pi与老虎的第一次对峙,Pi站在船头,主观镜头以老虎和船体为前景,以海面为后景,以固定机位拍摄,却忽视了一个事实——海浪在猛烈摇晃船体时,船上人的重心与船体重心并非相对静止。僵化的机位严重破坏了画面的真实性。此外,画面淡出是传统的2D电影中的经典手法,但在3D模式下会产生不同的效果——前者可以完成转场的作用,后者却造成一种人物或景观凭空消失的错觉。可以说,片中多处转场采取淡出,不如使用移焦。

对于一部打着“好莱坞”、“名导演”、“大制作”旗号的商业类型片来说,如上问题足以算是硬伤,且在与同片精致画面镜头的对比之下更显突兀。然而值得出品商庆幸的是,这些“瑕疵”并没有阻碍《少年派》在票房和口碑上赚得盆满钵溢。

李安≠中国电影

《少年派》在北美的上映日期比在中国大陆提前一天,首周也以3 000万美元的不错票房位居排行榜第五位,但IMDB 7.7的评分远低于其在国内网站所收获的评价。同一部影片的国内评价高于国外评价,这种状况并不稀奇,究其原因,大概包括以下两方面。

首先,中国观众对中国元素的认同感。

近年来,在影片中加入中国元素或整体借用中国故事,成为好莱坞商业片的新生运作模式。李安作为一名享有国际声誉的导演的华人身份,在引发国内观众认同感方面具有强大的能量。且不论李安的主要发展领域是好莱坞,也不管他的作品鲜有中国演员或中文对白,只凭这个中国味儿十足的名字,就能在国内产生与张艺谋、冯小刚、陈凯歌不相上下的票房号召力,更何况李安的双手还是捧过不止一尊金球、金狮、金熊和奥斯卡金像奖的。

反观李安近二十年来的主要作品:《理智与情感》、《冰风暴》、《卧虎藏龙》、《绿巨人》、《断背山》、《色|戒》、《制造伍德斯托克音乐节》……除一部《色|戒》中国特色比较鲜明外,其余作品皆是一部一个题材、一部一个风格,而且是清一色的好莱坞制作,《卧虎藏龙》也不例外。伊利诺伊大学和纽约大学的戏剧教育背景以及多年的好莱坞从业经历,使他完全游离于中国文化体制之外,形成了他与中国本土导演之间在价值观念、审美风格和表现手法上的鲜明区别。因此,不论观众或舆论是否愿意接受,事实都是:李安绝不是一个文化意义上的"中国"导演,他的个人成功与中国电影的崛起完全是两码事。

其次,中国观众在影片选择上的盲从性。

电影登陆院线前的宣传工作对影片票房具有直接影响,而中国观众(乃至全球观众)的欣赏品味和兴趣取向都在很大程度上以好莱坞为风向标。因此,往往只要前期宣传到位、气势做大,也就不必再为票房发愁。而且,在"半好莱坞化"的情况下,中国观众尚不具备对"大片"做出理性判断的能力。以3D电影为例,2009年的《阿凡达》代表了3D技术的前沿,掀起了第一波3D电影的热潮,许多原本以2D形式拍摄的影片纷纷在后期转制成3D形式迎合潮流。观众很快意识到这种“伪3D”的视效并不理想，使得多部转制片遭遇了票房滑铁卢。然而仅时隔一年，4月上映的3D转制版《泰坦尼克号》就在大陆成功掘金10个亿；近期上映的3D转制版《2012》也同样取得了1 900万元的首日票房佳绩。这就可以解释许多制作并不够精良的影片在横扫票房之后，甚至还能收获不俗口碑的原因：观众在舆论的诱导下坚信自己票房贡献的正确性——这种“正确性”是观众，更是片商最喜欢的谎言。

既然李安的个人成功与中国电影无关，那么中国电影自身境况如何？2012年7月底，广电总局刚刚公布本年度中国大陆票房预计突破160亿元，仅过半月，中国电影票房就突破了100亿元。而2010年底，中国电影年度票房才首次突破百亿大关。中国票房的跨越式突破，一方面证明了电影发行营销策略和版权保护政策的成功，另一方面体现了中国观众不断增长的电影消费需求以及深厚的市场潜力。

但事实并非表面看上去那么理想。国家广电总局发布的2012年上半年全国电影票房统计数据显示：全国电影票房收入80.71亿元，较去年同期上涨41.7%；但国产片票房仅占总票房的1/3，为28.05亿元。而在2010、2011年，国产片票房与进口片相比起码是占优势的。

中国电影出路何在？

相比北美和欧洲市场，中国国内电影票价始终居高不下，但国产电影并未在掠夺式的消费市场开发中获利，反而逐渐丧失原有优势，中国电影乃至文化发展的隐忧暴露无遗。单纯依靠进一步提高票价，或限制进口片、分账片上线比例，这种自欺欺人的做法并不能从根本上使中国电影摆脱困境。中国电影何去何从呢？

首先，全力打造居于产业链上游的文化创意核心，培养兼具创作水平与理论素养、掌握文学常识与影视技术、熟悉文化产业运作流程、始终保持产业意识的新型文化创意人才，依托包括都市现代文化、乡村原生态文化在内的中国本土文化，形成具有中国格调（而非仅含中国元素）的民族文化品牌；深化文化企事业单位机制体制改革，疏通全产业链，鼓励原创性技术革新，扫清文化发展的机制体制障碍；大力落实知识产权保护，转变中国电影票房大部分依靠进口国外影片、国产电影部分依靠引进外籍主创的“输血”状态为国产电影国内外市场竞争力增强、以主动姿态参与国际电影文化交流的“造血”状态。

更重要的是，在文化创意人才的可塑性已由国内外产业发展实例充分证明之后，秉持“观众是需要引导和培养，并且可以引导和培养”的观点，以积极态度满足观众的文化需求，支持和鼓励优秀原创剧本的创作与问世，不断打造属于中国自己的、并能为世界所接受的优秀影片，逐渐消减《少年派》所代表的国内外电影的好莱坞营销模式对中国观众的偏狭导向，引导观众建立起理性的、高层次的审美标准和文化消费习惯。全面发挥文化创意人才在文化生活中的主导作用，充分认识观众在文化接受中的能动作用，借鉴教育学中的“最近发展区”理论（即激发对象的潜能，实现其从现有水平到可能的发展水平之间的提升），以创作者艺术创作水平的提升带动欣赏者艺术欣赏水平的提升，以后者的提升促进前者的提升，实现两个提升之间的双向互动，为中国电影培养中国观众，为中国观众创作中国电影。

直议莫言与诺奖

李建军

■ 莫言的写作经验，主要来自对西方小说的简单化模仿，而不是对中国“传统文学”和“口头文学”的创造性继承，或者，换句话说，“传统文学”和“口头文学”只是其装点性的外在表象，从西方文学趸来的“魔幻现实主义”才是他叙事的经验资源。

■ 莫言的创作并没有达到我们这个时代精神创造的最高点。他的作品缺乏伟大的伦理精神，缺乏足以照亮人心的思想光芒，缺乏诺贝尔在他的遗嘱中所说的“理想倾向”。他的获奖，很大程度上，是“诺奖”评委根据“象征性文本”误读的结果——他们从莫言的作品里看到的，是符合自己想象的“中国”、“中国人”和“中国文化”，而不是真正的“中国”、“中国人”和“中国文化”。

1

折磨了中国作家数十年的“诺贝尔文学奖”梦想，就这样再次以令人愕然的方式变成了现实。“诺奖”终于在颁给曾经是中国人的“中国人”之后，再次颁给了现在仍然是中国人的中国人。

然而，这突然到来的“恩典”，还是让人觉得不可思议，让人觉得困惑不解：“诺奖”评委们真的能读懂中国的文学作品吗？真的认为如此的中国作家的如此的作品值得给予如此的奖赏吗？2012 年 11 月 4 日，小说家刘震云在接受《新京报》记者采访时说，“莫言能获奖，表明中国至少有十个人，也可以获奖”——他的肯定的陈述里，表达的显然是怀疑的态度。要知道，在群星灿烂、大师辈出的俄罗斯，也只有蒲宁（1933 年）、帕斯捷尔纳克（1958 年）、肖洛霍夫（1970 年）、索尔仁尼琴（1974 年）和布罗茨基（1987 年）五位作家获奖，其中蒲宁是流亡作家，而布罗茨基则已加入了美国国籍，实质上应该算是美国作家的。

一个文学奖项的水准和影响力，决定于它的评委的素质和修养。然而，任何一个文学奖的评委会，无论其专业精神有多强，鉴赏水平有多高，判断能力有多好，也总有它力所不逮的地方。例如，对诺贝尔文学奖的评委们来讲，由于文化的同构性和语言的可转换性，阅读、理解和评价包括俄罗斯文学在内的西方文学，通常来讲，并无太大的滞碍，但是，一旦涉及迥乎不同的中国文学，他们便难免不陷入茫然的尴尬状态。

这也实在是甚未足怪的事情，因为，汉语是一种表意性很强的"深度语言"，而西方的语言则属于表音性较强的"浅度语言"。对西方人来讲，中国的语言和文化几乎就是一个无法进入的封闭结构，实在是太难理解、太难掌握了，张爱玲在《忆胡适之》中说："我们'三字经'式的名字他们连看几个立即头晕眼花起来，不比我们自己看着，文字本身在视觉上有色彩。他们又没看惯夹缝文章，有时候简直需要个金圣叹逐句夹评夹注。"汉语文学中只可意会、不可言传的"意思"和"意味"，实在太幽隐、太微妙、太丰富了，要一个中国人"契其要领"已经很难，要一个外国人心领神会就更属不易，包括那些孜孜无倦、用力甚勤的汉学家，"犹不可得其仿佛大概"，也都很难深刻地理解和准确地评价中国文学。

正是由于这种文化沟通和文学交流上的巨大障碍，使得诺贝尔文学奖的评委们无法读懂原汁原味的"实质性文本"，只能阅读经过翻译家"改头换面"的"象征性文本"。而在被翻译的过程中，汉语的独特的韵味和魅力，几乎荡然无存；在转换之后的"象征文本"里，中国作家的各个不同文体特点和语言特色，都被抹平了。据莫言在《我在美国出版的三本书》中说，"葛浩文教授在他的译本里加上了一些在我的原著里没有的东西，譬如性描写"；林培瑞在接受"德国之声"独家专访时，则批评莫言"从语言和人生视野两方面"看，都"不是顶尖的一个作家"，他"写得太快，他自己也承认有时候写得太快，比喻不太恰当，有时候显得粗鲁，粗糙"。然而，就像李白在

《于阗采花》诗中所说的那样："丹青能令丑者妍，无盐翻在深宫里。"莫言的作品，经过翻译家的"丹青妙手"，便脱胎换骨，由"媸"变"妍"，成了西方读者眼中的"顶尖"作家。2012 年 11 月，老牌文学季刊《凯尼恩评论》(*Kenyon Review*)发表了"70 后"华人学者和小说家孙笑冬(Anna Sun)的题为《莫言的病态语言》(*The Diseased Language of Mo Yan*)的文章，她认为，"莫言的语言是'病态的'，而且是与伟大的中国文学传统割裂的；这种语言的病态体现在它杂糅了多种不同的语言种类(旧的、新的、粗鲁的、优雅的以及革命化的)，而他的主要翻译者葛浩文(Howard Goldblatt)为莫言作品创造出的翻译文体在艺术上其实比原作要强"。莫言是德国汉学家顾彬"批评得最多的中国作家"，在题为《莫言讲的是荒诞离奇的故事》的访谈中，顾彬从翻译的角度分析了莫言获奖的原因：莫言的获奖，很大程度上，是因为他遇到了一个杰出的翻译家："葛浩文采用一种非常巧妙的方式翻成英文。他不是逐字、逐句、逐段翻译，他翻的是一个整体。这是欧洲大约从 18 世纪以来流行的翻译方法。也就是说，葛浩文对作者的弱点知道得一清二楚。他把一切都整理好，然后翻成英文，语言比原来的中文更好。"(2012 年 10 月 12 日，11:11"德国之声中文网")

显然，诺奖的评委们对莫言的认同和奖赏，很大程度上，就只能建立在由于信息不对称而造成的误读上——对莫言原著在语法上的错误，修辞上的疏拙，细节上的失实，逻辑上的混乱，趣味上的怪异，他们全然无从判断；同样，对于中国的文学成就，他们也无法准确而公正地评价。最终的结果是，诺奖评委们错过了鲁迅，错过了张爱玲，错过了沈从文，错过了老舍，错过了巴金；他们看不到汪曾祺作品的俊逸和清雅，看不到北岛诗歌里的沉思和反诘，看不到史铁生作品里的忧悲与爱愿，看不到王小波"新国民性批判"的反讽与祈向，看不到韦君宜晚年写作的勇敢与犀利，看不到从维熙《走向混沌》的温情与尖锐，看不到陈忠实《白鹿原》的苍凉与怆怛，看不到路遥小说的崇高与诗意，看不到章诒和散文的风骨与韵致，看不到杨显惠小说的悲惨与凄苦，看不到蒋子龙《农民帝国》的深哀与巨痛。这就使得诺贝尔文学奖本质上只不过是一个西方文学奖，而不可能成为一个能够将中国文学包纳在内的真正意义上的世界文学奖。

其实，即使对理解起来较为容易的西方文学，诺奖的选择和评价也多有偏失。由于“诺奖”早期在价值观上的保守主义倾向，“诺奖”评委们不惜拂逆许多知识分子和作家的意愿和请求，极其固执地拒绝颁奖给托尔斯泰——连续十年，他们完全无视托尔斯泰的存在，直到他带着巨大的文学成就和无上的精神荣耀，离开这个他无限热爱的世界；由于眼界的狭窄和判断上的失误，他们还很不应该地忽略了美国文学之父马克·吐温(1835—1910)——威廉·福克纳称他为“第一位真正的美国作家，我们都是继承他而来”，而海伦·凯勒则说“我喜欢马克·吐温——谁会不喜欢他呢？即使是上帝，亦会钟爱他”。同时，由于反应的迟钝和心胸的狭隘，他们还很不应该地遗漏了契诃夫、高尔基、勃兰兑斯、乌纳穆诺、卡夫卡、曼德尔斯塔姆、阿赫玛托娃等一大批优秀的作家；这就说明，诺贝尔文学奖从一开始就有着自己的“傲慢和偏见”，就是一个不具有广泛包容性和绝对公正性的文学奖项。

2

然而，诺贝尔文学奖却是将“世界性”和“全球性”当做自己的追求目标的。也许是为了补偿它在将近一百年的时间里对中国文学的轻忽和怠慢，竟然在12年的时间里，两次将该奖颁给身份不同的中国人。

最早的那一次，就不去说它了，现在单说最近的这一次。

那么，诺贝尔文学奖评委们为什么会最终选择莫言呢？

根据“诺奖”评委会10月11日公布的“实际内容仅两行文字”的说法，是因为：“莫言将现实和幻想、历史和社会角度结合在一起。他创作中的世界令人联想起福克纳和马尔克斯作品的融合，同时又在中国传统文学和口头文学中寻找到一个出发点。”

在我看来，莫言的写作，就其文体风格和精神本质来看，并没有多少“中国传统文学”的因子，而且在处理“现实和幻想、历史和社会”结合问题的时候，也没有表现出多少真正的现实主义作家的激情和勇气。如果说，中国传统文学尤其是中国小说的突出特点，是“其言直，其事核”的写实性——即清代学者蒋彤所说的“文洁而事信”和“无虚假无疏漏”的“坚实”，是对“白描”技巧的倚重，是紧紧贴着人物的心理和性格来刻画人物，是追踪蹑迹地追求细节描写的准确性和真实感，是强调文学的伦理效果和道德诗意，那么，莫言的小说不仅并不具备这样的特点，而且几乎可以说是背道而驰的。

莫言写作最大的问题，就是“文芜而事假”——芜杂、虚假、夸张、悖理，这些就是莫言写作上的突出问题。莫言的作品中，没有中国文学的含蓄、精微、优雅的品质，缺乏那种客观、冷静、内敛的特征，缺乏那种以人物为中心、从人物出发的叙事自觉。相反，莫言的写作，是极为任性恣纵的；他放纵自己的想象，习惯于根据自己的主观感觉来写人物，常常把自己的感觉强加给人物，让人物说作者的话，而不是人物说自己的话；让人物做作者一意孤行要他们做的事，而不是他们根据自己的处境、性格和心理定势可能做或愿意做的事。2000 年 3 月，在题为《福克纳大叔，你好吗》的演讲中，他说，“每当我拿起笔，写我的高密东北乡故事时，就饱尝了大权在握的幸福，在这片国土上，我可以移山填海，呼风唤雨，我让谁死谁就死，让谁活谁就活”——从这种莫言多次使用的“骄倨傲暴”的话语里，我们看到的是一意孤行的独断和不可一世的骄横，是写作领域的“无法无天”的“专制主义”，而不是真正伟大的作家应该具有的谦虚态度、平等精神和文化教养。从人物的角度来看，莫言所选择的，是一种异化的、外在化的叙事方式，是作者的形象遮蔽人物形象的叙事方式，是作者的话语压倒人物话语的叙事方式——人物完全被淹没在作者自己的话语狂欢的洪流里。2005 年，莫言在香港的题为《我怎么成了小说家》的演讲中说:“也有人说,莫言是一个没有思想只有感觉的作家。在某种意义上,他们的批评我觉得是赞美。一部小说就是应该从感觉出发。一个作家在写作的时候,要把他所有的感觉都调动起来。描写一个事物,我要动用我的视觉、触觉、味觉、嗅觉、听觉,我要让小说充满了声音、气味、画面、温度。”就算小说写作的确“应该从感觉出发”,一个小说家也不能毫无边界地描写感觉,不能将人物写成完全“感觉主义”的动物。然而,莫言小说的致命问题,就是感觉的泛滥,就是让作者的感觉成为一种主宰性的、侵犯性的感觉,从而像法国的“新小说”那样,让人物变成作者自己“感觉”的承载体。《天堂蒜薹之歌》第六章这样写金菊的心理和行为:“想起夜里的事,她心里怦怦地跳,血往脸上涌。她情不自禁地再次扑到他身上,用牙齿轻轻地咬着他的脖子,并且贪婪地吞咽着被他脖子的灰垢污染成咸汗味的口水。她咬住他脖子一侧那根粗大的动脉时,感到它强有力地搏动着。这澎湃的搏动令她心醉神迷,难以自持。她咬着它,舔着它,用两片嘴唇夹着它。她感到内部的器官像鲜花般开放了。这时她说:高马哥……高马哥……就是死了,也不冤枉了……”这里所写的人物的几乎每一个动作和心理活动,都是夸张的、怪异的、不真实的,完全出于作者自己的不切实际的想象,是作者把自己的想象强加给了人物。我们无法想象,“内部的器官像鲜花般开放了”到底是一种什么样的状态,只知道这样的想象,实在太诡异、太不同寻常了。

有必要指出的是,这种歇斯底里的疯狂,这种卡通画式的简单,是莫言小说中几乎所有人物的特点。例如,在《红高粱》里,余司令竟然这样对待自己的“干儿子”(实际是亲儿子):“他拿过一只酒盅,放到我父亲头上,让我父亲退到门口站定。他抄起勃朗宁手枪,走向墙角”;“余司令走到墙角后,立定,猛一个急转身,父亲看到他的胳膊平举,眼睛黑得出红光。勃朗宁枪口吐出一缕白烟。父亲头上一声巨响,酒盅炸成碎片。一块小瓷片掉在父亲的脖子上,父亲一耸头,那块瓷片就滑到了裤腰里。父亲什么也没说。奶奶的脸色更加苍白”。这样的叙事，显然是对席勒的《威廉·退尔》的简单化模仿。在席勒的作品里，瑞士的民族英雄退尔拒绝向奥国总督盖斯勒用来侮辱瑞士人的那顶“帽子”敬礼。盖斯勒的手下认出退尔就是放走牧人鲁特赫德的人，罪不可赦。盖斯勒在退尔的儿子头顶上放了一个苹果，只要退尔用箭射中苹果，就可以免罪。神箭手退尔一箭射中。最后，盖斯勒死在退尔的箭下，瑞士民族获得了解放。在这个故事里，退尔是被逼无奈才向儿子头上的苹果射箭的，然而，在《红高粱》里，没有任何人把酒盅放到余司令儿子的头上，并强逼他拿枪射击——他之所以有如此疯狂的举动，完全出于一种不可理喻的冲动，即证明自己的儿子是否“有种”。这种幼稚而疯狂的行为，在任何心智健全的中国人看来，都是不合情理、不可思议的。虽然它与中国人的“民族性格”格格不入，也与中国的“传统文学和口头文学”毫无关系，但在西方读者的“误读”中，却有可能被错以为《三国演义》中的传奇英雄的壮举，有可能被误解为神秘莫测的“中国性”和倜傥不羁的“中国气质”。

在《檀香刑》的第六章，孙眉娘这样在月光下抒发自己对钱丁的爱情：“鸟，鸟儿，神鸟，把我的比烈火还要热烈、比秋雨还要缠绵、比野草还要繁茂的相思用你白玉雕琢成的嘴巴叼起来，送到我的心上人那里去。只要让他知道了我的心我情愿滚刀山跳火海，告诉他我情愿变成他的门槛让他的脚踢来踢去，告诉他我情愿变成他胯下的一匹马任他鞭打任他骑。告诉他我吃过他的屎……老爷啊我的亲亲的老爷我的哥我的心我的命……鸟啊鸟儿，你赶紧着飞去吧，你已经载不动我的相思我的情，我的相思我的情好似那一树繁花浸透了我的血泪，散发着我的馨香，一朵花就是我的一句情话，一树繁花就是我的千言万语，我的亲人……孙眉娘泪流满面地跪在了梧桐树下，仰望着高枝上的鸟儿。她的嘴唇哆嗦着，从红嘴白牙间吐露出呢呢喃喃的低语。她的真诚感天动地，那只鸟儿哇哇地大叫着，一展翅消逝在月光里，顷刻便不见了踪影，仿佛冰块融化在水中，仿佛光线加入到火焰里……”在这里，我们看见了与莎士比亚《罗密欧与朱丽叶》里的经典场景极为相似的画面，但是，让人费解的是，这样的夸张而煽情的告白，既不“真实”，也不“感人”；既无“中国性”，也不“莎士比亚化”；它是对“魔幻”技巧的过度利用，是一种纯粹主观化的虚假描写，并无多少美感和诗性可言。

3

在“诺奖”评委会的评语里，“他创作中的世界令人联想起福克纳和马尔克斯作品的融合”是一句耐人玩味的话，因为，莫言写作的所有秘密，就含藏在这句话里，也正是从这句话里，我们可以探知“诺奖”评委们选择莫言的原因。

莫言用西方人熟悉的技巧，来写符合西方人想象的中国经验。他写人物毫无规矩地乱闹，写他们在酒缸里头撒尿，在娶亲路上颠轿，在高粱地里睡觉——在西方人的想象中，中国文化就是这样，中国人的生活就是这样；崇高而诗意的生活，与中国人是无缘的，高尚而美好的情感，与中国人也是无缘的。正是通过一种简单化的、游戏化的叙事，莫言将中国人写成了心智残缺、情感粗糙、行为幼稚的人，写成了一群对暴力、性、乳房、污秽等充满病态畸恋的人。按照赛义德《东方学》理论来理解，莫言的写作正是“被某些支配框架所控制”的写作。在西方的“东方学”的观念中，“阿拉伯人被构想为骑在骆驼上、专门制造恐怖、长着鹰钩鼻的荒淫无耻的好色之徒，他们不劳而获的财富是对人类文明的羞辱。……它不仅认为东方乃为西方而存在，而且认为东方永远凝固在特定的时空之中”。莫言的小说叙事，也是一种符合西方人的“东方学”理念的叙事；在他的文本里，人物没有优雅的谈吐，没有得体的举止，没有高尚的情感，没有诗意的想象，没有智慧的痛苦，没有健全的人格——他们只不过是一群落后野蛮、可笑可鄙的“东方人”而已。

莫言的写作经验，主要来自对西方小说的简单化模仿，而不是对中国“传统文学”和“口头文学”的创造性继承，或者，换句话说，“传统文学”和“口头文学”只是其装点性的外在表象，从西方文学趸来的“魔幻现实主义”才是他叙事的经验资源。“魔幻现实主义”激活了他的想象力，但也使他丧失了对“客观性”的敬意和感知能力。他无节制地放纵自己的主观而任性的想象力。由于一味地根据随意的想象来展开叙事，所以，在莫言的小说里，就形成了一种违反逻辑和事理的叙事模式，即人物的情感和行为突然变来变去的“瞬间转换模式”。也就是说，作者常常不是按照人物的性格逻辑和事理逻辑来写人物，而是按照自己主观设计的套路来展开叙事。例如，在《天堂蒜薹之歌》里，金菊本来是豁出命来跟着高马出走的，但是，到了晚上，她的态度却莫名其妙地发生了变化：“白天的事涌上脑中的幕，过去的事也全都回忆了起来，她对夜恐怖对明天恐怖，她感到自己荒唐，她恨高马。”在《檀香刑》里，那个叫眉娘的女人，也是这样喜怒无常，刚才还爱着钱丁，可是，转瞬间，就不可理喻地对他心生恨意，咬牙切齿起来。

他用西方人熟悉的叙事方式，来叙写人物的符合西方人想象的行为和心理。例如，在《天堂蒜薹之歌》里，莫言这样写高马向金菊表白爱情前的心理活动：“今天晚上，我一定要抓住她的手！高马激动地想着，身上泛起一阵阵幸福的凉意。他侧目直视着离他三步远的地方，那里站着四婶的女儿金菊。我一定要抓住她的手，就像于连·索黑尔在那个乘凉的夜晚里，等待着教堂的钟声，等钟声敲过九响，就大胆地、不顾死活地抓住市长夫人的手一样。等张扣的琴声一响，等张扣唱出第一句歌词时，我就要抓住她的手，要狠狠地抓住，狠狠地捏住，把她的每一个手指头都捏遍！她的脸，圆圆的，像葵花盘子一样圆圆的脸上涂着一层葵花瓣儿般动人的金黄。她身材不高，身材健壮，活像一头小牛犊子。她已经二十岁了。我该行动了。她身上的热量已经辐射到我的身上。张扣咳嗽了一声。高马向金菊的方向移动了一步。他悄悄地移动，他的眼与众人的眼一样，紧盯着张扣。但张扣唱的什么词儿他却一个字也听不到了。”在这里，我们看到了作者对司汤达《红与黑》的拙劣模仿，对人物心理的简单而虚假的描写，其中，像“她身材不高，身材健壮，活像一头小牛犊子”这种属于人物心理活动范畴的话语，根本不是人物可能有的想象和判断，而是作者自己的腔调和话语；至于“她身上的热量已经辐射到我的身上”的描写，则是纯粹的文艺腔，读来给人一种夸张而肉麻的感觉。

莫言将拉美作家的“魔幻现实主义”割裂为两半。他拿来了应变无方的“魔幻”，却丢弃了带着血丝的“现实主义”。

如果非要说莫言的创作是现实主义的，那也不是一种纯粹的、迎难而上的现实主义，而是一种软弱而浮滑的现实主义。表面上看，他善于发现尖锐的现实问题，善于表现冲突性的主题，然而，如果往深里看，你就会发现，莫言在展开叙事的时候，通常会选择这样一种策略，那就是，避开那些重要的、主体性的矛盾冲突，而将叙事的焦点转换到人物的无足轻重的行为和关系上来。

例如，《蛙》的主题是中国的“计划生育”问题。这无疑是一个新鲜的、重要的主题，也是很容易引起西方读者注意的一个主题。然而，莫言却无意从正面进入，无意通过对真实而丰富的生活细节的描写，来写出中国社会生活内里的样相，而是，将焦点放在封闭的人物的关系和矛盾冲突中，来将生活虚幻化——这就将叙事的尖锐性钝化了，就将整体性的冲突性弱化为局部性的闹剧性场面。难怪这样一部题材敏感的作品，几乎毫无“敏感性”可言，绝不会让任何人觉得“不自在”。莫言小说叙事的平衡术实在太老练了。而真正的现实主义，就其内在的本质来看，是拒绝“平衡”的，而是倾向于选择一种犀利的、单刀直入的方式来介入现实。莫言抛弃了马尔克斯的“啄食社会腐肉”的“秃鹫”式的猛烈和凌厉，抛弃了拉美现实主义文学的那种充满阳刚之气的犀利和尖锐。

事实上，莫言的“平衡术”远在王蒙这样的似乎很老练的前辈作家之上。王彬彬先生批评王蒙“太过聪明”，惹得他老人家很不高兴，在几个地方近乎失态地表达了自己的不满和不以为然。在我看来，王蒙先生只是显得“聪明”罢了。他虽然智商很高，但本质上是一个简单的人，有的时候甚至显得有些傻，简直与跟他“素不相能”的“笨人刘老大”一样傻，简直可以被并称为“笨人王老大”。你看，他的《王蒙自传》，换了一个老奸巨猾、货真价实的“聪明人”，会那样写吗？会那样把自己的得意和自负，都不遮不掩地摆放到明面上吗？会那样让自己乐不可支却惹得不少人怏怏不乐甚至怒不可遏吗？然而，他就偏偏要这样写——这样写固然值得商榷，但也足以见出王蒙心性的单纯，足以见出他本质上仍然是一个不懂得世故的文化人，而不是把“平衡术”玩得出神入化的“聪明人”。如此一来，尽管他的文化修养和文学成就，丝毫不比那些很受西方“汉学家”青睐的“五零后”作家低——他的《红楼启示录》，简直令人拍案叫绝，几乎没有哪个“五零后”作家能写出那样的好东西；尽管他的长篇小说尤其是《活动变人形》，一点也不比那些被封为“高峰”和“极品”的作品差，但他却至今仍然与“茅盾文学奖”无缘。比起既能获得“茅盾文学奖”，又能问鼎“诺贝尔”的作家来，读者诸君，你说他——才华横溢的、出经入史的、幽默机智的、令人钦佩的王蒙老先生——是笨也不笨？

4

无思想和无深度，也是莫言写作的一个致命问题。在 2005 年的那次演讲中，莫言这样谈到了自己对“思想”的理解：“我认为一个作家如果思想太过强大，也就是说他在写一部小说的时候，想得太过明白，这部小说的艺术价值会大打折扣。因为作家在理性力量太过强大的时候，感性力量势必受到影响。小说如果没有感觉的话，势必会干巴巴的。”这里的判断其实是很靠不住的。因为，在长篇小说叙事里，“思想”具有决定性的意义，没有思想的叙事，必然是浅薄而混乱的叙事，也就是说，在小说的世界里，“思想”与“感觉”、“理性力量”与“感性力量”，从来就不是冰炭不可同器的对立关系，而是相得益彰的同一关系。在真正的文学大师那里，感觉是渗透了思想力量的感觉，而思想则是充满感觉血肉的思想——他们既是理性的“善思”的思想家，也是感性的“善感”的诗人。

由于排斥“思想”，莫言的文学思想与小说作品的主题，往往具有浅薄与破碎的特点。莫言曾在《天堂蒜薹之歌》初版的卷首，杜撰了一段斯大林语录：“小说家总是想远离政治，小说却自己逼近了政治。小说家总是想关心人的命运，却忘了关心自己的命运。这就是他们的悲剧所在。”他梦中听到的“斯大林”的这一通高论宏议，给人一种文理不通、莫名其妙的印象。“小说”作为一个客体的自在之物，怎么可能自己“逼近了政治”呢？为什么关心“人的命运”与关心“自己的命运”，竟然是一种对立关系而不是同一关系呢？在这里，莫言显然缺乏一种彻底而坦率的精神；他完全曲解了小说家的主体责任：应该有所为的是人，而不是物；伟大的小说家应该勇敢地关心人类的命运，而不是仅仅关心“自己”的利害得失。所以，这句话似乎应该这样说：“小说家总是想远离政治，政治却自己逼近了小说。小说家总是关心自己的命运，却忘了想关心人的命运。这就是他们的悲剧所在？”这样来表达小说家的“悲剧”是不是会更准确一些呢？是不是显得更有“思想”一点呢？

一个作家固然应该对世界和生活抱着多元和包容的态度，应该给一切可能性的意义探索和价值的生成留下空间，但是，他不能是一个放弃原则和立场的相对主义者。他必须有自己对善恶、是非、真假的基本态度和鲜明立场，必须确立一种更可靠、更具有真理性的价值体系，否则，他的写作就将成为一种游戏化的写作,成为一种缺乏意义感和内在深度的写作。然而,莫言的写作似乎缺乏一种稳定的价值基础,缺乏博大而深刻的意义世界。在相对主义和虚无主义泛滥的语境里,他无力建构一个批判性的叙事世界和积极的价值体系。他接受相对主义,认为面对吊诡的历史,“很难分出谁是谁非”,而文学叙事面对“历史现实”,也必然是无能为力的,所以,“把小说中的历史与真实的历史进行比较的批评,是类似于唐·吉诃德对着风车作战的行为,批评者自以为神圣无比,旁观者却在一边窃笑”(《高密东北乡散记——〈丰乳肥臀〉日文版后记》)。事实上,小说作为一种还原真相和建构意义的行为,本身就是对所谓“真实历史”的“比较的批评”,是对它的严肃的矫正和唐·吉诃德式的“作战”。由于陷入一种严重的相对主义迷幻状态,所以,莫言无力创造和表现那种清晰、有力量的价值图景,也无法清晰地区别美丑、雅俗、高下,缺乏一种创造性的审美平衡能力——他常常单向度地渲染一种情调和行为,这种渲染虽然能给人留下尖锐而深刻的印象,但也显得苍白、空洞甚至无聊。例如,他在《丰乳肥臀》中对恋乳癖的渲染、《红高粱》和《檀香刑》中对暴力的渲染,就给人一种缺乏价值指向和意义深度的感觉。他说:“我发现了人类灵魂中丑陋的东西,但我也发现了丑陋中包含着的美好情愫。对乳房的眷恋到了痴迷的地步,这是一种病态,但变态的东西从某种意义上来说,往往也是美的极致。”(《高密东北乡散记——〈丰乳肥臀〉日文版后记》)在“丑陋”中发现“美好情愫”,这似乎并不容易,就像在冰中发现火一样难。尽管某些批评家通过一种不靠谱的“过度诠释”,肯定了的《丰乳肥臀》等作品的“意义”,但是,就莫言小说作品的实际情况来看,“美好情愫”却非常稀薄。

总之,莫言的创作并没有达到我们这个时代精神创造的最高点。他的作品缺乏伟大的伦理精神,缺乏足以照亮人心的思想光芒,缺乏诺贝尔在他的遗嘱中所说的“理想倾向”。他的写作固然也表达了他对生活的不满甚至恨意,但是,在这种常常显得极端的情绪性反应的背后,你看不到多少升华性的力量,反而看到了对性、暴力、恋乳癖等消极心理和行为的渲染。在他的作品的内里,总是漫卷乖戾情绪的乌云,总是呼啸着诡异心理的狂风。他的作品也许不缺乏令人震惊的奇异效果,但是,缺乏丰富而美好的道德诗意,缺乏崇高而伟大的伦理精神,缺乏普遍而健全的人性内容。他的获奖,很大程度上,是"诺奖"评委根据"象征性文本"误读的结果——他们从莫言的作品里看到的,是符合自己想象的"中国"、"中国人"和"中国文化",而不是真正的"中国"、"中国人"和"中国文化"。

更让人担忧的是,由于获得"诺奖"造成的光晕效应(glittering generality)和光环效应(Halo Effect)的影响,莫言的恋乳癖和恋污癖的趣味倾向,他的渲染酷虐事象的"嗜血主义"的价值取向,他的极度任性和主观的写作模式,有可能给正在成长的青年读者和正在学习写作的青年作家带来消极的影响,会把他们引到一条很不宽阔平正的文学路途上去。

5

由于长期以来处于现代文化建构的滞后状态,处于现代文明创造和传播上的劣势,并由此形成了一种极度敏感、极度自卑的文化心理,所以,我们特别渴望被世界认可和奖赏。这种对"他者认同"的过度看重,使我们很难准确地进行自我认知。对文学上的"国际大奖"的态度,也反映着我们的文化自卑心理。莫言的意外获奖,来得正是时候,正好有助于缓解我们的不被关注和认同的焦虑心理。但同时却也使一些人兴奋得有些过头,甚至使他们产生了一些错觉,似乎一个作家拿到了这个奖,便意味着整个中国文学在一夜之间修成正果了:不只是莫言一个人成了"世界级"的作家,而且中国当代文学也一下子达到了"世界先进水平",进而,终于可以跟其他文学大国平起平坐了。这实在是一种可笑、可悲的心理。只有那些极度自卑和缺乏自信心的民族,才需要依赖他者的认定来建立自己的信心,来确立自己的价值感。在我看来,中国当代有的是非常优秀的作家,他们的文学成就并不低,例如,汪曾祺作品的文学价值,就一点不比库切低,而史铁生的作品的价值,也绝不在帕慕克之下,至于我们的现代作家鲁迅、钱钟书、萧红和张爱玲的才华,放在世界现代作家中间来看,也是第一流的。

所以,我们应该选择的态度就是:说大人,则藐之;说诺奖,则藐之——“藐”也者,当然不是一种傲慢自大的态度,不是目空一切的心理,而是说我们要有自信心和自尊心,就是别仰着脖子看花了眼,把很轻的东西看得很重,把很小的东西看得很大,把很丑的东西看得很美。面对“诺贝尔文学奖”,我们需要的,就是鲁迅的那种不卑不亢的高贵态度和谦光自抑的自知之明。

1927 年,瑞典探险家斯文·赫定来到中国,对鲁迅的文学成就有了较多的了解。这位爱好文学的瑞典人,便与刘半农商量,准备推荐鲁迅为诺贝尔文学奖候选人。刘半农便通过鲁迅好友台静农探询鲁迅的意见。9 月 25 日,鲁迅在写给台静农的信中这样说道:“诺贝尔奖赏金,梁启超自然不配,我也不配,要拿这钱,还欠努力。我觉得中国实在还没有可得诺贝尔奖赏金的人,瑞典最好不要理我们,谁也不给。倘因为黄色脸皮的人,格外优待从宽,反足以长中国人的虚荣心,以为真可以与别国大作家比肩了,结果将很坏。”

然而,不知何故,瑞典现在终于“理我们”了,终于把“诺奖”给我们了。很大程度上,正像有人所说的那样,这是因为我们的“综合国力和国际影响力不断提升”的结果。是啊,倘若还像“反右”、“大跃进”和“文革”那样瞎折腾,那样把知识分子整得灰头土脸,那样把作家斗得死去活来,那样把老百姓饿得面有菜色,那样把国家弄得鸡犬不宁,外国人——包括厚道而公正的“诺奖”评委们——当然连白眼都懒得给你一个的,遑论把“诺奖”这样的大礼送过来。如此说来,莫言真的很幸运,生活在一个全球化和信息化的时代,生活在一个拿作家当宠儿的“和谐社会”,生活在一个中国的“GDP”和经济实力让外国人不敢小觑的“黄金时代”——这样的时代改变了中国与世界的关系，改变了文学与国家的关系，改变了文学的尴尬境遇和悲惨命运：过去是“国家不幸诗家幸，赋到沧桑句便工”，现在是“国家幸运诗家幸，富强赢得诺奖来”。

二十多年前，关于诺贝尔文学奖，龙应台也曾写过一篇文章，题为《视大奖·必藐之——与马悦然谈诺贝尔文学奖》。她说：“由于语言是个无法克服的障碍，由于文化的鸿沟极难跨越，由于艺术价值观不可能放诸四海而皆准，由于政治经济的势力导引一切，一个具实质意义的‘世界文学奖’是不存在、不能存在的。诺贝尔文学奖只是十八个学有素养的瑞典人，在他们的有限能力之内，所能决定的一个文学奖。世界上大部分的优秀作家没有得这个奖——或因为僧多粥少，或因为这十八个人视野不及。而得到这个奖的作家之中，有些会受到长久历史的肯定，许多，也受到历史的淘汰。把这个奖当作一个世界文学奖，而对它的评审委员作种种求全的要求，对这十八个人完全不公平，也是对这个奖的严重误解。”她进而指出：“当代中国作家，如果缺少基本的自持自尊，把西方汉学家当作评鉴人，把诺贝尔文学奖当作中国民族文学努力的大目标、大远景，这样的文学是什么样的文学呢？这样的民族又是什么样的民族呢？”

古人云：“得之不休，不获不吝。”然而，最近几天，一些中国人却因为“诺奖”之“得”而大“休”特“休”——兴奋得简直到了失去“自持自尊”的程度了。他们不仅把十几位诺贝尔文学奖的评委，当作中国文学的“评鉴人”，而且，似乎还陷入了业已实现“大目标、大远景”的幻觉里。

其实，我们不应该沾沾自喜，不应该“鄙吝之气”顿生，而应该“心惕惕焉”。我们要克服自己的“虚荣心”。我们应该明白，从整体上看，我们时代的文学并不成熟，作家们的人文修养水平和文化自觉程度都不很高。我们要知道，用严格的尺度来衡量，我们其实仍然是“不配”获奖的。与“别国大作家”比起来，我们时代的作家，其实仍然差得很远。如果我们看不到这一点，那结果，就会像鲁迅所警告的那样：“将很坏。”

文学评奖其实就是一个游戏，就是一次充满娱乐性的博弈，它能刺激我们的好奇心，也能满足我们的虚荣心，但是，从根本上讲，不宜拿它太当回事。我们需要冷静地保持鲁迅所说的“还欠努力”的心态，因为只有这样，我们才不至于沦入被“文学奖”搞晕的消极状态，才有可能最终将我们的文学提升到理想的高度，才有可能领享到读者恒久的信任和尊敬。

我们的文学正处于一个文化转型和价值混乱的艰难时期，正面临着前所未有的艰难考验。我们的作家应该将注意力更多地放在对社会问题和历史苦难的发现和揭示上，应该致力于“新国民性”的重建，为提高中国人的文化修养和人格发展，提供切实的帮助和积极的支援。

自尊的有理想的中国作家们，勉乎哉！勉乎哉！

●【直　言】

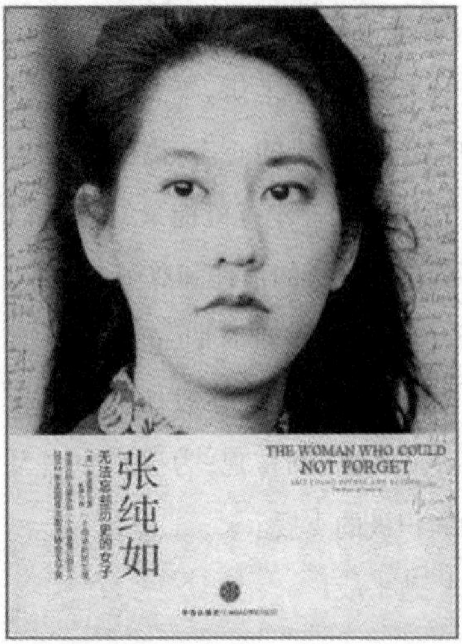

从张纯如自杀想到“嗜血”先锋

李美皆

■ 新时期文学对于人性恶的迷恋是从先锋派的残酷开始的。人性恶在先锋作家的笔下，很大程度上是一种玩酷。酷玩到这个分上，是作家的悲哀，是读者的悲哀，最终，是文学的悲哀。

■ 在一个无所不破的时代，文学更应该为人们指点迷津，改善和提升人们的精神质量，带领失陷的人心走出泥泞。为了建立健康的精神生态和文学生态，我们应该提倡精神环保与绿色写作。

一

《南方周末》刊登过一篇题为《是谁杀害了张纯如?》的文章。华裔女作家张纯如开枪自杀，死因一般认为是精神忧郁症，但该文作者孙隆基进一步挖掘忧郁症背后的原因，得出一个“人性恶杀死了张纯如”的结论。在论述张纯如的死因之前，作者先举了另外一个例子：美国一个著名的淫魔落网之后,警方在他的魔窟里发现了大量对女性实施淫虐的刑具和自制的录像带,其丧心病狂令联邦调查员都遏止不住地呕吐。但一名叫 Rust 的女士却必须独自留在现场为证据制图。四天以后,履行完职责的 Rust 回到家里,当晚便吞枪自尽了。从人性的角度分析,Rust 的死因就是这四天当中,她目睹了太多的人性恶,人性恐怖的内囊全部对她翻上来了,人性的丑陋使她恶心,使她对整个世界都感到恶心,以至于她宁愿以死来对抗和逃避这种恶心。张纯如的遭遇跟 Rust 是差不多的,她曾经以非凡的勇气调查和揭露过南京大屠杀真相,接触过日军大量惨绝人寰的变态暴行,精神上受到极度创伤,并因此而产生悲观厌世。使张纯如悲观厌世的,把张纯如的精神击垮的,同样是人性当中的恶,人性当中的丑陋。面对这种人性恶,张纯如完全被绝望所占据了,所以她选择了自杀。人性恶的存在是必然的,只不过一般情况下比较轻微,也较少化为行动而已,作者要警告世人的是,“但它总有集中爆发的机缘,而不论多么强韧的心灵,在面对这个无边的黑暗时,都有被摧折的可能”。

这个警告令人震惊,震惊之余,不禁要反思:我们的文学应该如何面对这个问题?

性善性恶是一个自古以来争执不下的问题,但任何一个时代对于这个问题都会有一个基本的集体无意识,这种集体无意识反映了那一时代的世态人心。文学既是这一集体无意识的征候式反应,又是这一集体无意识的平衡器和导航标。简单地说,性善指的就是人性当中正面的部分,性恶指的就是人性当中负面的部分。而新时期文学自先锋派以后,一个突出的症结就是对人性负面的东西表现太多了,多到让人不得不怀疑:人真的需要了解那么多的人性恶吗?

中国文学自古就重视所谓“文以载道”的道德教化功能,这种教化功能一旦与政治相结合,便产生出强大的意识形态力量,从《在延安文艺座谈会上的讲话》到“文革”结束,中国文学的政治宣传功能空前加强,“三突出”

原则造就了大量“高大全”式的超人，并最终使“高大全”成为“假大空”的代名词。新时期以来，文学开始回到自身，“高大全”和“假大空”被摈弃。就是在这个过程中，出现了矫枉过正。表现之一就是把“真善美”等同于“高大全”，并进而混同于“假大空”，因此对于“真善美”产生本能的排斥。文学在对“高大全”和“假大空”解构的过程中不慎消解了真善美，并为真善美戴上了一副“假道学”的面具。这就为“假恶丑”取得某种可爱的面孔提供了可能。

二

新时期文学对于人性恶的迷恋是从先锋派的残酷开始的。莫言和余华都表现出对于暴虐的欣赏。莫言的写作中有一种嗜血的冲动，杀人场面写得异乎寻常的鲜活生动、酣畅淋漓，近乎狂欢，从中我们可以感觉到作者的某种过瘾情绪或代偿性满足。余华对于残忍有着病态的迷恋，那种不动声色麻木冷漠的残忍，显然具有某种表演性，更像玩酷。玩酷也是余华的话语手段，所谓“零度写作”。这种残酷的表现，与其说是在拷打人性，不如说是在摧残人性。

残酷和变态在先锋作家的文本中都是当作亮点出现的，他们愿意以这样的亮点来标志自己的作品，这是一个自觉或不自觉的策略。余华的残酷很大程度上是一种刻意，一开始他写阳光灿烂，没有足够地引人注目，后来受到某些外国作家的影响，转向写残酷，立刻使人刮目相看了。以残酷的作秀来赢得读者的策略是有其大众心理学基础的，人有时候会有这种反常合道的心理，希特勒一直拥有自己的崇拜者，而西方一个著名的玩具商，就是因为做丑娃娃而发了。莫言对于热气腾腾的暴力场面的病态迷恋也不无骇人听闻哗众取宠的故意。以酷来媚俗，如同刽子手故意在看客面前做杀人不眨眼状以赢得啧啧之声一样。列农的重金属装束曾经为一些急于标志自己前卫性的时代青年所模仿，重金属成为一种很酷的时尚，先锋作家的残酷也是一种重金属时尚。

人性恶在先锋作家的笔下，很大程度上是一种玩酷。酷玩到这个分上，是作家的悲哀，是读者的悲哀，最终，是文学的悲哀。无论善和恶都必须建立在一定的人性基础之上，否则就恶得很假，属于"伪恶"。王朔说，我是流氓我怕谁？那个流氓实际上还是假流氓，如果变成真流氓，就不好玩了。这就是伪恶。有人注意到伪善的问题，却没有人注意到"伪恶"的问题。伪恶是一种策略，因为它更容易贴上后现代的标签一炮而红。伪恶还是一种媚俗，一切故意的反其道行之都是媚俗——或者可以叫逆向媚俗？格林的《白雪公主》过于童话，巴塞尔姆便故意写一个龌龊不堪的《白雪公主》，这就是"伪恶"，这就是逆向媚俗。

刽子手的装酷可能会获得阵阵叫好，这种装酷和叫好同样是不正常的，反映出世态人心的某种扭曲。当一种不正常被认为正常的时候，正常反倒显得可疑起来，正如当不道德成为道德的时候，道德反倒显得可疑一样。因此，指出这种不正常以及匡正这种扭曲就变得十分必要。

先锋作家目前正在部分地回归，比如苏童，近年作品《白雪猪头》、《人民的鱼》、《哭泣的耳朵》、《骑兵》等，都弱化了先锋色彩，强化了现实底色，通过少年视角，表达沧桑之叹，复原了童年记忆的亮色与柔情、温暖与爱意，寄寓了特有的沉痛与悲悯，令贫瘠岁月散发出人性的光辉。苏童在写容易受伤的柔软的人性时，不仅有着对人的尊严的爱惜守护，对美好人情人性的细腻挖掘，而且在从容温和中带点伤感，令人心动。因为这份伤感来自悲悯。比较《米》和《白雪猪头》，我们对于人性应该会有不同的感悟。

对于余华、格非、北村以及自己早年实践"先锋写作"，而今回归传统的现象，苏童解释说："实际上先锋只是一种姿态。刚开始写作的人就像拍马上阵的战士，挑选诸如青龙偃月刀、断魂锤之类最吓人的家伙出阵，他们起初以最叛逆的写作姿态出现。但久经沙场之后，就不再用吓人的兵器了，他要运筹帷幄，由反叛回归平静。”这段话是非常真诚和内省的。

贾平凹对残酷不感兴趣，但他对龌龊感兴趣，他笔下近乎猥亵的性令人对他的心理健康状况感到怀疑，他拿无聊甚至无耻当有趣的惯性也让人对其格调不以为然。他是把自己的低级趣味当作一种性情和修炼了，把人性的污点当作亮点了，因此不以为耻，反以为荣。在他笔下，我们丝毫看不到人性的庄严。精神的清洁永远是审美的要旨，一个作家，必须以清洁的眼睛去看龌龊，而不能以龌龊的眼睛去看龌龊，更不能以龌龊的眼睛去看整个世界，否则，他就是一个龌龊制造者，他的写作只是对这个世界的污染，而不是对这个世界的清洁。对于贾平凹来说，目前最重要的也许不是写作，而是为自己写一份病相报告。批评界对这种精神的病相却缺乏足够的审美批判，这与其说体现了时代的宽容，不如说体现了时代的堕落。如果人性的弱点曾经作为一种新的文学质素而被批评界所接受的话，目前，对于这种弱点的达观和宽容则已经过分了。

三

欲望化写作很大程度上反映的也是人性的负面，我们的文学在欲望的洪流中已经游走得太久了。作家的非道德化倾向使种种不正当欲望失去了应有的难堪而变得当仁不让、堂而皇之，作家在展示自己的欲望甚至堕落时是何等的轻松和坦白！欲望的旗帜猎猎作响，作家在旗下充分享受着刻意张扬的快感，受伤的只有文学。比如婚外恋，许多婚外恋的本质不过是婚外性，喜新厌旧、不忠、放纵、缺乏自制、不负责任本来属于人性的负面，可是在欲望化写作的旗帜下，所有欲望都被认为是合理的，应该得到释放的，包括婚外性欲望。于是，欲望的黑烟恣意地弥漫在文本的上空，“存在就是合理”的存在主义哲学完全把作家引入了人性的沼泽。

女性写作某种程度上构成了欲望化写作最强有力的一个部分，女性写作对于恶之花的强烈推崇，对于"好女孩上天堂，坏女孩走四方"思维的积极肯定，都是欲望化的一个体现。潘金莲的历史境遇在新时期女性写作中得到了天翻地覆的改变，潘金莲欲望的张扬不仅合理合法，而且天经地义。对此，我们只能说，潘金莲可以不那么压抑，但潘金莲也没什么好张扬的。《牡丹亭》中，人性是被压抑的健康自然的欲望，而不是放肆的纵欲主义。恶之花只能炫惑于一时，终难得成正果。

就连爱情的表现，现在也变得极为尴尬而微妙。爱情故事似乎就是在千篇一律地阐释"男人不坏女人不爱"或"爱情即战争"的道理，其实这不过是重复张爱玲《倾城之恋》的腔调，并无什么新意。这是一个否定、反讽而又务实的时代，没有罗密欧与朱丽叶式的经典的爱情了，纯情的故事似乎必须带着善意的反讽或者怀恋的沧桑去写才觉得舒服。爱情本来是世间最值得仰望的一颗星辰，可是现在，魔鬼的力量过于强大，已经看不见天使的面容。

反腐小说名义上是反腐败，实际上是在欣赏腐败、卖弄腐败，它的卖点也就在这里。还有一些现代官场小说，与晚清官场小说相比讽刺的力量极其微弱，写得很阴，有一种隐忍的狠，与其说让人感觉到官场的可怕，不如说让人感觉到写作者的可怕。

凡此种种，都说明文学的"泛恶"倾向，作家普遍存在着某种神化"恶"的欲望。这种欲望又说明了什么？

人性，就是人所具有的正常的感情和理性。它本来并非以善恶而论，而是以正常来论的。思辨地看待人性，是善恶都包含，也不分先天后天的。可是在实际上，它往往还是被当作"恶"的本质来对待的，而且这完全出自一种无意识。比如张爱玲说，到处都听见人性呱呱坠地的声音。这个"人性"实际上就是倾向于"恶"那一边的。还有，写恶往往被认为具有揭示人性的深度，一谈到挖掘人性就意味着展示变态和畸形，像《米》中的五龙那样的。写善就不会被认为是揭示人性，更遑论深度。这样，人性就先在地被假定为恶的了，善意味着浅薄，恶才算是深刻，美好的人性遭到排斥和不屑，对美好人性的哂笑似乎成为某种深刻的证明。而实际上，善也是一种人性，一种深刻的人性，恶有多深刻，善就有多深刻。我丝毫不认为《白雪猪头》对人性的挖掘比《米》肤浅，但我认为《米》对人性的挖掘比《白雪猪头》偏颇。退一步说，深并不一定比浅好，这要看是怎样的深和怎样的浅，鲁迅对于小溪的清浅和烂泥潭的幽深就曾做过一个精辟的对比。

一切真善美都是人性中的善，真善美不是文学的敌人，真善美不是文学的忌讳。那种认为真善美就意味着低幼，就是对文学的侮辱的倾向是极不正常的。但这种倾向之所以形成，有它的社会心理基础。

比如，反腐败作品的卖点实际上是腐败而不是反腐败，人们看腐败看得很过瘾，认为总算看到了上层真实的一面，认为这才是真正的狐狸尾巴。而任何对于英模的宣传，人们总是本能地认为是假的，是主旋律的奉命之作。真假姑且不论，这种先在的怀疑论本身就很说明问题，说明了人心的走向。人们倾向于认为恶的丑的就是真的，美的善的就是假的。任何正面的宣传都会事与愿违地引起人们相反的怀疑，就好像面对着一道过于简单的选择题，人们总是会怀疑：不会这么简单吧？于是过度的怀疑导致相反的判断。善比恶似乎更可疑，人们对于善失去了起码的信任，正好印证了荀子所说的“人之性恶，其善者伪也”，善变成伪善了。这样的人心所向，这样的集体无意识，实在堪忧。

文学从政治附庸的时代走过以后，人们对于“高大全”与“假大空”的抵触和不适是可以理解的，但因此而走向另一个极端，排斥所有疑似“高大全”的东西，甚至把真善美和“高大全”以及“假大空”混淆在一起来加以排斥，同样会导致文学的迷失。对于人性，文学既不应该人为地拔高，也不应该人为地降低，而是要理性地面对。即便我们不准备学雷锋，也没必要反感雷锋，雷锋至少不应该是令人反感的，我们反感的是一种政治功利性，而不是雷锋所代表的这种道德价值人性价值本身。人性可以不唯美，但也绝不可以嗜丑。

对于文学，我们曾经进行过反思，但是，如果反思的结果就是一个简单的逆反，这个反思就是不彻底或未完成的，需要进行反思之反思的。当下，跟审美相比，人们似乎更富于审丑的激情，揭示人性的变态病态以及社会黑暗面的东西更易于大行其道。文学当中这种乏“善”可陈的局面的出现，有其社会和历史原因，但也有文学自身的原因，作家自身的原因。

人性恶可以写，关键在于站在什么立场上写，怎么写。文学应该表现人物形象的复杂多面性，善恶的对立统一是人性描写的必然，但如果片面地强调恶的力量，过多地阐释卑鄙作为通行证的魔力，而对高尚即便只是作为墓志铭的意义避而不谈，只有功利的较量，没有精神的较量，也看不见善恶冲突，只是一味地“恶”下去，恶得荒诞，恶得莫名其妙，那就很不正常了。没有参照没有来由的恶是可疑的，并非真实的人性。有的作家甚至以游戏主义的精神来写人性恶，把某种残忍当作一个津津有味的智力游戏，丝毫看不到人性恶的恐怖，这才是真正的“恶作剧”。作家对于恶的表现，有批判现实主义的，像巴尔扎克那样；有致力于人性批判的，像君特·格拉斯那样；有从终极信仰角度来达到人性拯救的，像托尔斯泰和陀思妥耶夫斯基那样；还有以恶的恐怖来警示世人的，像萨特那样。反映人性恶的伟大作品，至少具有一个共同的特点，那就是对于人性恶的否定。有些作家或许以为自己可以采取一个回避的策略，冷眼旁观，不做价值判断和道德判断，这实际上还是不可能的，因为，当作家在冷眼观世、傲然讽世时，自己站在哪里呢？无论站在哪里，都是一个立场。

四

人性的探索应该包括善恶两方面，善恶是文学最基本的、也是最永恒的话题，从古希腊悲喜剧开始，文学就有着善恶的较量。但是，越是简单的东西越容易被遗忘。必须承认，抑恶扬善是文学的正途。劝善是文学最原始的功利，但善本身却是无功利的，如果劝善不能成为文学的目的，那扬恶就更不应该成为文学的目的。恶的表现最终应该指向罪的认识，让人们警惕恶，消除恶，从而达到一个善的目的。只有这样，写作的意义才能被升华。如果只是单纯地传达恶，并且不仅不以恶为恶，反而放纵恶，欣赏恶，把人性的迷失当作深奥，那就失去了文学的正常品质，构成了对文学目标的悖离。劝善惩恶在文以载道的时代对于文学曾经是消极的，但在文学日渐“扬恶”的态势下，它应该被重新提起了。

作家对于人性的表现不仅是一个认识问题，而且是一个情感能力问题，或者说，不仅是技巧问题，而且是信仰问题。有些作家之所以对恶的表现充满激情和张力，对善的表现却显得稀松乏力，就是因为自身的情感能力和精神信仰不够。自己都不相信的东西，怎么让别人相信呢？自己都打动不了的东西，怎么去打动别人呢？有些善之所以写得很假，就是因为作家本身并不真正相信自己所表现的那种善，当然也就没有人格力量去驾驭它了。文学的精神水准应该高于社会的平均水准，文学不能成为毁坏社会精神健康的最后一种病毒。要想传播健康的精神，作家首先必须拥有健康的精神。如果一个作家自己的内心就是阴暗的，那么，当他去揭示人性的阴暗面时，实际上就相当于把发霉的东西拿到梅雨天晾晒，只能更霉。作家内心如果没有阳光，最好少触动社会的霉点。

修辞立其诚，作家本人的人格力量就像武者的内功一样，是非常重要的，人格力量不够，底气就不足，作品就撑不起来。中国文学的贫血，反映出来的并非是技术上的匮乏，而是精神底气的匮乏。我们的心中没有神，没有深厚的宗教情感，没有支撑灵魂的信念。宗教情感并不等同于宗教信仰，不信宗教的人仍然可以有宗教情感。人的心灵中可以没有宗教，但不能没有宗教情感，宗教情感就是我们心中的神。善可以成为我们的宗教情感，善是全人类的宗教。

善是人类对于自身的最大的体恤。善之所以为善，就在于它能够提供给人们一种精神的愉悦。善和美的持守之所以值得，首先就在于它是对持守者的一种滋润、抚慰和照亮，如同春风化雨。慈善对于施予者的意义就在于它能带来道德愉悦，所以它同样也是施予者的一种需要。

善是人类对于自身的永恒的肯定。善对于善者的最大的善意和回馈在于它可以使人爱自己、肯定自己，给人一种灵魂的定力，使人在良知遭受质疑的时候能够免除内在的不安而代之以一种踏实。自我肯定对于一个人来说非常重要，很大程度上，它决定了生命的内在质量。

善不是一种神性或超人性，它正是一种人性。也许有人会说，真正深刻的文学拒绝廉价的善良，只有庸众才需要从虚假的幻象中获得低级的安慰，因为他们受不了幻象背后的真实。这一说法本身就暴露出它的问题，善良为什么一定是廉价的、虚假的呢？谁能说冉阿让的善良是廉价的，虚假的？联系到张纯如的死因，我们更应该明白，人性恶对于人心的戕害可以达到什么样的严重程度，有时甚至是毁灭性的。曾经，这个地球上的主人并不是人类，而是恐龙；恐龙之所以会灭绝，据说不是因为别的，而是因为它们自身，它们自身所排放的气体把自己毒死了。现代人正在享受着汽车带来的便利，但同时又被汽车尾气所污染和窒息，实际上，正是人自己异化了自己。人性恶也是一样，人性悲剧的最终承受者是人类。为自身的人性恶所异化和毁灭，不应该成为人类的宿命，为此，我们必须呼唤人性的善意与关怀，为人性打开一扇窗，以避免人类心灵的自戕。

人类对于人性恶应该保持足够的警惕，二战期间的纳粹兽行已经向人类证明了人性恶的集体无意识是多么可怕，而今日本对于侵华战争的态度更向人类证明了这种纳粹人性是多么积重难返，人性的建设仍然亟待进行。正因为失控的人性对于人类的践踏是可怕的，我们才必须看管好人性的魔鬼，反抗人性恶，拒绝那种把张纯如杀死的悲观和绝望。

人性恶不仅是对于人心的戕害，还是对于文学的戕害。文学目前之所以低迷，很大程度上就是因为它已经不能提供人们心灵所需要的那种东西了。如果当人们需要一种精神力量的时候，打开所谓的文学作品，扑面而来的却是腐烂的气息，让人更加心灰意冷甚至悲观厌世，那么，人们为什么还要热爱文学呢？这样下去，文学等于把自己送进了垃圾桶。文学不是为了创造人性的地狱，而是为了创造精神的家园；文学不是对于人性的砍伐，而是对于人性的抚慰；文学不是为人们营造黑暗，而是让人们看到光明的出口；文学不是对于恶的放纵，而是对于恶的超度；文学不是围困人们的精神，而是疏导人们的精神；文学不是为人们创造洪水，而是为人们制作方舟；文学不是让人们厌恶这个世界，而是让人们爱上这个世界；文学不是让人类鄙弃自己，而是让人类肯定自己。如果时代在糜烂，文学更应该以一种清洁的精神去打捞沉沦的人性，而不是给这个不健康的机体传播更多的病菌，使其更加恶化。文学作为一种精神生产力，存在的意义就在这里。也只有这样，文学才能拯救自己。

很多人都承认张爱玲是一个天才，可是，她却很难进入大家之列，根本原因在于，她只能写病态和变态，她写不了健康的人性和人生。张爱玲敏锐的洞察力往往只体现在对于人性恶的发现上，她对于病态和变态有着奇特的敏感，一眼扫过去，人性之恶必尽收眼底。张爱玲对于人性的洞察令人叹服又令人遗憾，因为，她洞悉的只是人性当中的恶，善基本是她的盲点。还有，因为她是蚌病成珠，以异常看异常，所以那种内在的幽深和张力，生活的逼仄，人性的逼仄，人与人之间看不见的刀光剑影，写来令人窒息。那种生活其实是非常可怕的，可是，以她的冷眼观世，写来却不觉得有什么，超然，冷漠。说到底，她对于人世已经丧失了起码的悲悯情怀。这使她对于人性的建树到底有限。

医生面对病灶可能有着职业化的坚强，也可能有着职业化的兴奋，但不管是坚强还是兴奋，医生的最终使命是医治疾病，而不仅仅是观察和描述疾病。晚清官场讽刺小说之所以不能与四大名著相提并论，就是因为它流于讽刺而已，没有更深层的精神担当。也是在这个意义上，阿瑟·米勒永远不能构成文学的经典和主流，因为他只是流于反叛，没有更高的精神建树。卡尔维诺的笔下有欲望、竞争和罪恶，但也有自我的肯定和归属、伦理道德的抉择，以及对于人性真理的好奇，一切探究都围绕着人应该如何生活，都指向一种建设性，有破有立，能破能立，所以他伟大。在一个充满破坏的激情、建设的惰性的时代，卡尔维诺的写作是一个很好的参照。

沈从文的湘西小说之所以富有艺术价值，就在于它不仅是一种清新明朗的自然美，更是一种和谐健康的人性美。人性的优美比其他一切优美都重要。巴金的作品也许不那么深刻，但它的难能可贵在于它有一种实实在在的人性的审美，那就是爱和真诚。爱和真诚是一种美好的人性，这种美好来源于自律、自觉而不是放纵、放肆。人性有复杂、刺激的一面，也有纯正、安稳的一面，巴金就体现了后一面。

恶之花结不出善之果，对于恶的抑制就是对于善的培养，多提供一些美好的东西是一种善行，多接触一些美好的东西则是对自己的善待。生活中不是缺少美，而是缺少发现美的眼睛，作家们不能放弃这种发现。现在偶尔也还能看到一些作品，让人感动于人性的美好，但内容却是关于过去年代的。作家还能不能从当下生活中发现这种人性的美呢？

文学不能丧失照亮人心指引人心的那种光辉和力量。文学应该为人性导航，向着真善美永远地航行。在一个无所不破的时代，文学更应该为人们指点迷津，改善和提升人们的精神质量，带领失陷的人心走出泥泞。为了建立健康的精神生态和文学生态，我们应该提倡精神环保与绿色写作。

中国原创图画书的“短板”

刘绪源

儿童图画书的阅读对象，以二到六岁为主，这正是需要想象的年龄，也是耽读童话的年龄。这一年龄段孩子的现实感也在增强，所以也需要读现实性的作品。但这时最主要的阅读，还应是童话类、想象类的，这将有助于他们想象力的生长，过了这个时候就再也没有这样的阶段了。看西方图画书，想象的、非现实的、童话类的作品所占的比重，是非常大的。再来反观还处于起步阶段的中国原创图画书，我们惊异地发现：它们恰恰是以现实题材为主的——写实的、写乡土民俗的、写普通日常生活的，比例至少在50%以上。参加评奖及获奖的作品也大多是这类题材。这是为什么？

以“信谊”图画书为例

无可否认，在图画书的引进、创作、出版上，起步于台湾的“信谊”系统历史最久，贡献也最卓著，故本文以信谊图画书为例。

在亚马逊的网站上，有信谊图画书的书目、广告和销售情况。书目很长，我们先取其前面20本：

1. 猜猜我有多爱你（64——此系卖家数，下同）；2. 逃家小兔（46）；3. 我的地图书（4）；4. 小阿力的大学校（9）；5. 小鸡萝丝去散步（17）；6. 爷爷一定有办法（65）；7. 棕色的熊，棕色的熊，你在看什么？（4）；8. 爸爸，我要月亮（23）；9. 小猫头鹰（9）；10. 好饿好饿的毛毛虫（29）；11. 花城（24）；12. 我的名字克丽桑丝美美菊花（5）；13. 你喜欢（9）；14. 打瞌睡的房子（9）；15. 天空为啥是蓝的（21）；16. 下雨天（5）；17. 巴士到站了（3）；18. 驴小弟变石头（21）；19. 月下看猫头鹰（7）；20. 小蓝和小黄（21）

在这20种书里，真正按现实尺度写日常生活，也就是属于小朋友们的生活故事的，严格说只有4种，即：第4、12、16和19。这在上述引进版图画书里，占了五分之一，即20%。

但还有一些，也是写小朋友的生活，只是写法上不那么严格写实，而有一种夸张的类似民间故事的写法，同时又穿插了一点童话的内容，比如第6和14，也勉强可算，当然这两种在“写实”程度上还是不同的。然而，即使把它们一起算到日常生活故事中去，这样的书也才6本，占了20本中的30%。

我以为，这样的比例，是比较合理的，这也比较准确地体现了引进版图画书中现实题材的比重。即：20%~30%的图画书是写现实生活的，是接近小说类的；其他则多是幻想型、童话型、海阔天空、充满想象的。即使这些写日常生活的故事，其实也是不太寻常的，不是写普通生活，而往往是写生活中少见的、反常的、极能引发孩子想象力的事。

再来看信谊的原创图画书。信谊在原创图画书的组织工作和评奖、宣传工作上所花的力气非常大，成绩也有目共睹。我手头没有关于它的原创图画书的完整资料，所以还是从网上搜——我相信这种随机搜得的结果有一定代表性。首先搜到的是“信谊原创图画书系列8种”，抄录如下：

1. 求雨;2. 夜莺;3. 一园青菜成了精;4. 驿马;5. 宝儿;6. 团圆;7. 躲猫猫大王;8. 漏。

如果作一点粗疏的题材上的分析的话,那我觉得,这里边,民间、民俗的分量很重,乡村生活气息很浓,如《求雨》《团圆》《躲猫猫大王》等都是写农村或小镇生活的,《宝儿》和《漏》有民间故事的风味,《一园青菜成了精》几乎就是生动夸张的民谣。这里能称为童话的,可能只有《驿马》和《夜莺》,而《夜莺》是根据安徒生童话改编的,所以严格说还不是完全的原创。作为写实的,写小朋友生活的故事,这8种中有3种,即:1、6、7。这样,写实故事占了40%略弱。

我因手头还收集了一些信谊原创图画书,网上也能找到一些,略作罗列,计有6种:

1. 小鱼散步;2. 葡萄;3. 门;4. 进城;5. 妈妈,买绿豆!;6. 爸爸去上班

这里,也有3种是严格意义上的小朋友生活故事,即:1.《小鱼散步》;3.《门》;5.《妈妈,买绿豆!》。另一本《爸爸去上班》是写小朋友对爸爸上班时的遭遇的想象,是一种心理过程,与前三者有所区别。《进城》是民间故事式的作品。《葡萄》则带有童话色彩。这样,现实生活故事在这6种书中,又占了50%。

我们可以说,不管从哪个角度看(这包括台湾和大陆的地域角度,也包括出版书籍总量的角度或得意之作的角度),在信谊的原创图画书中,写实故事的比例是相当高的,大致在50%上下。但严格统计的话则要在一半以上,因为即使不是这样的故事,真正充满想象、合于童话性质的,比例非常低,有很多则属于"准生活故事",其实还是接近于写实的。

拿上面提到的原创图画书的书目,和再上面的引进版的那20种书的书目比一比,我想,它们在题材、样式、品种上存在什么差别,是一眼就能看出来的。

“一个世界”与“生存的智慧”

并不是说日常生活故事不好，事实上，上述的书中有几本，真是非常好。如《妈妈，买绿豆！》，写母子间的感情，写出了日常生活中两人积极愉快的配合，儿童的急切与母亲的体贴都画得细微感人，还写出了儿童对种植的向往，这是童心通往大自然的起点，它点燃了普遍童心中幽深美好的火种。《小鱼散步》通过对小女孩细致的观察，写出了女孩外出时心理和行动的隐秘细节，一段看似平淡的买东西的过程居然没有一点审美空白，生活气息浓郁，人物跃然纸上。应该说，它们也是一流图画书。然而，不能因为部分个体的质量不低，就否定总体布局上还存在问题。有时候，成功也会引出负面的结果，信谊的原创图画书的路子很可能和早年《妈妈，买绿豆！》的成功有关（它初版于20世纪80年代后期），此即现在人们常说的“路径依赖”。

其实上文所说的问题，并非只信谊一家专有，其他创作出版图画书的机构同样存在这些问题。比如在中国推出过大量极优秀的图画书的蒲蒲兰绘本馆，它所参与组织的中、日、韩三国共同创作的“祈愿和平”绘本系列，共有十几种（姚红的《迷戏》也是其一），几乎全部是写实故事。蒲蒲兰在中国和日本同时出版的第一本中国原创图画书，即周翔先生的《荷花镇的早市》，是一幅展示乡村早市风光的风俗画长卷，这里虽有儿童却没有故事，读下来的感觉就好像真的到乡村市场走了一圈，虽然画面精彩、细腻而有装饰性，但我认为它更接近于年画，我个人并不认为这是成功的儿童图画书。

这种侧重于写实的倾向，也并非只在中国才有，在韩国和日本也都存在，虽然程度有所不同。相比较而言，信谊出版的原创图画书中，侧重于想象力、属于童话类的作品，还算是相对多一点的。

大约二十年前，有一次和松居直先生闲聊，说起中国家长太重实用，都逼着孩子埋头功课，松居直说了一句意味深长的话："这不光是中国的问题，整个汉字文化圈——包括日本、韩国、东南亚等——都有这问题。"我以为"汉字文化圈"的提法很妙。很可能，图画书布局上的过于写实，也与"汉字文化圈"有一定关系吧？

汉文化与世界上的其他文化相比，尤其与西方文化相比，有一个最大的不同，就是它没有宗教，因而更关注现世，关注日常生活，在多数人的心中只有"一个世界"，即我们看得见摸得着的日常的现实的世界，而并不真正相信还有"天国"。所以，古代成语中"一人得道，鸡犬飞升"的本意，是指得道的人舍不得现实世界中的鸡、犬等，在飞升天国时把它们一一带上，这样他到了天国后过的其实还是这个世界的日常生活。李泽厚先生把这种文化思想特征概括为"生存的智慧"，以区别于西方文化的"思辨的智慧"。这样的文化当然有它的利弊两面，本文不拟展开讨论，但它对于艺术思维的影响，很可能也局限了我们的图画书的创作。

因为受这种"生存的智慧"和传统习惯的积极影响，我们的表现日常儿童生活的图画书很可能达到了西方图画书所达不到的水平，在这一品种中创出了自己的特色。这是值得我们自豪的。但同时，我们也不能不看到我们在样式、风格、品种上的单调；而且还须看到，写实的图画书有时也存在自身的问题和不足。

孩子爱看孩子，但不爱看熟悉的环境

记得在和美国的儿童电视制作所（CTW）合作中国版《芝麻街》时，有一位美国的专家提醒我们："请注意，孩子最爱看的还是孩子。"这是他们在进行大量的量化研究后得出的结论，事实证明确是一项可靠的成果。当屏幕上同时出现很多画面、很多形象时，儿童最注意的，大都是其中自己同类的形象，他们最关注的还是儿童的命运。这一结论给我的启示可以说是震撼性的。但以后，我在观察中又发现，虽然儿童爱看儿童，但儿童并不爱看自己所熟悉的环境，他们总是希望看到新的环境，强烈渴望到室外去，要看未见的东西，对新奇之物盯住不放。把这二者结合起来，使我意识到，我们切不可误解了那位美国同行的结论，以为既然孩子爱看孩子，那就一定爱看他们平时司空见惯的生活；其实他们更爱看的是同类——或与自己相似的异类，即那些虽然不是孩子却有着浓浓的童心童趣的童画形象——在一个全新的、陌生而奇异的环境中，演绎一个个有趣的故事。而且这样的故事，最好是不平淡的！这里隐寓着一种十分积极的人生奥秘：小而言之，孩子正是在这种求新求奇中成长的；大而言之，整个人类正是在这种求新求奇中发展的。正是从小而来的这一天性，推动着人类的创造性发展——为什么大科学家大艺术家往往是在很年轻的时候创出成绩的？为什么创出成绩的大科学家大艺术家往往到很晚还保持着自己的好奇的童心？我以为，奥秘就在这里。

再说几句题外的话。现在不是有很多人热衷于“建构论”吗？说一切都是人为建构出来的，伟大的尼尔·波兹曼我觉得也部分地上了这种理论的当，他在《童年的消逝》中说到“童年的发明”时，就以为童年是十六世纪的思想家们发明出来、建构出来的。但后来，事实证明，童年并未消失，这也反证，童年是本来就存在的，并不完全是由那些理论家发明的。比如现在我们就看到，儿童爱看儿童，包括儿童不爱看自己的环境，这难道是谁发明的，或建构出来的吗？不是，这是天性，是人的本性，或者也可说是本质！不是要完全清除建构论，但建构论只能是本质论的一种补充，一种再推进，而不可能是取代。学前教育界有句名言，“一两遗传胜过一吨教育”；我们也可把它理解为：一吨建构理论，抵不上一两本质！当然，这不是要全盘否定建构论，我的意思是，建构论不足以消解本质论，建构论只有在承认本质，在和本质论互补时，才有存在的价值。

说了这么多,有一点还没有正面讨论,这也许是个令人不愉快的话题,但这也是本文的结论,那就是:创作,或组织创作童话类的、想象性的、更为新奇更为有趣的图画书,这会不会恰恰是我们中国儿童文学或文化、艺术工作者们的“短项”,或者说是发展中的“瓶颈”呢?——正如创作写实的图画书,很可能恰是我们的“长项”一样。但既然,全世界的儿童都同样地需要想象类的作品,并不因为他们是“汉语文化圈”的孩子,就应剥夺这需要,那么,这里如果真的存在“瓶颈”的话,我们就应该突破它。

此“村”非彼“村”
——《红楼梦大辞典》增订本商榷一则

邓牛顿

冯其庸、李希凡先生主编的《红楼梦大辞典》(增订本)由文化艺术出版社出版了,这是一件好事。然而放在红学研究的广阔视野中来考察,其可商榷质疑之处尚多。这里仅就其中方言“村”字的理解奉献一点个人意见。

《红楼梦》里的“村”字,确实有点麻烦。“村”作为动词,出现在两处——

第63回:(众丫环准备替宝玉过生日)宝玉听了,喜的忙说:“他们是那里的钱,不该叫他们出才是。”晴雯道:“他们没钱,难道我们是有钱的！这原是各人的心。那怕他偷的呢,只管领他们的情就是。”宝玉听了,笑说:“你说的是。”袭人笑道:“你一天不挨他两句硬话村你,你再过不去。”

此处,红研所校注本基本上采用了甲辰本、程甲本的文字,没有用庚辰本。择其善者而从之，当然正确！查庚辰本“村”作“蠢”，旁改作“撞”，其他诸本相类似。

第62回：湘云便用筷子举着说道：“这鸭头不是那丫头，头上那有桂花油？”众人越发笑起来，引得晴雯小螺等一干人都走过来说：“云姑娘会开心儿，拿着我们取笑儿，快罚一杯才罢！怎么见得我们就该擦桂花油呢？倒得每人给瓶子桂花油擦擦！”黛玉笑道：“他倒有心给你们一瓶子桂花油，又怕挂误着打窃盗官司。”众人不理论，宝玉却明白，忙低了头。彩云心里有病，不觉的红了脸。宝钗忙暗暗的瞅了黛玉一眼。黛玉自悔失言，原是打趣宝玉的，就忘了村了彩云了，自悔不及，忙一顿的行令猜拳岔开了。

这里，摘录的是人民文学出版社1973年的版本(《前言》，李希凡)，文字基本上采自程乙本。而当今红研所校注本采用的是庚辰本：“黛玉自悔失言，原是趣宝玉的，就忘了趣着彩云。”

查己卯本作：“黛玉自悔失言，原是打趣宝玉的，就忘了趣着彩云。”南图本作：“黛玉自悔失言，原是讥宝玉的，就忘了打趣着彩云。”甲辰本作：“黛玉自悔失言，原是趣宝玉的，就忘了彩云。”梦稿本作：“黛玉自悔失言，原是趣宝玉的，就忘了村了彩云了。”梦稿本此处“村了”是旁改的，显然有其他抄本作为根据。我以为人民文学出版社1973年版的文字处理是正确的，此处程乙本综合了己卯本和梦稿本的优点，更接近于原始作者的写作风貌。

各本之所以有文字上的不同，皆在于对这个“村”字的方言语义不甚了解。即便在今天，各家注释亦多有差异——

人文1973年本：第62回注曰，用不好听的话伤人，叫做“村”。

红研所2008年本：第63回注曰，粗俗。这里作动词，顶撞之意。

裴效维全解本：第62回注曰，奚落，讥诮，挖苦。第63回注曰，奚落、讥诮。

蔡义江新注本：第62回同庚辰本。第63回注曰，数落，说话使人难堪。

应该说，各家所注大体上符合《红楼梦》原始作者描写的语境中的语意，虽然在准确度上尚有高低之分。唯有红研所校注本可商榷之处则甚多。此刻抄出《红楼梦大辞典》增订本中关于“村”的条目，因为这是专家们截至2010年4月12日的最新研究成果——村：粗俗。有时作动词用，有冲撞、冒犯的意思。63回：“你(宝玉)一天不挨他(晴雯)两句硬话村你，你再过不去。”26回黛玉哭道：“外头听了村话来，也说给我听。”村话：即粗俗的言语。

记得周汝昌先生讲过，小说中的方言有时不得已，会采用“以音记字”的方法。确实，在一时找不出准确表意的对应字或词时，这是没有办法的办法。《红楼梦》第62、63回中的“村”，即是“以音记字”的典型例证。也就是《红楼梦大辞典》中专家们所说的“借字”。

“村”，我可以负责任地说，这是一个湖南方言用语。我少年时代在长沙城乡生活多年，对“村”字的理解有相当的熟悉程度。据我调查所知，现在这个“村”字尚活跃于群众的口语之中，有顶撞、责怪、诘问、反驳等等语意。

不过，此“村”非那“村”也！村庄、村女、村话之类的“村”与方言动词的“村”相距十万八千里，用吴方言表达，就是“不搭界”。将以音记字(即借字)的“村”字的语意与常规用字的“村”字的语意搅混起来，红研所专家们似有“望‘字’生义”之嫌！

请专家们仔细品味一下，看《红楼梦》第62、63回中的相关之处，黛玉的言行和晴雯的言行到底与“粗俗”有无关联？不过，诸位会不会遭到晴雯的抢白或黛玉的嗔怪，实实难以预料。一笑！

影视病到“烂”：为什么？怎么办？

周思明

盘点2012年的影视，给我的印象是八个字：病相严重，乱象纷纷。而对这病相、乱象的精辟概括，直言不讳地讲，那就是一个字：“烂！”尤以号称最为亲民、最为普及的艺术形式的电视剧为最，电影作为影像艺术的龙头老大居然也难避同流合污之嫌。我这样说，决非故意“酷评”，或全盘否定。总体上看，好的和比较好的肯定有，但很遗憾，不多，甚至可以说，很少。

我这样说，是言之有据的。据中国首届电视剧编剧讲坛透露，2012年上半年，800部国产电视剧收视率破1的仅占5%。此消息一出，引起人们热议。究竟是何原因，导致电视剧九成收视率低于1%？国家一级作家、著名编剧中夙尖锐地指出：急功近利已成电视剧制作的一个顽症。他认为，造成烂剧多的原因不少，编剧有责任。但让编剧担当重要责任不符合常理。一部烂剧与制片方、编剧、导演、演员都有关系。即便是编剧的原因，可制片方为什么要选择这样的剧本拍摄？为什么不选好剧本？那是制片方的水平问题。

再以电影为例，不唯2012年度，包括之前的电影，收视不俗的电视剧《青盲》，张海峰从入狱动机、越狱过程等多个桥段都让人不禁想到极类似美剧《越狱》和电影《肖申克的救赎》。从小成本影片到票房口碑俱佳的国产影片，屡屡被发现“照搬”国外影片，《将爱》《让子弹飞》等大批影片都在“照搬”名册之中。

一、烂片太多成怨府

烂片太多，几成怨府。一个致命原因就是，匮乏原创，抄袭成风，人为提速，匮乏耐心。《青盲》在某省卫视的一个新闻发布会上，主演刘向京代替缺席的编剧回应“抄袭”质疑道：“借鉴一下不等于抄袭吧。与《越狱》中的迈克相比，张海峰能把所有关键线索都记在脑子里，智商更高一些。而且我们的集数比《越狱》第一季长很多，还有很厚重很精彩的感情戏。”这样的“说明”，怎么听都显得非常苍白，也极其乏力。人们不禁要问，国产影视剧怎么了？我们的影视剧主创队伍怎么了？难道整体上的国产影视剧创作队伍从将军到士兵都罹患上了“原创匮乏症”？“创作焦虑症”或“复制瘾君子”了吗？

烂片太多，深层原因，乃是利益作祟，道德失范，争名夺利。在这样的综合背景下，当下80%的编剧创作剧本时，均是在制片方“委托制定”下完成的，为满足制片方的要求，在剧情上模仿热播剧、在情节上不吝粗制滥造，这成了许多编剧的无奈之举。热衷于闭门造车天马行空，主创者已经不在乎审美底线，道德底线，良心底线，他们不是写自己有感而发的生活积累，而是肆无忌惮地公然违背基本的艺术创作规律。有的一线编剧为追求利益最大化，雇用枪手，自己只挂个名，只要其中含有能够吸引观众眼球的时尚元素（通常是美女+暴力+阴谋等等），不惜使剧本陷入粗制滥造的“最烂”泥潭。

二、好剧本“明珠投暗”

烂片太多，多是匮乏好剧本。但更为可悲和吊诡的是，即使有了好剧本，也不等于会有好电视剧，反而是“明珠投暗”。在电视剧生产过程中，好剧本被改成和拍成烂剧几乎成为一种常态。个中诡秘，其实不难破解：一个剧本，有时要耗费编剧几年的心血。但别有所图且自作主张的有些导演，压根不跟编剧商量，只消大笔一挥，便改成一个违背编剧意愿但符合导演或制片人意图的剧。诸如此类的例子，很容易举出。比如，电影《白鹿原》原本基础雄厚，但被改成“田小娥传”式的影片，主题和主干全然与小说原著不同，以致招来观众议论纷纷。电视剧《悬崖》的结尾，就被导演改成编剧不想要的结尾。电视剧《平原烽火》中，八路军战士个个站着打枪，就把趴在房顶上防守的汉奸们打得屁滚尿流，显得细节十分虚假和可笑。如果把拍电视剧比喻成盖大楼，那么编剧是打地基的，把大楼盖成什么样，如今已不是编剧所能掌控。以前拍电视剧，制片方、编剧、导演、演员常在一起碰一碰，磋商、研究这部剧怎么拍。现在不一样了，为了加快资金周转，快速收回投资成本，乃至赚取快钱、大钱、热钱、洋钱，主创人员之间乃是各自为战，打一枪换一个地方，且不能放空枪，且谁是老大谁做主。他们已经没有时间和耐心聚拢在一起"如切如磋"，打磨精品，主创者们坐在一起认真研究剧本的景象，对于当今的影视剧生产来说，已然成为一个奢望，一枝昙花，一种难以呈现的愿景。

必须承认，当下这个时代，是各种各样的文艺形式大发展大繁荣的时代，这也是人民群众欢迎和期待的，有很多内容可供编剧和导演去发现、表现。可是，在市场利益这条疯狗的追撵之下，许多编剧和导演完全抛弃了严肃认真的创作态度和立场，在利益这把达摩克里斯之剑的威逼利诱之下，他们狂欢于在历史中戏说，陶醉在尔虞我诈的宫廷阴谋中做戏，恣意于在血雨腥风的江湖中行走。在票房和收视率的操控下，目空一切的帝王将相，酒色财气的巨贾富商，争权夺利的达官贵人，无所不能的硝烟英雄，逢凶化吉的谍战豪杰，以及争吵不断的婆媳夫妻等等，这些让人怎么看都觉得虚假造作的屏幕形象，像阴霾一样笼罩着、充斥着我们的电视荧屏。在许多人眼中，电视剧到了可有可无、浪费时间的地步。电视剧收视率破1的仅占5%的惊人乱象决非空穴来风，实乃正常。

三、他山之石可攻玉

为了还受众一片健康美好的荧幕天地，在影视剧创作生产环节上，有必要重温列宁的教导：学习、学习，再学习。比如韩国非常注重影视剧生产制作，韩国的家庭剧，拍得温馨柔情，美善可人，没有我们的荧屏经常出现的“不打不成家”、“不闹非婆媳”、“不掐不夫妻”的乱象，人家的确是把影视剧当做事业去做，当做荣誉去搞，当做经天纬地的千古大事去经营。在这样的良好动机下，制片方、编剧、导演、演员等相关人员常常友好、耐心、宁静、认真地荟萃聚集，“奇文共欣赏，疑义相与析”，彼此都拿出诚恳的态度，为一部部电视剧把脉——电视剧究竟应该怎么拍、为谁而拍？韩国的影视创造精神，值得我们很好地学习。制片人、导演和演员，只有心系群众、表现群众，把自己当做群众的忠实代言人，其创造出来的影视作品才会获得群众的认可。

国外优秀影视剧的制作过程，从立项到完成，人家是怎么做的，人家好的编剧是怎样叙事怎样刻画人物的，人家的制片人是怎样运作的，都值得我们认真学习。甚至可以请好莱坞的团队过来从头教我们。我们很多影视人总是自我感觉良好，总是喜欢那种夜郎自大的状态，甚至根本不把好莱坞放在眼里，说是好莱坞也有烂片，以人之短比己之长，甚至自己已乏善可陈、无长可比，还在那里拼凑、复制、胡侃、乱编。当今影视剧制作界，利欲熏心，罔顾艺术质量，忽略观众感受，一心制造“黄金屋”，哪管脊梁被戳破。积重难返，治理起来必须下很大的气力，但又不可蛮干，所以，应该发挥上边和下边、政府与民众等多个层面、多种措施，才能奏效。

四、须下猛药以治“烂”

当然，仅仅学习是不够的，对一意孤行、不思改进者，对质量低下的影视剧烂片，必须采取相应的治理措施。换言之，遏制影视剧过烂趋势，必须下猛药。有研究者认为，烂片的泛滥也有资本的推波助澜。以电影为例，目前参与投资国产电影的主要包括四类资本。首先是国有资本，这一度是国产电影的唯一资金来源。但近年来，国有电影集团的业务重心不再放在制片环节，而放在更容易赚钱的发行、放映和影院地产业务。目前市场上的大部分国产电影，是由诸多行业外热钱投资的，这些热钱流动性很强，很大程度上带有“玩票”或“赌博”性质。虽然这些项目的投资额很低，但往往50%乃至70%以上的成本都用于支付明星片酬，而投入创作和制作的资金就非常少了。于是他们就利用明星来炮制一些粗劣的喜剧片、恐怖片，靠透支明星的信用来招揽、欺骗观众。

因此，要让国产影视更健康地发展，还需更多良性资本支撑。国产影视要成为真正面向市场的主体，有必要鼓励一些发展比较健康的影视文化传播公司上市融资，并建立起一整套促进国产影视项目与金融资本对接的制度，包括完片担保制度、更为规范化的制片和财务管理制度等，让金融资本真正能像华尔街对好莱坞的支持那样，在中国影视业中发挥杠杆作用。

其次，还可按照网友的建议，有相关权威机构或民间文化机构或网络机构每年举办一届年度十大最差影视片（烂片）的活动。这个活动可以仿照百花奖的形式，完全由网友投票，专家可以参与或不参与投票，投票结果，建议在全国各大媒体刊发，令其家喻户晓，妇孺皆知，就笔者所见，网上就曾有这样很有意思的评选活动，该活动完全由网友发起和进行。据网民描述：评委会介绍说，我们的口号是没有更烂，只有最烂。颁奖典礼尚未开始，现场就已座无虚席。市区以及郊区的烂西红柿和臭鸡蛋被抢购一空，有的观众是从另一城市赶来的，天不亮就开始排队买票，只想一睹“烂片之王”的风采。在此项活动中，根据三大门户网站的投票，《西游记后传》从众多烂片中脱颖而出，不幸成为该届的“黑马”。成了“最烂”的黑马，试想一下，摘得如此桂冠的影视制作人，其前景还会好吗？

五、关键在“文化自觉”

按照马克思主义经典作家的论述，包括影视剧创作在内的一切文艺作品的生产，都需要严肃端正认真的态度，都需要较大的历史深度、思想厚度、社会广度与精湛考究的审美艺术高度的完美结合。这一条，应该说是超越任何时代的不变法则。什么时候主创者们践行了这个法则，什么时候就能产生让受众满意和感动的文艺作品。反之，眼睛只盯住市场、票房、收视率、人民币或美元，违背审美艺术规律，跌破文艺工作者的道德伦理底线，丧失知识分子的基本良知，当然会对令群众反感的烂片麻木不仁、无所顾忌。

当前影视剧烂片太多，分析起来，笔者以为，是主创者们缺乏起码的“文化自觉”，低估了受众的文化水平、审美水平和思想道德水平。实际上，广大观众对境界低俗乃至恶俗的影视剧从来就没给过好脸色，是深恶痛绝的。反之，对境界高尚、审美出色的影视剧，任何时候都只嫌其少，不嫌其多。换言之，减少和杜绝影视剧烂片，文化自觉意识必须强调，进步的范例应该力倡。在这方面，美国电影《泰坦尼克号》和国产电影《一九四二》给出了正面的例子。

检视 2012 年国产影视剧，仍是跟风不断，复制成瘾，原创匮乏，好剧难寻。以极为盛行的家庭剧为例，《媳妇的美好时代》刚走红，加上各种前缀后缀的“美好时代”纷至沓来；《婆婆来了》以后，紧跟着是《丈母娘来了》、《前妻来了》、《继父来了》，七大姑八大姨你方唱罢我登场地从四面八方全都“来了”，直看得人们应接不暇、目瞪口呆、心烦意乱、审丑疲劳。如此这般的影视剧制作乱象与僵化呆板思路，是创作者之耻辱，令广大受众反胃和厌烦。面对人们的怨怼与责难，试问有关人士，你们难道不为之脸红吗？

从赵本山到"小沈阳"
——喜剧理论的阙如与喜剧批评的迷失

石凤珍　熊元义

■ 中国当代文艺批评界很少从中国当代喜剧艺术实践出发，认真总结中国当代喜剧艺术的基本规律并在这个基础上进行中国当代喜剧理论的建构，而是援引其他理论批评中国当代喜剧艺术。中国当代文艺批评界对赵本山的喜剧艺术的批评不是"捧"，就是"棒"，深刻地反映了中国当代喜剧界喜剧理论的阙如与喜剧批评的迷失。

著名喜剧演员陈佩斯曾指出：中国当代喜剧界基本上没有喜剧理论。在提出中国当代喜剧理论空白论的同时，陈佩斯还深入地探究了造成这种中国当代喜剧理论阙如的思想方法根源。陈佩斯认为，喜剧演员的表演是有一定的物质的、科学的规律可循的。可是，我们却常常把这些艺术行为归为意识形态，有意无意地把它当成不可捉摸的东西，从而造成了在理论与实践上不科学的思想方法。这是振聋发聩的。的确,中国当代文艺批评界很少从中国当代喜剧艺术实践出发,认真总结中国当代喜剧艺术的基本规律并在这个基础上进行中国当代喜剧理论的建构,而是援引其他理论批评中国当代喜剧艺术。从中国当代文艺批评界对赵本山的喜剧艺术的批评中足以看出,中国当代喜剧界喜剧理论的阙如与喜剧批评的迷失。

作为中国当代娱乐文化的领军人物之一,赵本山在中国当代喜剧艺术发展上取得了不可小觑的艺术成就。中国当代文艺批评界应该从赵本山的喜剧艺术本身出发,认真总结其得失,从中吸收有益于建构中国当代喜剧理论的成分,而不是简单地捧杀与棒杀。然而,中国当代文艺批评界却没有这种理论自觉,往往从狭隘需要和个人目的出发,肯定赵本山喜剧艺术的则把他捧上了天,批判赵本山喜剧艺术的则把他掀翻在地。这种走极端的批评倾向无疑是文艺批评的迷失。那些肯定赵本山喜剧艺术的文艺批评家甚至把喜剧演员赵本山与世界喜剧艺术大师卓别林相提并论,认为赵本山是从草根文化成长起来的葳蕤的文化大树。他们指出,中国的赵本山和美国的卓别林是东、西方两株葳蕤的文化大树。卓别林和赵本山都是天才的喜剧演员。他们生于贫贱,在社会底层摸爬滚打,虽然最初饱受过冷眼甚至鄙视,然而他们却有一颗皭然不滓的纯美心灵,同时在艺术上有着超凡脱俗的天才。卓别林虽然处在资本主义上升期的美国,工业化正给人类带来好处,但是,他却别具慧眼地看到资本给社会带来的不公,机械化对人性的戕害和扭曲,他用夫复何言的哑剧、用幽默滑稽的形体,淋漓尽致地批判了资本主义发展的弊病,引发了人们对资本主义本性的思考。而赵本山则处于中国社会伟大的转型时期,抒发了中国农民在中华民族崛起的过程中的美好心愿,引发了人们对具有中国特色社会主义本性的思考。这种把喜剧演员赵本山与喜剧艺术大师卓别林混同的批评无疑是“捧杀”。赵本山和卓别林在喜剧艺术境界上相差不可以道里计。卓别林以其精湛的喜剧表演艺术对现代资本主义社会的种种弊端进行了辛辣的讽刺,并对现代电影艺术做出了不可估量的贡献。而赵本山的喜剧作品对中国当代社会的种种重大弊端几乎没有涉及,更谈不上有深刻的文化批判,也遑论对当代电影电视艺术做出重要的贡献。可以说,卓别林是大家和明星,而赵本山则是名家和才人,不在同一个层次上。而那些批判赵本山喜剧艺术的文艺批评家则认为赵本山是这个缺少大家的时代的产物,不过是筷子里头拔出来的"旗杆"。他们概括地说,赵本山的小品,一讽刺残疾人,二讽刺肥胖者,三讽刺精神病患者,把自己的欢乐建立在别人的痛苦之上。赵本山是中国当代社会转型的畸形产物。已故相声大师侯宝林、马三立等起自旧中国的街头地摊,却努力提高自身的文化修养,摆脱低级趣味,寓教于乐,赢得健康的笑声,使相声得以登大雅之堂。而赵本山则开历史倒车,将旧中国街头地摊的噱头找回来,奉为至宝,以嘲笑生理缺陷、插科打诨为能事。这种批评显然是以偏概全,没有看到赵本山比较优秀的喜剧作品。赵本山的喜剧作品很多,一些较好的喜剧作品如《钟点工》《卖拐》《策划》等作品,对中国当代社会的一些"丑行"不乏辛辣的讽刺。这就是说,不能彻底否定赵本山的喜剧作品。这种彻底否定赵本山喜剧艺术的批评就是"棒杀"。这些"捧"与"棒"赵本山喜剧艺术的文艺批评都超越了喜剧艺术本身,不过是借批评赵本山的喜剧艺术抒发对赵本山所处的这个时代的一些难言的情绪。因此,中国当代文艺批评界在批评赵本山的喜剧艺术时应该遵循喜剧艺术规律,全面地把握赵本山的喜剧艺术,准确地认识赵本山的喜剧艺术在我国喜剧艺术发展史上的位置,竭力避免简单的捧杀与棒杀。

喜剧艺术与悲剧艺术最显著的不同,就是喜剧艺术与演员的二度创作更为密切。欣赏悲剧艺术可以不必欣赏演员的表演,而欣赏喜剧艺术则不能不欣赏演员的表演。很简单,同一部喜剧作品由不同的喜剧演员表演,可以产生非常不同的喜剧艺术效果。在中国历史上,不少喜剧人物青史有名。在《史记·滑稽列传》中,司马迁就为淳于髡、优孟、优旃这一类滑稽人物作传。而这些滑稽人物之所以青史留名,是因为他们"谈言微中,亦可以解纷”。有时候甚至在一定程度上影响了历史进程。中国当代喜剧界出现了陈佩斯、朱时茂、宋丹丹、赵本山、潘长江、蔡明、艾立、郭冬临、黄宏、巩汉林、郭达等著名喜剧演员。他们虽然不能与那些青史留名的滑稽人物相比,但在喜剧艺术表演上也取得了各自的艺术成就,形成了各自鲜明的艺术特色。在这些著名喜剧演员中,赵本山与众不同就是他是地道农民出身,在喜剧艺术表演上地气十足,尽显中国农民质朴的智慧和幽默。中国当代文艺批评界在批评赵本山的喜剧艺术时应该深入地区别赵本山主演的喜剧作品与陈佩斯、宋丹丹等其他喜剧演员主演的喜剧作品的不同,区别赵本山与陈佩斯、宋丹丹等其他喜剧演员在喜剧表演艺术上的不同,并在这个基础上把握赵本山主演的喜剧作品和赵本山的喜剧表演艺术独特的艺术特色,解剖其得与失,而不是笼统地批评。

中国元代文学家高明在“南戏之祖”《琵琶记》中说:“论传奇,乐人易,动人难。”高明所说的乐人与动人并非喜剧与悲剧之分,而是艺术作品的艺术效果的层次之分。但有些文艺批评家却将喜剧简单地界定为乐人,这是肤浅的。中国当代文艺出现的“过度娱乐化”倾向恐怕与这种肤浅的认识有关。19世纪德国美学家黑格尔就深刻地指出:“艺术并不是一种单纯的娱乐、效用或游戏的勾当,而是要把精神从有限世界的内容和形式的束缚中解放出来,要使绝对真理显现和寄托于感性现象,总之,要展现真理。”而中国当代有些喜剧作品往往容易混淆可笑性和真正的喜剧性这两个范畴。其实,可笑性和真正的喜剧性这两个范畴是有本质区别的。黑格尔对可笑性和真正的喜剧性这两个范畴进行了严格的区别。黑格尔认为,任何一个本质与现象的对比,任何一个目的因为与手段对比,如果显出矛盾或不相称,因而导致这种现象的自否定,或是使对立在实现之中落了空,这样的情况就可以成为可笑的。喜剧性却不然,主体一般非常愉快和自信,超然于自己的矛盾之上,不觉得其中有什么辛辣和不幸;他自己有把握,凭他的幸福和愉快的心情,就可以使他的目的得到解决和实现。“因为作为真正的艺术，喜剧的任务也要显示出绝对理性，但不是用乖戾而遭到破灭的事例来显示，而是把绝对理性显示为一种力量，可以防止愚蠢和无理性以及虚假的对立和矛盾的现实世界中得到胜利和保持住地位。”俄国作家果戈理的长篇小说《死魂灵》曾遭到无聊的误解。有些浅见的人“在《死魂灵》里看到许多滑稽的，或者用他们的市井俗话说，是笑死人的东西，并且有些地方是过分夸张的”。不过，这种浅见很快就遭到19世纪俄国大文艺批评家别林斯基的有力批判。别林斯基指出：“《死魂灵》的意义、内容和形式，是‘透过世人看得见的笑和他们看不见、不明白的泪，对生活特定范围的观照’。在这里面，正是包含着果戈理喜剧作品的悲剧意义；这使它脱出了普通的讽刺作品之列。”别林斯基挖掘了《死魂灵》的深刻的美的内容，提出了“含泪的笑”这个概念。可以说，别林斯基提出的“含泪的笑”这个概念就把真正的喜剧作品和空洞的滑稽作品深刻地分别开来了。接着，别林斯基在把握果戈理文学作品的特征时指出，果戈理“凭着艺术本能忠实于现实……客观地描写当代现实，把光亮带进它的黑暗，却不想悠然自得地歌唱除了艺术家和艺术爱好家之外谁也不关怀的事情，或者把俄国现实描写成从来不曾有过的样子”。中国当代不少喜剧艺术作品没有达到这种既乐人也动人的程度，是有主客观原因的。在客观上，喜剧艺术创作存在不少有形和无形的限制或框框；在主观上，有些喜剧作家思想贫乏，缺乏胆识，难以达到较高的层次。赵本山的喜剧艺术是这个时代的产物，不可能不打上这个时代的烙印。中国当代文艺批评界应该深入地解剖赵本山的喜剧艺术，既充分肯定赵本山在喜剧艺术上所取得的艺术成就，也不掩饰其局限并深入地分析这种局限产生的主客观原因，而不是一味地责备赵本山的一些喜剧作品的媚俗。否则，这是难以服人的。

中国当代文艺批评界在批评赵本山的喜剧艺术时应该积极开展喜剧艺术批评，而不仅是文化批评。当然，中国当代文艺批评界对赵本山主演的喜剧作品开展文化批评是可以的。但是，这种文化批评应该建立在喜剧艺术批评的基础上，是喜剧艺术批评的丰富、补充和延伸，而不是相反。那些背离喜剧艺术规律的对喜剧作品的文化批评都是不得要领的。而有些文艺批评家却不是把赵本山主演的喜剧作品看作喜剧艺术，而是仅仅看作一种文化现象。他们对赵本山主演的喜剧作品的批评不是根据喜剧理论，而是援引其他理论。这是本末倒置的。在对赵本山、小沈阳主演的小品《不差钱》的批评中，那些比较激烈的批评很少属于真正的喜剧艺术批评，大多属于与喜剧艺术批评关系不大的文化批评。

那些否定小品《不差钱》的文艺批评家认为，小品《不差钱》的嘲笑对象是农民，他们被刻画成没有文化、势利眼、傻头傻脑还假装聪明的笨蛋。在《不差钱》中，那位农民大叔居然把“艺术细胞”说成了“艺术细菌”，把“报答”说成了“报销”“报复”，把“刀郎”误作“屎壳郎”，“精辟”误作“屁精”，如此等等，都是一些低级无聊的“笑料”。这种否定批评严重地混淆了嘲笑农民的缺陷与嘲笑农民的区别，这是不能画等号的。

有些艺术作品嘲笑中国当代农民的缺陷是没有错的，这里不应存在任何禁区。当然，不可否认，一段时间内，一些艺术作品过于集中嘲笑农民的缺陷，忽视或不敢嘲笑其他阶层尤其是上流社会的缺陷。而在非正式场合里，不少流行笑话却是嘲讽上流社会弊病的。这种过于强烈的反差不能不令人对一些偏于嘲笑和讽刺弱势群体的缺陷的艺术家产生疑忌。而小品《不差钱》的不足主要在于它仅仅停留在嘲讽中国当代农民的文化局限上，而没有深入挖掘这些富裕起来的农民在文化生活上还是很差钱的这种困境以及他们竭力摆脱这种困境的努力。那些肯定小品《不差钱》的文艺批评家则认为，赵本山——刘老根——“二人转”代表的是农民文化、民间文化和外省文化。而赵本山在主流媒体上争到了农民文化的地位和尊严。赵本山通过与“毕老爷”的来往吐露了社会底层的“二人转”艺人攀登“主流文艺”与“上流社会”的辛苦，他们感谢上流社会的“八辈祖宗”，绝对听毕老爷的话。赵本山不但代表中国八九亿农民发出了宣言和吼声即我们农民要上“春晚”，我们农民要上北京忽悠城里人，而且悄悄地进行了一点点农民文化革命。真正的农民文化革命是那些维护和捍卫农民的根本利益、反映和满足他们的根本需要的文化成为主流文化的一个有机组成部分，而不是那些具有农民身份的个人跻身上流社会，成为有文化的人。这些跻身上流社会的个人往往可能最后背叛农民。这种现象在中国当代社会正不断发生。在小品《不差钱》中，赵本山和徒弟小沈阳、毛毛（丫蛋）所演的农民角色只是会唱歌，想唱歌，而不是会唱反映农民命运的歌，想唱吐露农民心声的歌。因此，他们跻身上流社会除了个人命运的改变以外，根本看不到中国当代农民命运的丝毫改变。这哪里有农民文化革命的一丝影子？其实，赵本山和徒弟小沈阳、毛毛（丫蛋）随着在演艺圈走红，他们的命运的确发生了根本改变，但是广大农民的命运却依然故我，没有带来更多真正的关怀。中国当代文艺批评界对赵本山主演的喜剧作品的批评，无论是拔高哄抬，还是求全责备，都是将局部等同于整体，混淆了局部与整体的辩证关系。这些“棒”与“捧”的文艺批评没有从赵本山的喜剧艺术出发，没有总结赵本山喜剧艺术的艺术特征以及与其他喜剧演员的喜剧艺术的不同之处，都只是借赵本山主演的小品《不差钱》说自己的事情，浇自己的块垒，属于与喜剧艺术批评关系不大的文化批评。这种文化批评虽然具有一定的价值，但却有些隔靴搔痒，不可能有力地推动中国当代喜剧艺术创作的有序发展，更不可能真正总结出有益于建构中国当代喜剧理论的成分。

因此，中国当代文艺批评界亟须认真总结中国当代喜剧艺术实践，同时借鉴其他国家喜剧艺术创作的成功经验和先进喜剧理论，并在这个基础上建构中国当代喜剧理论，积极推动当代喜剧艺术创作和喜剧艺术批评的有序发展。

刘庆邦创作局限论

翟业军

■ 刘庆邦如此钟情于自己，执着于自己，必然的逻辑后果就是强调忠实于自己，并由此水到渠成地拈出诚实的命题来。所谓诚实，“无非是忠实于自己的内心，忠实于自己的真实所感和真实所思，真正做到独立思考，以我之手写我之心”。原来，诚实无他，就是忠实于你自己，一个坚实、稳定的自己是诚实的根本前提——自己不存，诚实焉附？

■ 拘泥于一己经验，刘庆邦的故事说来说去就都离不开自己最刻骨铭心的记忆，他所有的叙事都围绕着这些记忆，形成一个“元叙事”——“到城里去”，也可以叫做“远方诗意”。

1951 年出生的刘庆邦素有“短篇小说之王”的美誉，对此，他颇有些自得：“我差不多赢得了短篇小说的心，它悄悄对我说，你写我吧，一辈子都写我吧，我不会辜负你的。”不过，刘庆邦显然不太在意“一辈子”的约定，自 2001 年调入北京作协从事专业写作起，他接连写出《远方诗意》、《平原上的歌谣》、《红煤》、《遍地月光》等多部长篇小说,《遍地月光》还入围了第八届茅盾文学奖的十强。对于这位左手写短篇、右手写长篇的全能作家,评论界向来颇多赞颂,比如朴素、真实、温暖、诗意云云。赞词林林总总,其实可以百川到海地归结到刘庆邦素所强调的“诚实”上去:“我个人认为,一个写作者最需要诚实劳动,最需要始终保持一颗赤子之心。”本文想问的是:刘庆邦的诚实指向何物?他的诚实是可能以及必要的吗?刘庆邦真是一位赤子?他所谓的赤子是一个坐卧行走中的真实的人还是一种虚拟的,因为虚拟所以越发堂皇,说到底却是空无一物的存在?诚实、赤子这些看似不证自明的概念如果被一系列于不疑处有疑的追诘证伪的话,接下来的问题就是:太过堂皇的冠冕之下掩藏着一种什么样的真相?

一、善变的自己

刘庆邦毫不讳言人生经验之于他的写作的重要性,他说,为了避免坐吃山空,他“……每年都回农村老家住几天,也时常到煤矿走一走,看一看”。不过,再丰富、跌宕的人生经验也经不起刘庆邦数十年如一日不停歇地写啊,于是,总有一些印记深刻的遭遇和情感会让他一说再说,总有某种不堪回首的体验会让他反复流连。同一事件在不同的时代被说起,或是以不同的视角去说,难免出现裂隙、差异,差异威胁着说的主体的同一性,又反过来确证了同一性的牢不可破——同一性从来不排斥差异,差异使同一性更富弹性和力度。不过,刘庆邦关于同一事件的不同言说不只是出现差异这么简单,而是呈现出极其严重的分裂,分裂到不管我如何拼凑,都无法把破碎的刘庆邦影像剪辑成同一个人的程度,以至于我深感困惑:刘庆邦是谁?哪一帧影像才是真的刘庆邦?篇幅所限,仅列举一例。

1983 年初稿、1985 年完稿、1986 年出版的长篇小说《断层》讲述了一个惊心动魄的改革故事:野狼沟煤矿新来了个常江矿长,他带领一帮锐意进取的改革派，试图打通能够为煤矿年增三十万吨原煤的皮带巷，却受到以矿务局郑金友副局长为首的保守派的百般刁难，功败垂成之际，煤炭部副部长彭永年从天而降，一举击溃保守派，改革派从而大获全胜。我之所以详尽罗列《断层》的写作和发表时间，是因为我百思都不得其解：当寻根文学和先锋文学正在最大程度地冲刷、刺激着国人的文学神经的时候，刘庆邦为什么会埋头创作这样的向发表于1979年的《乔厂长上任记》致敬的小说？这是不可救药的迟钝，还是知其不可而为之的坚守？他真的相信改革文学的清浅的乐观？他真的认为青天大老爷能够一劳永逸地解决改革开放过程中不断涌现出来的矛盾？不过，考虑到刘庆邦的创作生涯是从鹦鹉学舌般的"大批判"起步的，这一不可饶恕的滞后也就情有可原了——谁让文学风潮瞬息万变，他刚把改革文学操练得顺手，改革文学就成了明日黄花？抛开幼稚的、漏洞百出的故事框架不说，《断层》还有许多细节，以及人物和矛盾的设置值得我们关注。比如，刘庆邦为了强调常江是一位深受矿工爱戴的好矿长，铺垫了一系列温馨细节："他们的矿长在雨季曾给他们每人发了一把伞；在严冬，曾给他们每人发过一顶栽绒帽子；还去工作面给他们送过包子和鸡蛋汤……"再如，一心上进的矿工梁浩与矿党委书记张国亮的女儿，矿医院的司药姑娘张香梅相爱，张国亮却因梁浩只是一名普通的矿工，还是右派的儿子而百般阻挠，只有到了张国亮倒台之后，他们的爱情才修得正果。要是没有发表于2006年的《红煤》的话，这样一些改革文学中司空见惯的粗陋桥段根本引不起我的任何兴趣，但是，有了《红煤》这一束从二十年之后遥遥打来的追光，这些司空见惯、层出不穷因而被我们一贯忽视的桥段就被照射得格外通透，显出令人瞠目结舌的苍白和虚伪，更显出桥段编造者的不诚实和分裂。容我先从《红煤》说起。

《红煤》把叙事重心从矿长转向了矿工。矿工宋长玉与梁浩一样的有文化，有胸怀，他们都是立于矿工的"辙"之外的矿工。你看，梁浩的工作服三天一洗，发白的工作服穿在身上，又合身又干净，为了保持头发的清洁，他还在矿帽下面戴一顶无檐的布衬帽。无独有偶,宋长玉也爱干净,也在矿帽下面垫上一层军帽,他还要用洗头膏,而不是肥皂洗头。正是由这份讲究暗示和凸显出来的矫情不群,让梁浩赢得了书记女儿的芳心。宋长玉也不遑多让,与矿长女儿,同样在矿医院工作的唐丽华护士谈起了恋爱。说到这里,我们基本可以认定,宋长玉与梁浩是同一个人,最起码也是从同一个原型生发出来的——作为人生经验型作家,刘庆邦的人物不会无中生有地蹦出来,大都是其来有自的。这一原型耸动着刘庆邦在时隔二十年以后还要以长篇小说的形式来把他重塑一番,可见他给刘庆邦留下的记忆一定是深挚得无法磨灭的。不过,在二十年以后的这一次重塑中,刘庆邦对原型做出了致命的改造。从前的梁浩是从省城来的落难公子,随着右派父亲得到平反,他迟早要一飞冲天的,纵使如此,在书记千金面前,他还是自卑的,不愿高攀的——自卑其实是自爱,不愿高攀则是与保守派划出一条分明的界线。后来的宋长玉只是个农民轮换工啊,随时会被清退的,他凭什么一来到乔集矿,就大大咧咧地把目标锁定为唐丽华?他真的天真到以为,就凭他一头洗头膏的清香和几封文笔不算太差的情书,就能成为一位成功了的于连?刘庆邦把那么英俊、能干、梦想、狂野、自私又充满着自省的于连,庸俗化地理解成靠女人上位的野心家,并把这一野心家形象生硬地移植到农轮工的身上,这是不可理喻的懒惰,也是对于自己的书写对象的不可原谅的轻忽。更关键的是,那个原型一会儿被刘庆邦吹捧为自爱、自强的改革派,一会儿又被他贬抑成不择手段的野心家,那么,哪一个才是原型的真实或者相近的写照?作家当然有权剪裁材料,却决不应该如此颠倒黑白地编排记忆,特别是如此深挚的记忆。刘庆邦不仅随心所欲地打扮原型,还完全恣意地、为我所用地从记忆中征引细节。比如,伞、包子和鸡蛋汤等道具被原封不动地挪到了二十年后——像常江一样,唐洪涛矿长也在雨天送伞,也亲自挑着包子和鸡蛋汤慰问采煤一线的将士,只不过,当年的亲民符号,如今成了揭露唐矿长自私、虚伪和好大喜功的证据,你看,只有在聚光灯下，他才会想到体恤矿工嘛。时隔二十年的丝毫不爽的征用，使我有理由相信这些细节不是空穴来风，而是确有其事的，那么，确有其事的“事”究竟是什么事？为什么这件事在彼时可以用来唱颂歌，到此时又能拿来念咒语？我们是不是可以这样理解，常江也可以是隐藏得太深的唐洪涛，而唐洪涛说不定正是一身正气的常江？忠与奸、正与邪、黑与白之间怎么可以如此轻而易举地倒换？要知道，细节本身是有光晕的，只有置身于光晕之中，细节才会有自己的呼吸和血脉，也才会此呼彼应地牵动起一个人，乃至一个世界。刘庆邦这些既可以用来唱颂歌亦可以拿来念咒语的细节，就被从光晕中完全剥离了出来，它们都是僵死的，冷冰冰的，无可无不可的。这些僵死的细节扼杀了小说世界的生机，也顺带着谋杀了刘庆邦自己的记忆——记忆中如此难忘的细节的光晕都被磨平了，消泯了，那么，记忆何在？记忆何为？舍不得孩子套不着狼，看来，为了写小说，刘庆邦真是“豁”出去了。

好像是搭积木，就这么一堆材料，刘庆邦一会儿搭出一首改革颂歌，一会儿搭出一位豫东平原上的于连的发迹和破败史，这样的魔法把我看得眼花缭乱：“文革”时期写惯了大批判和讲用稿的人就是不一样啊。会玩一手炫目的魔法，本该是小说家的看家本领，没必要大惊小怪，不过，到了刘庆邦这里，情况就大不一样了。刘庆邦口口声声说诚实，对他来说，诚实“……不仅仅是一种态度，一种道德，更是一种精神，一种人格”。那么，被刘庆邦无限上纲上线的诚实到底是何方圣物？他紧接着阐明，所谓诚实，“无非是忠实于自己的内心，忠实于自己的真实所感和真实所思，真正做到独立思考，以我之手写我之心”。原来，诚实无他，就是忠实于你自己，一个坚实、稳定的自己是诚实的根本前提——自己不存，诚实焉附？以刘庆邦这一番郑重其事的宣示回视他自身，我不禁莞尔：你刘庆邦的自己是什么？一个连自己的记忆都敢谋杀的魔法师哪有什么自己可言？一个如此善变的自己怎么去忠实？善变的人又有什么资格大谈特谈诚实？

二、庸俗的自己

拘泥于一己经验，刘庆邦的故事说来说去就都离不开自己最刻骨铭心的记忆，他所有的叙事都围绕着这些记忆，形成一个“元叙事”——“到城里去”，也可以叫做“远方诗意”。只有远方，只有城市，才是刘庆邦以及他的人物们魂牵梦绕的所在，套用《到城里去》的叙事人的话说，就是：“到城里去！这是一个梦想，也是一个战斗口号……”于是，在刘庆邦的小说世界中，能否成为城里人，简直就是衡量人生成败的唯一标尺：“成功的人生，就是摆脱羁绊的人生，失败的人生，就是被泥巴吸住腿的人生。”

其实，乡下人进城是“新时期”，特别是新世纪以来文学的一个母题，而乡下人进城时必定会遭受到的疼痛、屈辱和悲怆，早在路遥《人生》里就已得到淋漓尽致的揭示，其后的人们之所以还要一说再说，无非是因为进城的冲动太持久，创痛太酷烈，不说不得安宁。不过，路遥的进城故事意在“为时代立心”，刘庆邦则自顾自地追忆起自己的有点坎坷、有点侥幸更有点自得的进城史，他甚至要用《远方诗意》这一部长篇小说的篇幅，来事无巨细地回顾自己当年是如何“上北京”、“下江南”，哪儿都没得去了，就去“走姥娘家”的。他的追忆潜藏着多重危险。首先，城市既繁华又堕落，既向乡下人发出了向我进军的召唤，又冷漠地拒人于千里之外，所以，远方的城市既迷人，又阴鸷、邪恶，让人心生恐惧，岂能由诗意二字一言以蔽之？也许，城市只是我们的异乡，就像《孽债》片尾曲意味深长地唱道：“上海那么大，有没有我的家？”其次，个人经验的书写一定是有意义的吗？而且，个人经验的书写如果自始至终停留在彼时彼地的层面，缺乏此时此地的观照，更没有全局性的统摄的话，这样的书写不就成了琐屑不堪的有一说一？有一说一如果还是一位成功进城的人士出于忆苦思甜的心理而说，甚至大说特说的话，这样的书写只能是一次最沾沾自喜，也因而是最腐败的写作。

腐败的写作就算写上一万遍，也不可能开启出一丝半毫的洞见。于是，围绕着那个“元叙事”，刘庆邦流水作业一样地制造出一个又一个的进城故事，却从来没有反省更不会意识到他所写的进城故事究竟是什么性质，为什么注定如此悲怆和惨烈。这一点，我们从《红煤·后记》一文可以看得分外分明。在此后记中，刘庆邦上溯到明初，说朱元璋规定，农民耕作“不出一里之间，朝出暮入。作息之道，互相知晓”。由此一点，他“斗胆”地做出了一个判断：“我国几千年的历史，从某种意义上讲，就是一部进城和反进城的历史。”这一判断看起来极具概括力，其实太过荒谬。首先，朱元璋的峻法意在抑制游民的滋生，无关乎“进城和反进城”，因为他自己就是从土地和宗法制度游离出来的游民，游民的破坏力他再清楚不过了。其次，传统时代的乡下人压根没有“到城里去”的冲动，阿Q和老通宝都视进城为畏途，只有随着现代性的降临，“到城里去”才成了绝对律令。再次，刘庆邦那一代人灼热的城市梦，是被那个时代残酷地剥夺农村，支援城市，并坚决地阻断农村人口向城市流动的通道的政策点燃的，把那个时代的政策和明初的峻法炖成一锅粥，是对于那个时代的特殊性的忽视，更是对于高加林，也包括刘庆邦自己在内的一代人的唐突。

刘庆邦不仅要以当年的苦来确证如今的甜，还要用至今仍旧困守农村的人们的苦来进一步落实自己的甜。当然，刘庆邦不会笨到直接去嘲笑城市梦断的人们，不仅不嘲笑，他还要赞美，还要抒情，就是这样的赞美和抒情给他赢来极大的文学声誉。可是，谁又能想到，赞美的背后可能是蔑视，抒情的前提说不定是幸好我已经不是你？同样仅举一例。

刘庆邦最著名的作品莫过于以唯一的满分获得第二届鲁迅文学奖的短篇小说《鞋》。刘庆邦说，《鞋》写的是“诗趣的美，农业文明的美”，许多不明就里的读者确实就是被这样的美打动的。不过，问题来了：作为一个自小就认定“城市在高处，农村在低处。人往高处走，水往低处流”的人，刘庆邦会打心眼里认同并感动于“农业文明的美”吗？让我们先看小说的开头："有个姑娘叫守明……"寻常不过的开头，其实浓缩了整篇小说的征候，让我来一步步地推演。故事说的是一个叫守明的姑娘的萌动和羞涩，憧憬和失望，可是，那么缠绵悱恻、欲说还休的，连女性本人都不一定捋得清楚，更不用说直视的女性心理，怎么可能被一个男性叙事人一五一十地知晓？更何况男性叙事人正是这位女性的思慕对象，从情理上说，他应该对这一切一无所知的。而且，男性叙事人凭什么进入原本是禁地的女儿心，却对自己的心理完全地缄默？我们都知道，缄默者一定是安全的，被打开的对象却是被审视、被狐疑、被塑造的。要回答这些问题，还得从这个开头所奠定的过去完成的故事时态说起。所谓过去完成时，就是叙事人站在时间的这一头，向我们讲述一段他不说就早已湮没了的往事。正因为是过去完成了的，故事就算再激荡、再浩渺，也是被尘封的，不可能波及叙事人——早已完成的故事不具备正在发生时的不确定性以及由此带来的攻击性。故事丧失了不确定性和攻击性，叙事人就能整个地掌控故事，从而绝对地高于故事。故事完全置于叙事人的掌控之下，故事的客观性便无关紧要了，叙事人的态度才是故事走向的出发点和归宿。明乎此，我就可以断定：女性的心理世界大抵出自男性叙事人的揣测和杜撰，而男性叙事人之所以愿意如此丝丝入扣、绵绵密密地揣测和杜撰出女性的心理来，是因为这样的女性心理能够满足男性对于女性的占有欲，一种哪怕抛弃了你也还是最终极地占有了你的占有欲，男性叙事人就在这样的占有中达成了我原来如此优越的自我确认，至于女性心理原本是怎样的，从来就不是一个问题。果然，《鞋》的后记印证了我的推定——男性叙事人把鞋退给了守明，想象中的她已经满足了他的自我确认的需要，真实的她和她的真实的鞋纯属多余。再往深处说，小说中的男性-女性关系与城市-乡村关系还是同构的，也就是说，所谓的"农业文明的美"，其实出自站在城市回望农村的叙事人的一厢情愿的想象，这样的农村想象满足了城市，特别是刚从农村跨入城市的人们的想象，因为只有想象出如此痴情、柔顺、无言的农村来，城市的绝对优越的自我认同才能随之确立，至于真实的农村嘛，跟我有何干系？十多年后，刘庆邦仍旧不能忘情于那双给他带来巨大满足的鞋，写出了《西风芦花》。在这篇小说的结尾，叙事人得知，守明还珍藏着那双被他退回去的鞋，“鞋还是新的，用一块蓝格子手绢包得很精样”。这一细节揭示出女性对于男性、农村对于城市无怨无悔的，甚至越虐越恋的痴恋，这样的痴恋反过来阶段性地满足了被恋者的永无餍足的占有欲。也许，有人会指责我刻薄，那么，我就从反面再来证明一下刘庆邦对于女性的倨傲。他有一篇题为《手艺》的短篇小说，就好像是《鞋》的反面。《鞋》写她为他做鞋，《手艺》则写他为她锔碗，做鞋的，鞋被退了，做鞋的人却一直珍藏着被退回的鞋，锔碗的，碗当然会被她珍藏，不，是供奉，你看，过年时，大家看到月兰家桌子上盛供品的碗都是用锔子锔起来的。那一只只被供奉着的碗，就是一颗盈盈欲溢的，被展示、被占有的女儿心，而那个占有者照例隐匿在暗影中——他与《鞋》中的“那个人”一样，都是匿名的，因为匿名，所以是安全的，进可攻退可守的。

刘庆邦的小说世界中男性对于女性、城市对于农村的倨傲被落实，他所苦心营造的“农业文明的美”也就随之瓦解了，他那一阕又一阕关于农村的抒情曲，说到底还是唱给自己，唱给城市的赞歌。站在城市回望农村，农村的一半是真实一半出于想象的，让人心生怜悯的赤诚，让刘庆邦不由得心有余悸：幸好我走了。幸好走了的刘庆邦在追述这一部血迹斑斑的进城史时，坚定地以成败论英雄，走没走得了才是他的硬道理，唯一的道理。于是，他的人物大抵可以分成两大类：走了的刘庆邦和走不了的守明。走了的对于走不了的有一点同情，也有一点优越，更有一点厌恶——守明如果不是默默地珍藏着鞋，而是死乞白赖地缠着他，他会觉得她以及她背后的农业文明美吗？不仅如此，在刘庆邦的笔下，走还是分等级的，走到煤矿是走，走到北京也是走，于是，厌恶也就从北京往下一层又一层地传递：调到北京的厌恶还待在煤矿的，就像《家道》说到的那样，调到煤矿的厌恶还待在农村的，就像《乡亲》所写的那样。在这一座等级的金字塔中，业已爬到最顶端的刘庆邦油然而生一种高等生物的优越感，一种哪怕是痛苦也是丰富的，也是那些低等生物们所不配拥有的优越感："作家发现和承受的痛苦要比一般人多得多。正如人们说的，'生物愈高等，痛苦也就愈大。知识的发展并不能解决痛苦。'"从这个角度说，进城几十年了，刘庆邦始终没有摆脱渴望进城的农民心态，他的那个自己仍然是一个巴望着进城，进了城就赶紧做一些田园乐、农家美之类无病呻吟的文章来愉悦自己的庸俗的自己。

三、虚伪的自己

从豫东平原的农民成长为北京的著名作家，个中太多的艰辛和屈辱，刘庆邦冷暖自知，所以，他的创作有柔美的也有酷烈的，酷烈是对于一路风雨的逼视，柔美则是对于酷烈的抚慰。正是酷烈一路的小说，比如《走窑汉》、《玉字》，给刘庆邦带来最早的文学声望，也代表了他的最高水平。不过，刘庆邦终究缺乏逼视残酷真相的勇气和决心，从《走窑汉》以小蛾的跳楼身亡突兀作结，《玉字》的最后多少有些"男孩子气"地出现两个持枪人等地方，我们可以看出他的目光在犹疑，在躲避。其实，刘庆邦自己也不太看重酷烈一路的创作，他认为，"……短篇小说的最高境界不是抓人，而是放人"，那些酷烈的作品把读者"抓"得太够呛了，所以，他"更喜欢一些放人的小说"。什么是放人？刘庆邦说："就是让人走神儿。能让人走神儿的作品是最好的作品。""走神儿"毕竟是一个太过费解的说法，他接着罗列了三部让人"走神儿"的经典：契诃夫《草原》、沈从文《边城》和史铁生《我与地坛》。在另一个场合，他又着重强调了沈从文的魅力："沈从文的小说让我享受到超凡脱俗的情感之美和诗意之美，他的不少小说情感都很饱满，都闪射着诗意的光辉。大概我和沈从文的审美趣味更投合一些，沈从文的小说给我的启迪更大一些。”至此，我大概可以总结，在刘庆邦那里，只有“超凡脱俗的情感之美和诗意之美”才能让人“走神儿”。可是，沈从文何曾“超凡脱俗”过？你体会不到“这个人也许永远不回来了，也许‘明天’回来”的孤苦？体会不到“秋天来时菊花开遍了一地。主人对花无语，无可记述”的绝望？体会不到他的所有的创作中流淌着的楚人命定的悲哀？不单沈从文，你体会不到《草原》中让人发狂的无聊？你体会不到《我与地坛》的疼痛、悔恨，以及由血泪凝成的不放下又能怎样的开悟？要么是肤浅得愣是领悟不了，要么是轻薄地远远绕开，刘庆邦硬是把沉重、晦暗、无望的生命感悟化为轻倩的一笑，并在此一笑中优哉游哉地走起神来。刘庆邦的自己，实在浅薄得惊人。

浅薄的人绝无意愿也没有力量甚至根本就想不到去蠡测世界之深与人心之微和危，他说来说去，一定都是在说他自己，所以，浅薄的人又是颟顸而自得的。如此一来，我们就能理解，刘庆邦笔下为什么常常出人意表地涌现大段大段的风景描写——这些风景与那些压根无心看风景的人物们没有任何关联，而是得意扬扬的刘庆邦在欣赏，在把玩。比如，《红煤》说到周老师带着通讯员学习班的学员去爬山，站在山顶，宋长玉鸟瞰矿区：

矿区的建筑错落有致，像是一幅画。这幅画最好用木刻的版画来表现，只有版画才显出一种有力度的美。版画也不必套色，只有黑色和空白就行了，白和黑的明暗对比，最能体现煤矿的特色。如果非要套色，可以在红旗那里印一点红，就足够出色。

宋长玉当然有可能把矿区看成一幅画，可是，如此精细的琢磨、比对，显然只能出自有足够多的闲情的刘庆邦的后设视角，而与正在处心积虑、心无旁骛地往上爬的宋长玉无关。如果说这样的风景描写只是生硬了些，并无伤大雅的话，那么，另一些风景描写则居心叵测多了。比如，《哑炮》写矿工单调、沉闷、黑暗如长夜的劳作，突然来了一段想象中的风景：

他们伐的是变成了煤的木头。他们愿意沿着伐木的思路想一下，在想象中，他们仿佛来到了一眼望不到边的树林里。树林里有参天树，也有长青藤，分不清是树连藤，还是藤缠树。树林里鸟也有，花也有。长尾巴的大鸟翩翩地飞过去了，眼前的各色野花一采就是一大把。花丛中还有一股一股的活水，活水一明一明的，如打碎的月亮的碎片。

我想，没有人会相信这一大片诗意的风景会出自做牛做马的矿工的想象吧，它们只能生长并摇曳在“超凡脱俗”的刘庆邦的心中。但是，刘庆邦硬是把自己的天马行空塞给了没有一丁点话语权的矿工，这是对于矿工的精神强奸，更是以诗化的方式把他们的痛苦和愤怒黑洞化了，于是，天下一片太平，刘庆邦可以安安心心地“走神儿”了。由此，我可以肯定地说，“走神儿”就是怯懦的人们在真相面前闭上了双眼，更是怯懦的人们终于露出了狰狞的一面，一举扑杀了他们不愿直面的真相。

可是，总有一些真相是无法回避的，也总有一些矛盾是无法调和的，怎么办？刘庆邦自有对付的办法。比如，《神木》写两个歹人专门骗“点子”去小煤窑挖煤，在挖煤的时候伺机杀死“点子”，然后制造事故的假象，以“点子”亲属的身份向急于了事的矿主索赔。这本是煤产区权钱交易的生态必定会导致的寻常黑幕，捅破这一层黑幕，刘庆邦也就揭开了权钱联合起来吞噬一个又一个生命的触目惊心的真相了。不过，刘庆邦哪有那样的雄心和胆量，他早就开始一点一滴地渲染这个少年“点子”的纯真、善良，并用他的纯真、善良水滴石穿地感化其中的一个歹人，最后让这个歹人瞬间醒悟，杀死了另一个意欲行凶的歹人，于是，原本无法调和的矛盾，被一个心狠手辣的歹人的靠不住的恻隐之心轻而易举地化解了。如果说以恻隐之心推动歹人醒悟，还只是跟与虎谋皮一样稍微有些牵强罢了，刘庆邦让那个歹人自杀，并让歹人给“点子”留下一段情深意长的遗言——“我死后，你就说我俩是冒顶砸死的，你一定要跟窑主说我是你的亲二叔，跟窑主要两万块钱，你就回家好好上学，哪儿也不要去了”——则纯属人性华彩的假性喷发。在人性华彩的假性喷发中，刘庆邦自己的情感被推向了虚幻的高潮，人性本身却被当成璀璨的烟花放掉了，放掉了，就没了，要知道，无节制、无底线地拔高人性，从来就是对于人性的蔑视和诛杀。这样一种在小说快结束时用人性无来由的觉醒来调和不可调和的矛盾的“曲终奏雅”的做法，是刘庆邦惯用伎俩。比如，《遍地月光》是一部地主羔子金种的求偶记，背负着阶级原罪的金种的求偶史注定要以失败告终。不过，不要急，刘庆邦早就准备好了一个寡妇，这个寡妇一定会在小说的结尾处突然被金种的悲伤打动，并同意嫁给他。再如，《沙家肉坊》里的矿工马安阳的骡子瘸了，他不忍心把心爱的骡子送进肉坊，他的情妇杨妹喜就让自己的丈夫牛有坡去卖，牛有坡本是个粗枝大叶的人，却被肉坊杀骡子的惨象惊呆，又把骡子牵了回来。这一次恻隐之心的大喷发不仅救了骡子一命，更感动得那一对情人断了苟且，人性的感天动地的伟力，一至于此。

其实，唱一唱人性颂歌倒也无伤大雅，可是，你总不能写别人时要求别人那么人性，到了自己这里，却因为人性会给自己带来不堪的重负，自己就不愿人性，不敢人性，更一个劲地编排人性的不是啊。刘庆邦自己对于人性的不信任感，在《家道》中挑得很分明：“我想让人们知道，人间的亲情是多么有限，是多么靠不住……由此可见，所谓责任感是多么无奈，多么勉强，又是多么虚假。”明明知道亲情有限，责任感多么勉强，可是，你就是不去推己及人地体谅世人的不得已的冷漠、世故，而是变本加厉地索求他们的人性，这是明目张胆地作伪，更是赤裸裸的道德敲诈。刘庆邦的自己原来又是如此的虚伪，所谓诚实，根本就是一个笑话。

刘庆邦有一篇题为《拾豆子》的短文，写他和妻子在雨后的京郊田野散步，来到一块割过的豆子地，童心大发地拾起了豆子。他说，他们不在意豆子本身，他们家有挺好的豆子，老也想不起来吃，他们拾起的“是记忆，是乐趣,是童心,是一种比豆子宝贵得多的精神性的东西”。我想,穿越豆子本身,一眼看到据说比豆子宝贵得多的,属于自己的精神性的东西,正是刘庆邦小说创作的一贯思路。在刘庆邦那里,农村、煤矿等书写对象都是他的一袋老也想不起来吃的豆子,他无意于这些对象的本身,对象之外、之上的,一个能够如此深情地、优雅地把玩对象的自己,一个如此诗意的、有同情心的自己,才是他念兹在兹的所在。所以,我们完全有理由把这一个小小故事,看作是刘庆邦为自己的文学世界勾画出来的一幅最逼肖的速写。

刘庆邦如此钟情于自己,执着于自己,必然的逻辑后果就是强调忠实于自己,并由此水到渠成地拈出诚实的命题来。其实,喋喋不休地说诚实,是一种吃力不讨好的俄国态度,只有俄国态度才格外珍视为人和为文的一致性,而法国态度从来就把人和文区分得一清二楚。不过,俄国态度的基本前提是对于自己的怀疑,甚至是极其苛刻的否定,就像布宁说托尔斯泰犯了一种“圣人之罪”,他一直在用瓦片刮自己的罪孽的脓疮,像约伯一样战栗。所以,在俄国人那里,自己从来就是一种靠不住的东西,哪怕是托尔斯泰的自己,忠实于自己就是忠实于虚无。而刘庆邦的自己已是如此的善变、庸俗和虚假,他却从来不去反思,反而要求忠实,而且,他所谓的忠实还为他引来一大批拥趸,我想,这正是一种可笑又可哀的中国式的态度吧。

2012 年虚构类畅销书分析报告

曾于里

■ 类型小说是这一两年被评论界多次提及的概念，比通俗小说、网络小说这些称谓更具包容性和学术生命力。随着文学生产的商品化、产业化，类型小说在图书市场的优势将日益凸显，前途不可限量。

■ 经典文学并非曲高和寡，所谓“酒香不怕巷子深”，经典文学阅读给读者带来的感受和冲击远非一般畅销书所能比拟，这便决定了经典永远会有坚定的读者群。

开门见山。本文立足于对 2012 年虚构类畅销书的分析，参考数据以北京开卷信息技术有限公司的开卷调查为主，辅以当当、卓越、京东三大图书销售网站的实时销售数据，二者的结合，可使榜单更客观。然而，限于阅读视野和个人能力，给出的榜单仍不免挂一漏万，故文本的结论仅限参考。本文分为三大部分：第一部分对 2012 年虚构类畅销书的概述分析，为了论述上的方便清晰，以月份为顺序，另外笔者提及的每月畅销书，除了顾及销量外，同时兼顾到书籍的影响力；第二部分分析这些书何以畅销，对畅销的原因做一个轮廓性的扫描；第三部分为畅销书的秘密，即思考这些畅销书是否具备什么共同特征。

一、畅销书概述

2012年1月份的头名畅销书，毫无争议地归属于郭敬明的《小时代3.0刺金时代》。这本书出版于2011年12月份，然而其热度却仍一直蔓延到2012年。《小时代3.0》是郭敬明“小时代三部曲”的完结篇，小说延续着前两部的脉络，主人公间的纠葛终于有了尘埃落定的悲惨收场。郭敬明领衔的最世文化旗下的笛安，她出版于2012年1月的《南音》（上、下）也不无意外地登上了排行榜的前列。《南音》为笛安“龙城三部曲”的完结篇，三部曲时间跨度较长，分别以不同的主人公为叙述者，讲述发生在一个家族内部错综复杂的纠纷。从某一点上，笛安的写作与张悦然有共同点，即“偏执”，小说中人物情感和行为均极端、冷酷又莫名，这些在《南音》中被发挥到极致。

2月份的头名畅销书，不妨举荐台湾作家九把刀的《那些年，我们一起追的女孩》。这部小说的同名电影2011年在台湾、香港等地上映取得了相当出色的票房成绩，并且2012年1月份于大陆上映。电影的热映带动了小说的再度畅销。相对而言，电影的改编更为通俗好看，然而从艺术性角度上看，小说更胜一筹，它在“成长小说”这个大母题下，真切而生动地描摹了少年在青春期情感混沌迷蒙的状态，令人难忘。而同样是台湾作家，张德芬的《遇见未知的自己：都市心灵修行课》虽然出版于2008年，但无论是零售还是网络销售，始终在排行榜的前列。事实上，苛刻地讲，这是一部相当滥俗的“心灵鸡汤”。“小说”讲述了一个工作厌倦的都市白领，在遭遇到丈夫情感背叛后如何获得心灵上的自救。而其所为“自救”准则，则是一些佛教、基督教义理以及某些励志语录的杂糅,充其量是部 10 万字的"《读者》体"故事。

3 月份,似乎很难推荐出众望所归的头名畅销书。不过我愿意提及的是辛夷坞的《致我们终将逝去的青春》。虽然在开卷图书公司的调查里,辛夷坞的《致青春》并未入 20 大,然而在各大网络书店青春文学排行榜,这部小说连续 1 ~3 月份都是销售冠军。《致青春》出版于 2007 年,当时便有不错的反响;但因为小说被赵薇改编为电影,而这期间也正是电影拍摄的宣传期,因此该书的网络销量如火如荼。《致青春》讲述了一个从校园跨度到社会的爱情故事,是比较典型的三角恋,但是这部小说之所以能够从汗牛充栋的同类作品中脱颖而出,得益于辛夷坞笔法的细腻以及对女性情怀体认的深刻,小说中有多处关键性的抒情性议论,在小说中不显得突兀,却升华了读者对青春的重新理解,也升华了小说本身。

4 月份的畅销书榜,韩寒的《光明与磊落》拔得头筹。2012 年年初一个引起全社会讨论和关注的便是"方韩事件",方舟子"认定"韩寒《三重门》抄袭,举了不少所谓的"证据",韩寒"被逼无奈",于是将《三重门》的手稿再次出版。这本书分为两部分: 前部分为《磊落》,是《三重门》的手稿,以及一些通信;后半部为《光明》,为手稿笔记本。然而,至今二人的争论仍没有定论,它的耐人寻味之处在于,事件最后竟衍化为一场左右派知识精英站队斗争的闹剧。

5 月份的头名畅销书,不妨定为六六的小说《心术》。《心术》出版于 2010 年,但是得益于改编电视剧的热播,小说再次引发不少人的关注。但相对于笔者文中所论述的其他畅销书,《心术》的热度并未延续太久,到了次月销量便急剧下滑,主要在于医患关系这类题材在国内图书市场并不受欢迎。5 月份还可关注的是流潋紫的《后宫 · 甄嬛传》《后宫 · 如懿传》。也是得益于电视剧《甄嬛传》的热播,流潋紫出版于 2008 年的《后宫 · 甄嬛传》再度回榜,而其新作《后宫 · 如懿传》也顺势得到极好的宣传。流潋紫的宫斗小说整体格调和文学水准都极高，很值得注意，指不定日后就是“宫斗界的金庸”。

6 月份的头名畅销书为黄晓阳的《阳谋高手》。此为黄晓阳的未完待续的“官场 n 部曲”的第四部，前三部分别为《二号首长 1》《二号首长 2》《高手过招：将为官艺术完美到底》。黄晓阳的《二号首长》去年出版后引起了不少读者的追捧，使得黄晓阳的官场小说也成为一个品牌。《高手过招》出版于今年 3 月，在开卷排行榜里，这本书的销量也非常突出。黄晓阳应该是熟稔炒作的写作者，他之前的成名便是“杜撰”名人的传记（还引来官司），而这次他把这种手法放置在官场小说的写作中，写官场中的人事百态、尔虞我诈，要手段有手段，要内幕有内幕，要情色有情色，很能抓住读者的心理。

7 月份，学生们的暑假开始，这个月也可以说是“经典丛书”月。七月份的冠军，加西多·马尔克斯的《百年孤独》众望所归。虽然多数读者早已读过多个版本的《百年孤独》，然而，南海出版公司 2011 年版为马尔克斯授权的、唯一正版。该书从出版以来始终在畅销书排行的前列。另外，马尔克斯于 8 月出版《霍乱时期的爱情》也引起了读者的高度关注。应该提及的还有钱钟书的《围城》、余华的《活着》、卡勒德·胡赛尼的《追风筝的人》等，这几部书也是畅销书排行榜的老常客了。

8 月份，又是郭敬明领衔的最世文化的天下了，最世签约作家安东尼的《这些都是你给我的爱 2：云治》出版，并毫无悬念地拿下了销售排行榜的冠军。这本书是安东尼红得发紫的《这些都是你给我的爱》的后续篇，继续讲述小兔子安东尼的漫游历程。虽然这本书还延续着安东尼的“治愈”风格，故事简单，人物单纯，节奏舒缓；然而其构思、内容和手法与第一部高度雷同，处处显示出写作者经验的匮乏、构思的窘迫。这可以说是最世作家的通病了，遗憾的是，无论它缺点多么明显，却不妨碍它畅销。

9 月份，南派三叔的《藏海花》笑傲群雄。《藏海花》是南派三叔大热作品《盗墓笔记》的后续篇，讲述的是“闷油瓶”张起灵的前传。张起灵本来就是《盗墓笔记》中最受欢迎的人物，他神通广大，外貌冷酷但内心温柔，背负着痛苦独自默默承受，而且又帅，全身肌肉含量高，与吴邪之间的互动也让腐女颇有想象空间，几乎令所有女性读者倾倒。南派三叔为张起灵作传，从市场角度上是极聪明的做法。应该提及的是，南派三叔出版于2011年年底的《盗墓笔记8：大结局》在2012年销量也依旧出众。

10月份，可以说是专属于陈忠实的《白鹿原》。《白鹿原》本来就是为数不多的、受读者欢迎的当代文学经典，加之于王全安的电影版从年初到9月中旬上映持续不断地宣传，使得小说版《白鹿原》得到极多的关注，极大刺激了市场销售，甚至出现这样的情况，不同出版社、三个不同版本的《白鹿原》同时出现在10月份排行榜的top10当中。

而11月份，毋庸赘述，是彻彻底底的"莫言月"，畅销书排行榜top10全部为莫言独占。自诺贝尔文学奖评审宣布获奖者为中国作家莫言之后，一夜之间，无论是实体书店还是网络书店，关于莫言的书籍被迅速秒杀，不少书店趁机炒作莫言签名旧书，价格上万。从销售数据上看，莫言最受读者欢迎的是《蛙》《丰乳肥臀》《生死疲劳》《红高粱家族》《檀香刑》等几部长篇小说。

电影圈往往把12月定为贺岁档的开始，不知出版界是否有这样的规律，至少2012年底出书的名人真不少，给人的感觉是热热闹闹，榜单也丰富得多。首先要提及的是台湾主持人蔡康永的小说《蔡康永爱情短信：未知的恋人》。这本小说起源于蔡康永新浪微博上的一些被广为转载和讨论的关于爱情的语录，蔡康永以小说的形式将这些语录串联起来，讲述了一个叫逗点的女生，经历了暗恋、初恋和失恋之后，如何在一个长腿男生的带领下，治愈忧伤，寻找爱并最终获得爱的历程。从某种意义上，这本书是爱情版本的"心灵鸡汤"。正当李安的《少年Pi的奇幻漂流》在贺岁档力克《1942》越战越勇时，小说原著也顺理成章地热销；小说的精彩之处不在于Pi的奇幻的漂流，而在于Pi面对调查时第二个版本的叙述，它引起了人们对于信仰痛苦的思索。电影《1942》也带动了刘震云小说《温故一九四二》

的热销，不过和电影一样，小说也引起不少争议。而对于高分美剧《权力的游戏》的拥趸者而言，这是一个好消息，即电视剧原著《冰与火之歌》1～4卷从2012年初到年底纷纷出版新版，并且第5卷也将首次出版。美国《时代周刊》盛赞该书："在史诗奇幻领域内，乔治 R. R. 马丁是当今世界第一人。我们可以理直气壮的宣布他为——'美国托尔金'！"是否如此，值得期待。

二、何以畅销？

以上是笔者对2012年度虚构类畅销书的一个简要概述。综观整个排行榜，类型多样，丰富多彩。有青春文学，有类型小说，有"心灵鸡汤"式读物，也有纯文学。这不免让人思考，为什么排行榜会呈现这样的格局？比如为什么青春文学作品卖得最好，而其中最世文化占着绝大比例？还比如，为什么某些早前出版的通俗小说会再次回到榜单，抑或为什么某些纯文学作品能够打败通俗小说登上榜单冠军？

原因来自多个方面：

（一）青少年为读书市场最具购买力的群体

2011年《第九次全国国民阅读调查》显示，18～70周岁的图书阅读率为53.9%，但0～17周岁的图书阅读率则高达83.1%，其中9～13周岁更是高达93.5%。不仅图书阅读率高，青少年的图书购买率也高。据《当代青少年书刊阅读与购买现状的实证分析》显示，青少年的书刊购买率"见到感兴趣就买"的占了43.25%，"经常买"占19.6%，"根本不买"仅占了8.45%，也即几乎所有青少年每年均有买书行为，并且每年购买书籍1 000元及以上占11.08%，500元以上的15.26%。更值得注意的是，青少年的图书消费中普遍存在"非理性消费"现象，即他们的购买行为并非建立在理性思考基础上，更多是本人情绪、一时兴起，或者他们往往容易被各种宣传、广告蛊惑，对书籍的优劣缺乏判断力。正是在这样的背景下，市场上以青少年为目标群体的少儿图书及青春文学总是卖得最好，2012 年虚构类畅销书排行榜上，质量良莠不齐的青春文学作品占据了一半席位便也不是什么咄咄怪事了。

（二）“三效应”：名人效应、品牌效应与热点效应

名人效应，也即出版传播学常讲的作者资源，一支“高质量、高水平”（确切地说，是有市场影响力）的作者队伍，是出版社优质内容的保障。国外的出版业在对作品进行推介时，将读者对作家作品的认知程度作为很重要的参考资料，其中作品内容占 12%，作家知名度占 36%，作品形式占 10%，其他还有出版社是否充分的宣传策划。纵观笔者所列举的这些畅销书籍，作者都具有较高的知名度，并形成了特有的写作风格和特色，都拥有相对固定的读者群。

最典型的例子是郭敬明，除了他的新作之外，他早前的《幻城》《夏至未至新版》《小时代 1.0》《悲伤逆流成河》始终占据年度销量排行榜前二十的席位。品牌效应，即在出版营销或传播过程中形成的，自身具有特定的名称和标志，用以将产品与读者等关系利益团体联系起来，并能为出版企业带来新价值的出版媒介。郭敬明创建的最世文化则是相当成功的品牌。郭敬明利用自身的人气优势创建了最世文化公司，签约了许多年轻写手，形成了最世文化作家群。只要经过最世文化包装出版的图书，都具备某种无形的感召力，在市场上的销量都很惊人，像笛安签约前已经成名，但销量不温不火，但一经郭敬明包装，销量不可同日而语。而热点效应，即因为与作品有关的某个热点事件的发生（诸如争议、影视改编之类的），带动了作品的畅销。典型的体现是方韩论战、莫言获奖等带动了他们作品的阅读热潮。

（三）影视传媒的巨大推动力

从苏童的《妻妾成群》被改编成《大红灯笼高高挂》而一炮走红之后，便开始有了这样一种固定模式，即某部小说被改编成电影或者电视剧，即便

它之前籍籍无名,销量也将一飞冲天。相对而言,中国电影的营销模式比图书营销成熟太多,电影拍摄时、上映前都会有铺天盖地的各种方式和手段的宣传和炒作,这些都直接间接地使得原作再度回到人们的视线中,毕竟这是"注意力经济"的时代。2012 年上榜的多部畅销书,都与他们原著被改编成影视作品大有联系。像《致我们终将逝去的青春》《那些年,我们一起追的女孩》《后宫·甄嬛传》都出版于 2007 年,《心术》出版于 2010 年,都是"老书"了,之所以能够再度回榜,都是受益于影视作品的宣传。《少年 Pi 的奇幻漂流》2005 年就有了中文版,但很快就在图书市场上消失,若不是李安版电影的上映,大概不会再有重版的机会。而《白鹿原》这样的大部头纯文学著作能够在数年后重返 top10,固然小说本身很精彩,但功劳更应归于电影《白鹿原》的宣传和种种争议讨论。

(四)类型小说优势凸显

类型小说是这一两年被评论界多次提及的概念,比通俗小说、网络小说这些称谓更具包容性和学术生命力。市场经济的深入发展使社会阶层呈现出多样性,社会的阶层化必然带来文学审美趣味的阶层分化,不同的阶层必然有不同的文化诉求。在这样的背景下,类型小说创作应运而生,并占据了当今图书市场的半壁江山;类型小说的写作完全以愉悦读者为目的,并且极其专业化地针对某一特定读者群的特定趣味,遵循一套严格的成规惯例写作。比如以女性为诉求的宫斗小说、穿越小说(比如流潋紫的《甄嬛传》);以职场人士为诉求的职场小说、都市心灵鸡汤(《遇见未知的自己》);以大学生和女性白领为诉求的青春言情小说和都市言情小说(《蔡康永爱情短信》),以男性为诉求的官场小说(《阳谋高手》)、盗墓小说(《盗墓笔记》)。类型化、模式化是类型小说最大的特征。随着文学生产的商品化、产业化,类型小说在图书市场的优势将日益凸显,前途不可限量。

(五)经典文学的永恒魅力

记得在 2008 年某周刊做过一个调查,甚至得出一个耸人听闻的结论:

畅销书榜便是烂书榜。这不仅是对经典缺乏信心,也是对读者缺乏信心。对于文学的日益产业化和文学消费化的倾向,许多批评家总是站在精英立场,声嘶力竭地唱衰,其实这是对文学的误解。文学与生俱来的功能之一便是娱乐,人们喜爱看通俗小说也无可厚非。事实上,读者并非精英们想象的“乌合之众”,他们通过文学获得娱乐,他们也通过文学提升自我,因此,畅销书榜上的书籍,即便多数不是“好书”,但历年来都会从中看到经典文学的影子。像马尔克斯的《百年孤独》《霍乱时期的爱情》、陈忠实的《白鹿原》基本上排在 2012 年当当、京东小说类畅销榜的前五名,而钱钟书、余华、巴金、老舍、鲁迅的作品也始终有相当出色销量。经典文学并非曲高和寡,所谓“酒香不怕巷子深”,经典文学阅读给读者带来的感受和冲击远非一般畅销书所能比拟,这便决定了经典永远会有坚定的读者群。

三、畅销书的秘密

任何读者、包括写作者,肯定都会对这样的问题产生好奇,即畅销书是否有什么共同特征?换言之,畅销书是否有什么秘密?其实笔者第二部分的论述也为一心想成名的写作者提供了方向,比如多瞄准青少年读者、尽量改编成影视作品等等。然而,这还是无法令写作者满意,毕竟这方向太宽泛太玄虚了,有没有具体点的、可操作性的写作准则?就我的阅读而言,目前尚未看到中国的出版人对如何写畅销书提供指导意见的书籍。相对而言,美国人对这项工作就热情得多。早前有艾丽丝·佩恩·哈克特的《八十年来的畅销书》和迈克·高尔达的《榜上有名:1900—1999 年美国畅销书的文化史》,而 2012 年 4 月美国作家詹姆斯·霍尔出版了《热卖文学:破解二十世纪超级畅销图书的秘密》。他以《乱世佳人》、《佩顿镇》、《杀死一只反舌鸟》、《玩偶之谷》、《教父》等十二部销量基本过千万的畅销书为样本,总结出来 12 条“畅销书常数”,比如文笔必须通俗易懂,让读者觉得读起来很轻松；情节设置必须紧凑而有悬念，让读者恨不得一口气看完；主题必须简单到能用一句话来提炼；故事推进到四分之一时，或者在此之前，必须出现无可避免的危机，而且危机会逐渐加剧，小说中人物遭到的压力也会越来越大；必须间接或直接地涉及主要的社会问题；性描写等等（这些均引自陈一白的《畅销书的秘密》）。如果这些准则真的成立的话，霍尔先生自己肯定不会错过。遗憾的是，霍尔自己就曾出版过四部诗集、一部短篇小说集、一部散文集、十七部长篇小说集，可是他的作品在美国亚马逊上最好的排名是三万五千多名，没有哪一本是畅销。可见，企图对畅销书所具有的特征进行归纳绝大部分是徒劳的，霍尔所谓的“畅销书的常数”，顶多只能说是部分畅销书所具备的几个基本特征，它既不是一本书畅销的充分条件也非必要条件。如果创作中真的亦步亦趋所谓的“畅销书的常数”，只会沦为东施效颦。

说到底，畅销书真的很难有什么秘密而言，它是多种合力的结果，充满了变数。不过，长销书倒是有它的众所周知“秘密”。就像所有的生物一样，书籍也是有生命力的，多数畅销书更像火花，它常常是短时间，甚至转瞬即逝，最多是几年时间畅销，然而，时过境迁它终将成为历史的烟尘。就如同现在青春书籍市场上红得发紫的郭敬明，可是再过十年，当他四十岁时，也许他就成了今日的琼瑶，读者提及他时语气会带点不屑和揶揄，“郭敬明式”的故事终将成为落伍的象征，并被取代。而长销书却具有常读常新、永不过时的魅力，每年的畅销书排行榜都在变，你来我往的叫人眼花缭乱，但始终能够看到几张老面孔，纵使它们的排名不那么光鲜夺目。它们的别名，叫做经典。因此，与其费尽心思、绞尽脑汁要什么畅销书秘笈，倒不如静下心来决心去创作一部好的作品，前者失败的概率不见得比后者低。《阳谋高手》《遇见未知的自己》之类将迅速成为浮云，而《百年孤独》《白鹿原》将万古长青。

对莫言作品“坏处说坏，好处说好”

江曾培

文学评论家李建军在《文学报》发表的《直议莫言与诺奖》一文中指出：“莫言的创作并没有达到我们这个时代精神创作的最高点。他的作品缺乏伟大的伦理精神，缺乏足以照亮人心的思想光芒，缺乏诺贝尔在他的遗嘱中所说的‘理想倾向’。”这自然是一家之言。但是，在对莫言获得诺奖后的众声喧哗、一片热捧中，这一批评的“直言”，有助于对莫言作品和诺奖进行冷静的、理性的、全面的分析。

莫言无疑是我国当代最优秀的作家之一。不过，再优秀作家的作品，也不可能完美无缺。文艺评论应当如鲁迅所说，“必须坏处说坏，好处说好”。莫言创作有个性，有特色，在我看来，比较突出的有二点：一是想象力特别丰富。想象力是一种创造品质，对文学创作极为重要，狄德罗认为，“没有它，一个人不能成为诗人”。莫言在创作中呈现出的那种“寂然凝虑，思接千载；悄然动容，视通万里”的想象力，使他的作品具有诱人的“魔幻”色彩。二是善于说故事。我国宋元话本小说源于民间故事和说唱艺术的创作，大多依靠故事情节吸引读者。诺奖评委会称莫言创作“在中国传统文学和口头文学中寻找到一个出发点”，讲故事是其重要表现。有故事、有情节、有人物的小说，较之那些“三无”小说，能赢得更广泛的读者阅读兴趣。这是“好处”。同时，莫言也有不足。去年10月，莫言获诺奖的消息公布后，全国立即掀起一股“莫言热”，10月17日，我在东方网发了一篇题为“警惕‘莫言热’中的邪热”的文章，其中提到“任何事物都不可能是一好百好”，莫言“有些作品对暴力和情欲渲染过度”。这就使他的作品情趣不是很高，缺少思想的深度与高度，也就是李建军所说的，“缺乏伟大的伦理精神，缺乏照亮人心的思想光芒”。

指出莫言创作中的不足，并非否定莫言文学创作的骄人成就。莫言自己也说过：“世界上的事情，最忌讳的就是个十全十美。”莫言获诺奖虽是名至实归，但也应该看到，诺奖也不是“十全十美”的。尽管诺贝尔文学奖是国际上一个很有影响的文学大奖，但在评选上也是存在缺陷与遗憾的。得到这个奖的作家固然不少会经得起历史的检验，也会有作家受到历史的淘汰。而且，有些本应进入诺奖评委眼光内的具有世界影响力的文学大师，如托尔斯泰、马克·吐温等，却被排斥在外。因此，不宜简单地把获诺奖作为评判作家的最高标准，作为我国文学的努力目标。龙应台说得好：“由于语言是个无法克服的障碍，由于文化的鸿沟极难跨越，由于艺术价值观不可能放诸四海而皆准，由于政治经济的势力导引一切，一个具实质意义的‘世界文学奖’是不存在、不能存在的。”

莫言作品借荣获诺奖而一时“洛阳纸贵”，是好事，它会使很多读者通过阅读莫言亲近文学，接受优秀文学的熏陶。正因为如此，需要对莫言创作进行全面科学的分析，“好处说好，坏处说坏”，以便读者更好地吸取其精华，回避其在暴力、情欲上的过度渲染可能带来的消极影响。

让教授去当"羊的传人"罢

关东客

南通图书馆馆长黄杨提出，相较"龙的传人"，中华民族更应是"羊的传人"。他认为，真正能够代表"黄河文明"礼仪之邦及其祥和特质的吉祥物不是表征帝王、皇权在一些人看来面目狰狞和张牙舞爪的"龙"，而是作为道德象征，形象更和蔼可亲的"羊"。

昨天还是"龙的传人"，今天被黄教授这么一说，似乎叫"羊的传人"也很有道理。相较于"龙的传人"的家喻户晓，这"羊的传人"除了有一些突兀之外，我实在找不到什么别的意义。

中华民族究竟该是"龙的传人"还是"羊的传人"？在学术上，这个问题当然可以论证考究，可这也只能限于学术的范围。"龙"的确曾经一度被视为帝王皇权的象征，可民间不一样有"龙凤呈祥"、"龙飞凤舞"、"龙马精神"、"望子成龙"这样吉祥如意的表达？"羊"虽然有美好、吉祥的象征，可"羊落虎口"、"待宰羔羊"不一样很软弱。羌族的确是中华民族的一个分支，其图腾也的确是"羊"，可中华民族的形成是一个融合的过程，其图腾的形成也有一个衍变的过程。"羊"可能只是某个氏族的图腾，而"龙"则是各种图腾交汇融合之后所产生的一个意象。

"龙"的形象面目狰狞，张牙舞爪，持此论调的并非只有黄杨教授一人。外国人对中国的"龙图腾"也有类似的误解。但在笔者看来，"龙图腾"最后能取得公众的认可和大部分学者的认同，成为一种主流认识，有其必然性。一方面，龙的形象是中华民族特有的，民众的认同度高。另一方面，相较于"羊的传人"的说法，有关于"龙"这一特定意象的记载、传承与文化远比"羊"要丰富和显著得多。也正因如此，"羊的传人"才没有成为主流。

在“龙的传人”已经成为一种大众认知的今天,“羊的传人”尽管惊艳,却难以成为主流。除非黄杨教授能提出更多的论据,来证明“羊”是中华民族的图腾,而“龙”不是。如果只是单纯地提出一个“羊的传人”的观点,却又无法证明“龙的传人”不对,那只能是各说各话。这样的争论也就失去了其意义。

我不知道黄杨教授为什么会突然提出“羊的传人”这样一个雷人的论调,如果真是为了学术,那我应该对黄教授肃然起敬。可如果黄教授只是想凭“羊的传人”来博公众眼球,那我只能无奈地叹息了。你究竟愿意当“一条龙”还是“一只羊”抑或“一头狼”? 在这个喜羊羊与灰太狼泛滥的年代,我还真的不知道该如何选择了。但我知道,这么多年我们一直在称自己是“龙的传人”,这“羊的传人”听起来真的别扭得很啊。不过,既然有人愿意做“羊的传人”,让他去做“一只羊”好了。

《秘密花园》：成也"翻拍"，败也"翻拍"

万阕歌

由钟汉良、谭维维、安七炫、左岩等主演的魔幻爱情喜剧电影《秘密花园》，改编自玄彬、河智苑主演的同名韩剧《秘密花园》。影片讲述钟汉良饰演的年轻董事长金朱源，和谭维维饰演的替身演员吉罗琳灵魂互换后，所引发的一系列爆笑故事。

这部影片的精髓，和原剧一样，在于"魔幻"。整部影片的内容及看点，就是围绕金朱源和吉罗琳灵魂互换这一魔幻情节展开的：灵魂互换后，金朱源的言行举止变得很妩媚，时时处处都有吉罗琳的影子；而吉罗琳，说话做事则变得阳刚起来，活脱脱金朱源的化身。为了不让其他人知道他们俩灵魂互换的事，金朱源和吉罗琳不得不互相扮演对方的角色，代表对方出面应对各种"危机"。而就在周围的人纷纷感到奇怪，爆笑故事频频发生的过程中，金朱源和吉罗琳这对欢喜冤家互相产生了感情，并最终喜结连理。

影片中，金朱源和吉罗琳之所以会互换灵魂，在于他们双双拥有名为《秘密花园》的名画——该画具有魔力，只要遇到打雷下雨，两人的灵魂就会互换。而原剧中，两位男女主人公则是喝了从神秘花园带回来的一种酒，才互换灵魂的……相对来说，影片中的交待比较简单，让观众有突兀感。甚至好多观众对两人的灵魂互换感到莫名其妙，且久久不能适应。或许，这是影片相对于原剧来说的一大缺憾，或者说遗憾。

实际上，从很多方面看，该片都没能超越原剧。不可否认，把原本20集的电视剧压缩成90分钟的电影，难免造成影片的情节加快，没法演绎更多、更细腻的感情戏。但归根到底，还是影片的创新不够，停留在了为翻拍而翻拍的层面上。从内容上讲，基本可以说这是原剧的“加长版”预告片。作为翻拍片，我们更希望能看到不同于原剧，尤其是超越于原剧的东西，这样才更过瘾。然而该片，除了将故事背景由韩国换成了我国浙江，其他就没看出多少与原剧不同的地方。就连几位主要角色的名字，都与原剧一字不差，可见是多么的保守。

当然，要说一点可圈可点之处都没有，那也太不公平，太不客观了。比如作为昔日“超女”，当今知名歌手的谭维维，在片中的表现便出人意料的好。她不但把吉罗琳这位身份特殊、情感复杂的年轻女替身演员演绎得很到位、很出彩，还接受了“女扮男”的挑战。单单从表演角度来说，我认为谭维维的表现无懈可击。再比如，韩国歌手安七炫饰演的“男二号”奥斯卡一角，也很不凡，势头甚至盖过了钟汉良。尤其是安七炫时不时冒出一句“什么情况”，非常搞笑，颇有小沈阳“为什么呢”那句流行语的味道及效果。

开拍之初，该片导演唐丹曾表示：“电视剧版《秘密花园》深受亚洲青年人的喜爱，电影版只能更好。我不能把它拍砸了。”现在看来，没拍砸是没拍砸，但说拍得更好，也显然没有做到。甚至有人担心，该片夹在《一九四二》、《十二生肖》、《大上海》等“华语大片”云集的贺岁档上映，尤其是面对《人再囧途之泰囧》高票房、好口碑的冲击，命运多舛。更何况，时至今日，还没有一部翻拍自海外电视剧的影片大获成功。

这也给有关方面提出了一个问题，究竟该如何翻拍海外影视剧？说起来，我们也看过不少翻拍于海外影视剧的影视作品了，比如电视剧《这里的黎明静悄悄》翻拍自前苏联电影《这里的黎明静悄悄》，电视剧《你是我的幸福》翻拍自前苏联电影《办公室的故事》，电视剧《丑女无敌》翻拍自美国电视剧《丑女贝蒂》等。但非常令人满意的翻拍作品，却并不多。如果没有原创性，无形中把翻拍当成模仿，那么，翻拍再多的海外影视作品，也不一定能给观众带来多大享受与收获。

从“泰囧”传奇看电影产业乱象

徐毅成

2013年的钟声敲响不久，国产贺岁喜剧《人再囧途之泰囧》的票房就突破了12亿大关，在岁末年初，大片云集的电影市场，这件事情无疑带有一丝“传奇色彩”——该片的总票房已经超过了年底的两部大片的票房之和（李安的《少年派的奇幻漂流》国内总票房5.7亿元，冯小刚的《一九四二》最终票房3.6亿元），但它的投入成本仅为3 000万元，是一部不折不扣的小成本电影，那么，究竟是什么因素使得它突出重围，顺利“逆袭”并且创下票房神话呢？笔者认为，与其说这是一个关于电影的问题，不如说是一个关于创意产业的问题。我们应将其置于创意产业和体验经济的大背景下进行考察，将《泰囧》以小博大的案例作为一面镜子，来反思中国电影产业发展过程中的几大误区。

高投入不等于高票房

2012年的年末原本似乎是两部投资上亿的大片之间的角逐，往年的贺岁喜剧大腕冯小刚的历史题材电影《一九四二》上映，尽管出于种种原因，有“温故”而无“知新”，但总体而言，《一九四二》仍具有极强的艺术感染力，正如英国《卫报》所评论的，该片展现了冯小刚驾驭史诗的能力。与此同时，曾获得奥斯卡最佳导演奖的李安，携其新作《少年派的奇幻飘流》重新出现在我们的视野里，作为一部典型的好莱坞商业大片，《少年派》照例给观众带来了一场视听盛宴，同时，影片的故事呈现多义性，用一种独特方式探讨了宗教与人性等复杂深刻的问题，因而好评如潮。

但是，就在这时候却半路杀出个“程咬金”——两部优秀的大制作影片最终戏剧性地“败”给了《泰囧》这样一部小成本的常规贺岁喜剧，有些人怀疑这是“网络水军”的炒作，也有些人则索性将该片奉为杰作，显然这两种解释都不能令人信服。事实上，《泰囧》的成功首先是因为“稀缺性”，在除旧迎新之际观看贺岁喜剧已经成了观众的习惯，而今年的贺岁喜剧仅此一家，并不存在真正意义上的竞争；另外，此前上映的几部电影在取材方面较沉重，有拷问历史的，有探讨人性的，对于电影的主要受众而言，在疲惫的年末也许更愿意看到一部让人身心放松的电影，《泰囧》的出现恰好满足了他们的需求。

当年，同样是“灾难 + 爱情”的大制作，同样是起用新演员的两部电影《泰坦尼克号》和《珍珠港》，最终却是截然不同的命运，前者的全球票房比后者的三倍还多，这一案例告诉我们，作品成功的关键就在于是否能刺中观众的神经。对于国产电影中的大片同样如此，当主流导演的大片轮番登场，大众的神经早已经感到麻木，反观近年来的一些小成本电影如《疯狂的石头》、《让子弹飞》、《喜羊羊与灰太狼》还有这次的《泰囧》，却都是票房口碑双丰收，出奇制胜，可见前期的投入与后期的回报并不一定成正比。

大众化不等于鄙俗化

如前所述，去年年末的几部大片一部比一部拍得“玄乎”，也正因此，《泰囧》的意外胜出才显得尤其意味深长，仿佛是大众文化通过狂欢笑声所表达的一种抗议。相比同期的其他电影，该片更加贴近普通百姓生活，更符合一般大众的趣味，可以说，这部电影是直面了观众的诉求，因而才会有口耳相传的好口碑。

当下体验经济的最大特征就是强调文化创意产品能够满足消费者的精神文化需求的特质，它作为创意产业的一种形态，关注消费者和体验者，重视文化消费在整个文化产业链中的地位和作用。文化产品最终势必要在产业链的下游与观众见面，所以在创作之初就应当考虑大众的需求与感受，受众对于文化产品的态度是该产品能否获得商业上的成功的最关键因素，一方面，良好的口碑是最佳传播营销的工具，另一方面，观众对文化产品的消费直接成为创作者经济利益的一部分。《泰囧》的导演兼主演徐峥称自己是“彻底为观众拍《泰囧》，以此建立起和观众的联系”。在体验经济的时代，这种以文化消费需求为导向的创作观念是值得参考借鉴的。

纵观近年来最火爆的电视节目，不难发现绝大多数都是基于大众文化的产品，比如当年的《超级女声》、如今的《中国达人秀》和《中国好声音》，无一不是传播大众文化和草根文化的平台。有许多人认为，这种文化是低俗的，难登大雅之堂，他们将大众化等同于鄙俗化，甚至认为大众化是有害的。其实这是长期以来的一种偏见，自从德怀特·麦克唐纳用“mass culture”来指称大众文化（他认为“大众是失去人文精神的乌合之众”）的时候，这种偏见就已经开始建立起来了，此后波茨曼又在《娱乐至死》中说道：

“有两种方法可以让文化精神枯萎，一种是奥威尔式的——文化成为一个监狱，另一种是赫胥黎式的——文化成为一场滑稽戏。”

但在全球创意经济发展的大背景下，我们需要文化的多元化，也就是说，文化既不可能成为圣洁的大教堂，也不可能成为彻夜狂欢的马戏团。我们既需要《一九四二》，也需要《泰囧》，观众既需要深邃的思考，也需要偶尔的放声大笑。这两者并不是一种完全对立的关系。应将思想从二元对立的陈旧观念中解放出来，而不是一味地拒斥大众文化，毕竟，娱乐应当是电影的一部分，文化也应当是属于大众的。当然，打破偏见也需要一定的时间，就像过去人们在“文化是否能产业化”这一基本问题上的巨大分歧，而如今这已经普遍达成了共识。

类型化不等于模式化

尽管《泰囧》的成功伴随着一定的偶然性，但其中也有必然的因素，比如国产贺岁喜剧的长期缺席以及该片在类型上十分明确的定位。该片的宣传海报上，三大主演徐峥、黄渤、王宝强夸张而扭曲的表情让人不由得联想起《三傻大闹宝莱坞》、《三个臭皮匠》等经典喜剧电影，还有那句应景的广告语“末日来临，与其等死，不如笑死”更是直接提示观众：这是一部令人捧腹的贺岁喜剧。正是这样明确而直白的类型定位，使电影在上映首周就突破了3亿元票房。

随着文化产业的深入发展，文化产品的创作呈现出类型化趋势，近年来类型小说、类型电影的研究正是在这一趋势下兴起的，著名理论家葛红兵在其著作《小说类型学的基本理论问题》中提到：“当前中国社会已经是一个多元文化社会。多元文化时代，文化不再仅仅局限于主流文化和非主流文化的二元结构，文化演进也不再表现为主流文化和非主流文化之间的斗争消长，而是表现为数种文化同时存在。”我们显然不能用评价《少年派》

的方式去评价《泰囧》，然后将其贬得一文不值，而应该将它放在贺岁喜剧的评价体系内进行考察，这样就不难发现，《泰囧》确实是近年来贺岁喜剧的佳作。

类型化绝对不只是一个理论层面上的问题，在创意产业的实践过程中，类型化是一种有效地规避风险的方式。众所周知，创意产业可以算是一种高风险产业，产业链的各个环节都有着太多的不确定性，文化产品如果能在类型上有一个明确的定位，就能方便受众对号入座。当然，这样的类型化趋势引发了一些人的担忧，他们倾向于将类型化等同于模式化，认为这种趋势会导致僵化，但事实上，这种担忧并无必要，以喜剧为例，周星驰的喜剧与冯小刚的喜剧就是完全不同的风格，同样，徐峥的《泰囧》也与《非诚勿扰》贺岁喜剧有着明显区别，这些电影都可以归于"喜剧电影"的类型之下，但是具体到不同导演的不同作品，都有各自的鲜明个性。

《泰囧》的票房神话可以说是2013年年初的第一个值得讨论的"文化事件"，在文化消费需求不断扩大的现在，它所创造的票房纪录也许很快就会被另一部电影所打破，这个"传奇"很快会被下一个所取代。今天我们之所以将它称为"传奇"，纯属少见多怪。

和菜头

历史上这一重任从来都在冯小刚导演的肩头，但是2012年他申请休假，放弃拍摄贺岁片，改去拷问历史了。这也倒罢了，但是年底几部大片往深沉里扎，明显的副作用是观众欲求不满。一年将尽，都想着去电影院放松一下。好吧，让我们一起在黑板上重新再写一遍吧：电影首先是商品，它的主要功能是娱乐观众。

麻绳

我看完以后，并没有找到这部电影受到如此追捧的必然性，它合格，但并不优秀，它值得鼓励，成功却难以复制，因为内在的决定性因素不够。这也可说明我们以前所做的喜剧都太枉顾创作规律和观众体验了，所以这不是一件多么令人欣喜的事情，它证明了以前很多人的努力实际上是徒劳的，在这一类型片上，我们还站在起跑线上。

Amao

《人在囧途》我当时打了三颗星，这部片子是两颗。首先，从剧本角度来说，前者相对成熟。起因简单家常，春运更是中国老百姓无人不知的事件性词汇，用了大量的逻辑性动作推进剧情的发展。虽然台词并不出彩，却合体大方。而《泰囧》的剧本，除了很多人都发现的项目授权书的设计失误外，整部影片过于敷衍。里面的台词可以说是没有任何可取之处的。既无法看出每个人物的特点，也没起到任何作用。春晚式的网络流行词汇一顿叠，外加点儿心灵鸡汤一顿，搁电影院里的时候我真有几个瞬间以为自己在看黄宏演小品。

Never4U

一听到片名就有很奇怪的预感，这电影肯定模仿《宿醉》、《预产期》，果不其然……并且最要命的是，黄渤的形象完全照搬抄袭皮克斯早年经典的《超人总动员》里 BOB 的老板，一个非常可爱的形象。（除了眼镜和发型，连举止和脖子打石膏固定都模仿得一模一样！）那段误解周先生的群殴场景也肯定是来自《国家敌人》最后混战的场景。原来叫好的国产片深度揣摩意会别人的东西就可以这样成功。

李亦树

除去喜剧风格的成功之外，《泰囧》在运营上也体现出一些鲜明的特点。影片选景于泰国，既获得了泰国旅游局的赞助，又对内地观众来说造成了视觉新鲜感，同时骑大象看人妖打泰拳等风土人情，也和喜剧桥段相结合，让人感觉眼前一亮。这其实开创了一种不错的国产片模式，优秀演员结合风光片或者概念片，《泰囧》远比《非诚勿扰》做得出色，这类影片适合大批量制作，同一拨演员加上新鲜的环境，长此以往就是中国版的“寅次郎”。对于思路和产业的开拓也是较为可取的。

图书在版编目(CIP)数据

直议莫言与诺奖/《文学报》编. --上海：上海书店出版社,2015.4
(文学报·新批评文丛. 第2卷)
ISBN 978-7-5458-1041-7

Ⅰ. ①直… Ⅱ. ①文… Ⅲ. ①中国文学—当代文学—文学评论—文集 Ⅳ. ①I206.7-53

中国版本图书馆CIP数据核字(2015)第063385号